Una famiglia per Lettie

(titolo originale: Going Home)

Chandler Hill Inn – Libro 1

Judith Keim

Traduzione di Alessandra Patriarca

Wild Quail Publishing
PO Box 171332
Boise, ID 83717-1332

ISBN#: 978-1-962452-87-8

Traduzione dall'inglese: Alessandra Patriarca

Dedica

This book is dedicated to Wayne Bailey, his wife, Nicolette Nickolau, and the staff at Youngberg Hill for their kindness and hospitality

CAPITOLO UNO

Le vite di certe persone si sviluppano nei modi più insoliti.

Nel 1970, la sola cosa che Violet Hawkins desiderava per il suo diciottesimo compleanno era sfuggire al sistema di affidamento familiare di Dayton in Ohio, nel quale era stata cresciuta, e raggiungere San Francisco. Lì, sperava di godersi uno stile di vita tranquillo e trovare l'amore che fino a quel momento era mancato nella sua esistenza.

Le fu abbastanza facile raggiungere San Francisco, ma si accorse ben presto di non potersi permettere una sistemazione pulita e sicura. All'inizio, non le importò più di tanto. Presa dall'esaltazione e dalla possibilità di vivere in una città in cui regnavano il libero amore e la più totale ampiezza di vedute, quasi si dimenticava di mangiare e di dormire. Un qualsiasi divano o materasso buttato per terra le andava bene, bastava che ci fosse un po' d'erba o qualche altra droga a disposizione e che gli altri non si facessero problemi a darle da dormire. Tuttavia, dopo quattro mesi, i dollari che aveva risparmiato con cura, e che le erano sembrati così tanti finché era rimasta a Dayton, si rivelarono poco più che una miseria che non le permetteva di fare una vita decente in quella città, troppo costosa per lei. Allora cominciò a vagare per le strade, zaino in spalla, alla ricerca di un gruppetto di gente amichevole, disposta a offrirle un posto riparato dove dormire o un boccone da mangiare.

Un giorno di giugno in cui era particolarmente scoraggiata, si era appena buttata a riposare sui gradini di una villetta a schiera quando ne uscì un ragazzo.

«Stanca?» le chiese lui, sorridendo.

Era più che stanca. Era sfinita e affamata. «Cerco un lavoro. E ho bisogno di mangiare.»

Il ragazzo la guardò a lungo, con i suoi occhi azzurri. «Come ti chiami?»

«Violet Hawkins. Ma chiamami pure Lettie.»

Lui alzò le sopracciglia, incuriosito. «Con tutti quei capelli rossi, non ti piace un elegante nome floreale?»

Scosse la testa. Non sopportava quei capelli e neppure il nome. Il rosso della sua chioma aveva una sfumatura sbiadita, quasi rosa, e la violetta era un fiore delicato. Invece lei non si era mai potuta permettere il lusso di essere minimamente fragile.

Il giovane le si sedette accanto, studiandola. «Non mi dai l'idea della hippy. Che cosa ci fai in un posto come questo?»

«Il giorno in cui ho compiuto diciott'anni, ho lasciato la città di Dayton in Ohio e sono venuta qui. Mi sembrava un piano grandioso, tutta questa indipendenza.»

«E da quanto sei qui?»

«Quattro mesi. Pensavo sarebbe stato diverso. Non so... più facile, forse.»

Lui si alzò in piedi. «Cosa ne dici se ti preparo un sandwich e poi parliamo di un possibile lavoro? Se credi che ti possa interessare, chiaramente. È in Oregon, in un vigneto. Pensavo di andarci più tardi.»

Lo sguardo di Violet corse al suo fisico ben piantato, ai lineamenti marcati e ai capelli castano chiaro e freschi di shampoo che gli sfioravano le spalle. Non assomigliava a quelli che aveva frequentato fino a quel momento , il che la rendeva sospettosa. «Ma tu chi sei? E perché faresti questo per me?»

«Kenton Chandler.» Curvò le labbra nell'identico, cordiale sorriso che le aveva rivolto in precedenza. «Sto per mettermi in viaggio per l'Oregon e, onestamente, la tua compagnia mi sarebbe d'aiuto. Per tenermi sveglio.»

«Davvero? E del vigneto, cosa mi dici?»

Lui si strinse nelle spalle. «Un paio d'anni fa mio padre ha comprato una piccola locanda con 75 acri di terreno, nella Willamette Valley, a sud di Portland. Il terreno è coltivato a vite, in gran parte. E poiché lui non s'intende un granché di produzione vinicola, vuole che io diventi esperto sull'argomento. Ecco perché sono a San Francisco. Lavoro in un vigneto nella Napa Valley, poco più a nord, per cominciare un po' a mettere le mani in pasta. » Sorrise. «O forse dovrei dire, a mettere le mani nell'uva.»

«A che tipo di sandwich pensavi?» chiese, rassicurata da lui e dal suo humor stravagante. Lo stomaco le brontolò così forte che lo sentirono entrambi.

«Che ne dici di prosciutto e formaggio svizzero?» le chiese, ammiccando.

«D'accordo.» Lettie non voleva dare l'impressione di una che non sapeva cavarsela da sola. Sarebbe stato pericoloso. E l'aveva imparato a sue spese, quando aveva dovuto difendersi da un tipo che credeva di potersela fare, solo perché le aveva fatto fare un tiro di spinello. Da quella volta era stata alla larga da quel genere di situazioni e di persone.

«Coraggio, allora» disse lui. E con un gesto la invitò a entrare.

Lettie controllò che ci fosse qualcuno che potesse sentirla, nel caso avesse avuto bisogno. C'era parecchia gente che bighellonava lì attorno e così, sentendosi al sicuro, Lettie salì i gradini, dietro a Kenton. Lui non lo sapeva, ma teneva un coltello in una tasca dei jeans.

Entrando, aveva avuto conferma della differenza rispetto alla pulizia delle case in cui era stata fino ad allora. Quella non era proprio lustra e scintillante, ma più ordinata della maggior parte delle altre.

Lui la condusse nella cucina. «Siediti. Ci vorrà solo un minuto per il tuo sandwich.» E poi, mentre le dava un bicchiere d'acqua le chiese: «Senape? Maionese?»

«Tutt'e due, ti ringrazio» rispose un po' rigida, seduta al tavolino di pino che era situato nella zona pranzo della stanza.

Rimase in silenzio, un po' a disagio all'idea che fosse lui a servirla. Non era abituata a certe attenzioni. Era lei, di solito, a servire gli altri, sia nella casa dov'era stata in affido, sia nella chiesa in cui aveva passato parecchie ore ogni settimana, per partecipare a servizi religiosi o altri eventi con la sua famiglia affidataria. Ripensandoci in quel momento, un brivido le attraversò la schiena, come un millepiedi spaventato. Secondo la sua esperienza, i cosiddetti membri eminenti di una chiesa non erano mai troppo gentili con chi era affidato alle loro cure principalmente per denaro.

«È pronto!» esclamò Kenton, scuotendola dai ricordi del passato. Le mise davanti un piatto con il sandwich e si sedette di fronte a lei.

Avvicinò il sandwich al viso e inalò l'aroma del prosciutto. Con lo sguardo fisso su Kenton, diede il primo morso al panino, assaporando il gusto del cibo appena preparato.

Al secondo, ravvicinato boccone, lui le rivolse un sorriso soddisfatto.

«Chi vive qui?» chiese Lettie.

«Un mio amico» rispose Kenton, fissandola con attenzione. «Non dimostri diciotto anni.»

Deglutì e poi, con un sospiro un po' seccato, disse: «E invece, ce li ho.»

«E non ti interessano le droghe e il libero amore e le altre cose di cui tutti parlano?»

Lettie scosse la testa. «Non proprio, a dire il vero. Ho provato un paio di spinelli, ma non è roba per me.» La sua rigida educazione aveva avuto su di lei più influenza di quanto avesse immaginato.

«Bene. Come ho detto, se vuoi venire con me in Oregon, c'è un lavoro che ti aspetta alla locanda Chandler Hill. Stiamo cercando un aiuto. Sarà senza dubbio meglio che vagabondare per le strade di Haight-Ashbury. E anche più sicuro.»

Lei strizzò gli occhi, guardandolo. «E se non mi piace?»

Kenton alzò le spalle. «Puoi lasciare il lavoro. Una persona dello staff se n'è appena andata a Los Angeles. È per questo che mio padre mi ha chiamato e mi ha chiesto se conoscevo qualcuno che poteva venire lì a lavorare. Tu sei la mia unica candidata.»

Il cuore di Lettie cominciò a battere forte per la speranza. Cercando di apparire più disinvolta possibile disse: «Mi sembra che valga la pena di provarci.»

Il viaggio verso l'Oregon fu perlopiù tranquillo e tra loro si era ormai instaurato un rapporto amichevole e cameratesco. Kenton rispondeva alle domande che lei gli faceva: su di lui, sulla locanda e su come la pensava rispetto a vari argomenti. Lettie fu sorpresa di scoprire che non aveva partecipato a molte delle proteste pacifiste.

«Il mio migliore amico è morto in Vietnam. Lui era orgoglioso di servire il nostro paese. Voglio rendergli onore» disse a Lettie.

«Un ragazzo del mio liceo è stato arruolato. I suoi genitori non erano affatto contenti.»

«Beh, se verrò arruolato, allora partirò anch'io» rispose Kenton. «Non vorrei farlo, ma lo farò. Non ho scelta, a dire il vero.»

Chiacchierando, furono d'accordo che John Wayne era grandioso nel film *Il Grinta*.

«E io adoro i Beatles» disse Lettie.

«Sì, anch'io. Peccato che si siano sciolti da poco.»

«E cosa ne dici di quel nuovo gruppo, i Jackson 5?» chiese Lettie.

«Sono dei grandi. E mi piacciono anche Simon and Garfunkel e il genere di musica che fanno.»

A un certo punto Lettie rivolse a Kenton una considerazione personale. «A volte mi sembri così serio e posato, come un uomo di una certa età. A proposito, quanti anni hai?»

Lui la guardò un po' imbarazzato. «Ventidue.»

Si fecero una bella risata e, in quel momento, Lettie fu certa di aver trovato una persona con cui poteva essere se stessa.

Lettie si svegliò mentre qualcuno la scuoteva per una spalla. Puntò lo sguardo negli occhi grigio-azzurro di uno sconosciuto e si irrigidì.

«Lettie, siamo arrivati» disse una voce maschile.

Appena riuscì a svegliarsi del tutto si accorse che Kenton le stava parlando.

«Siamo a Chandler Hill?» domandò, strofinandosi via il sonno dagli occhi.

Guardò attraverso il parabrezza della Ford Pinto e spalancò la bocca dalla sorpresa nel vedere la grande casa rivestita di legno bianco che svettava da una collina, come una regina che domina sul proprio regno.

Lettie balzò fuori dall'auto e restò lì in piedi ad ammirare le linee pulite dell'edificio a due piani. Sulla facciata, quattro finestre decorate da persiane verdi ne sovrastavano altrettante, identiche, al piano inferiore. Al di sotto di una piccola tettoia incurvata di protezione, dei pannelli di vetro incorniciavano un ampio portone d'ingresso, e accoglievano gli ospiti. Su un lato della casa era stata aggiunta un'ala a due piani.

Rigogliosi cespugli verdi ravvivati da una gran varietà di

fiori variopinti, che non riconobbe, rallegravano la facciata della casa. Mentre si avvicinava notò un piccolo patio in pietra e un giardino, posti tra l'edificio principale e l'ampliamento.

«Su, vieni dentro» disse Kenton. «Dalla veranda sul retro c'è una vista magnifica.»

Sentendosi come Alice in un diverso genere di Paese delle Meraviglie, Lettie entrò nella casa. Camminava in punta di piedi dietro a Kenton e il suo sguardo saettava dalla superfice lucida della mobilia, agli specchi con le cornici dorate, fino a un imponente mazzo floreale sopra l'ampio tavolo da pranzo. Tutto sembrava davvero grandioso.

Kenton la condusse alla spaziosa veranda lungo il retro dell'edificio. Lettie osservò la terra che si estendeva di fronte a lei e, più oltre, le colline accovacciate, dalle sfumature di verde sempre più scure: era una vista da togliere il fiato. Il sole stava per sorgere e ricopriva d'oro le colline come la glassa sopra una torta.

«Bello, eh?»

Lettie sorrise e disse: «Mai visto nulla di così bello e pieno di pace.»

Al suono di passi alle sue spalle, si voltò.

Un uomo alto, dai capelli grigi e lineamenti decisamente simili a Kenton disse: «Benvenuto a casa, figliolo.»

Si strinsero la mano e poi il gentiluomo più anziano si girò verso di lei. «E lei sarebbe?»

Intimidita, Lettie guardò quell'uomo dall'aspetto così familiare.

Kenton le diede un colpetto col gomito.

Con educazione Lettie porse la mano, come le avevano insegnato. «Lettie Hawkins. Sono qui per un lavoro.» Una sensazione persistente la costrinse a osservarlo un po' oltre il necessario. Quando non le fu più possibile trattenersi, sbottò: «Ma lei è Rex Chandler, il divo del cinema?»

L'uomo sorrise, gentile. «Esatto. Ma ho cambiato professione.»

Lettie trattenne una risatina deliziata. La madre di una sua amica lo adorava in segreto da sempre.

«Perché non venite in cucina, voi due» suggerì Rex. «La signora Morley vorrà parlare con Lettie e io ho bisogno di parlare con te, Kenton.»

Mentre seguiva i due uomini in cucina, una donna corse loro incontro, gridando: «Kenton! Kenton! Finalmente sei a casa!»

Ridendo, Kenton si lasciò abbracciare. «Sembra che sia stato via per un anno, signora Morley.»

«C'è mancato poco» rispose lei sorridendo e pizzicandogli la guancia. «E guardati! Sei più bello che mai.»

Come se non potesse aspettare oltre per distogliere le sue attenzioni altrove, Kenton disse: «Signora Morley, vorrei presentarle Lettie Hawkins. È qui per un lavoro.»

Lo sguardo della signora Morley si spostò su Lettie. «E allora dimmi, ti piace lavorare?»

«Le piace mangiare» scherzò Kenton, e un ampio sorriso illuminò il volto della signora Morley.

«A guardarti, Lettie, anch'io direi che potrebbe servirti un po' di cibo in più» constatò la signora Morley. «Parliamo un po' dei compiti che potresti svolgere qui. Al momento sono a corto di personale.»

Kenton e Rex lasciarono la cucina.

La signora Morley indicò a Lettie una scrivania situata in una nicchia della cucina. Dopo aver posato la sua mole considerevole su una sedia, la guardò. Mentre la studiava, i suoi occhi verdi trasmettevano gentilezza. I capelli castani striati di grigio erano ben ravviati e raccolti in una coda di cavallo che permetteva a Lettie di ammirare i suoi lineamenti gradevoli.

«Siediti qui, cara.»

Lettie prese posto sulla sedia che le aveva indicato e si strinse le mani, un po' in ansia. Ora che aveva visto la locanda e la meravigliosa campagna circostante, voleva assolutamente quel lavoro.

«Di dove sei, Lettie? E perché mai vuoi lavorare qui in campagna? Credo che una giovane e bella ragazza come te preferisca stare in una città e divertirsi.»

Lettie aspettò un momento, incerta su come rispondere. Aveva pensato di voler vivere in città, libera di fare tutto quello che voleva. Ma dopo quattro mesi di quella vita, l'esaltazione era sfumata. Preferiva sapere dove avrebbe dormito la notte e quando sarebbe stato il suo prossimo pasto.

«Forse, dentro di me, sono solo una ragazza di campagna» rispose, a voce bassa. Le sue vecchie amiche l'avrebbero presa in giro, ma in quel momento, era ciò che provava.

«Ebbene, è quello che sarai se scegli di rimanere. C'è un bel po' di movimento qui attorno, considerando che la gente si sta accaparrando gli allevamenti di tacchini e altro per trasformarli in aziende vinicole; comunque, questa *è* campagna. E spero che lo sia sempre.» Si piegò in avanti. «E dimmi, sai cucinare? E fare le pulizie?»

«Sì, certo» rispose Lettie. «Mi occupavo di entrambe le cose, nella mia famiglia affidataria. Ero la maggiore di otto ragazzi.»

«Otto? Santa pace, otto figlioli da prendere in casa sono un bel po'» esclamò la signora Morley.

«Sono un bel po' di soldi» replicò Lettie senza nascondere il suo disgusto. «È per questo che lo facevano.»

«Capisco» disse la signora Morley, osservandola. «E quindi, da quanto sei per tuo conto?»

«Quattro mesi» rispose lei. «Ero a San Francisco quando ho incontrato Kenton.»

«Un giovane davvero perbene. Lo conosco da un bel po', ormai» sospirò la signora Morley con affetto. «Sei fortunata che ti abbia trovata. Perché non cominciamo dai lavori domestici, e vediamo come va? E poi mi puoi dare una mano in cucina, magari.»

«Va bene» disse Lettie, saltando in piedi. «Dove posso sistemare le mie cose? Le devo prendere dalla macchina.»

La signora Morley le diede un'occhiata di approvazione. «Mi piace il tuo entusiasmo. Lascia che ti mostri la tua stanza e poi ti farò fare un giro.»

La zona nord della parte anteriore della casa consisteva in una ampia sala da pranzo rivestita di pannelli in legno, che aveva già visto in precedenza. In mezzo alla stanza troneggiava il lungo tavolo di mogano che poteva ospitare dodici commensali. Proprio in mezzo al tavolo c'era un vaso di vetro inciso, con una composizione floreale estiva di rose e ortensie rosa inframmezzate a margherite bianche. Lungo una delle pareti, sopra a un bancone, numerose tazze, calici da vino e bicchieri per l'acqua erano riposti in una credenza a giorno di legno scuro. Sopra il ripiano in marmo del bancone erano appoggiati una macchina del caffè e un fornello con sopra una teiera di acqua bollente. A fianco, una ciotola con lo zucchero, una brocca di latte e un piatto con delle fettine di limone. All'altro estremo del bancone, un gran vassoio di biscotti con gocce di cioccolato fatti in casa invitava gli ospiti a servirsi liberamente.

«Quanti ospiti avete, di solito?» chiese Lettie.

«Abbiamo sei camere, quindi ci sono fino a dodici persone da servire a colazione. Durante il giorno, la gente va e viene, tra una visita alle cantine della zona e una gita nei dintorni. Per chi non ha voglia di muoversi per andare al ristorante, mettiamo a disposizione degli ospiti una cena semplice.» Un lampo d'orgoglio attraversò il volto della signora Morley. «A volte mio marito Pat fa una grigliata, o Rita Lopez cucina cibo messicano. Agli ospiti piacciono le pietanze in stile casalingo. A dire il vero, stiamo diventando abbastanza famosi per questo.»

A Lettie venne l'acquolina in bocca. Sembrava tutto così buono.

La signora Morley la condusse a una credenza, aprì i cassetti e le sorrise. «Vediamo come te la cavi a lucidare l'argenteria.»

Più tardi, dopo che le ebbe spiegato come fare, Lettie era già all'opera con le posate quando Kenton entrò in cucina.

«E allora? Hai intenzione di restare?» le chiese.

«Sì» rispose Lettie con decisione. Per tutto il tempo, mentre lustrava le posate, aveva potuto osservare i rilievi delle colline là fuori. Era lì che voleva stare, aveva deciso. Quel posto la faceva stare bene.

CAPITOLO DUE

Quella notte, mentre era sdraiata a letto, Lettie pensò a quanto fosse stata fortunata a incontrare Kenton. Per gran parte della sua vita, la fortuna l'aveva evitata. Essere lì la ripagava di tutto. La sua stanza a piano terra dietro la cucina era la più graziosa che avesse mai avuto. Ed era solo sua.

I Morley vivevano in una casa ai piedi della collina. Kenton le aveva spiegato che quando gli ospiti non richiedevano la cena la signora Morley se ne andava alle cinque. Nelle sere in cui preparava la cena, invece, andava via appena dopo aver servito i clienti. A seconda del programma, sarebbe stata Lettie a sostituirla ove necessario, assicurandosi che gli ospiti avessero quanto serviva per una piacevole serata.

Lettie si girò su un fianco e tirò su la coperta fino al collo, godendosi il profumo pulito delle lenzuola e il tepore della coperta. Si era fatta la doccia nel suo bagno privato e ora strofinava la soffice lana sulla pelle, colma di gratitudine per aver avuto l'opportunità di un simile lavoro.

Sentendo tamburellare, Lettie si svegliò confusa. Le ci volle un attimo per capire che qualcuno stava bussando alla sua porta. Controllò la sveglia sul comodino. Le sei e mezza.

Con un gemito uscì dal letto e andò a vedere chi fosse.

Aprì uno spiraglio e vide la signora Morley fuori dalla porta. «Che succede? Fuori è ancora buio.»

«È l'ora di alzarsi. Dobbiamo preparare i muffin freschi. Sbrigati. I nostri quattro ospiti partono stamattina, e devono fare colazione entro le otto.»

«Arrivo subito» rispose Lettie, chiudendo la porta.

Dopo essersi velocemente vestita, corse in cucina dove trovò la signora Morley che versava gli ingredienti in una ciotola di vetro. La donna alzò lo sguardo e sorrise a Lettie.

«Bene, bene... Buongiorno!»

Lettie fece un cenno con il capo. «Buongiorno.»

«Perché non apparecchi la tavola? Serviranno sei tovagliette. Rex e Kenton si uniranno agli ospiti per colazione.»

All'occhiata sorpresa di Lettie, la signora Morley continuò: «È una buona cosa che gli ospiti conoscano i padroni di casa. Aiuta gli affari.»

«Capisco» disse Lettie. Aveva scordato che la locanda, per quanto piccola, era una fonte di denaro.

Aprì un ampio cassetto della credenza in sala da pranzo e prese sei tovagliette all'americana color vinaccia con sei tovaglioli in tinta. Aveva sufficiente esperienza come cameriera per sapere esattamente che cosa serviva.

Posò tovagliette e tovaglioli davanti alle sedie a un'estremità della lunga tavola, aggiunse le posate che servivano, avvicinò la composizione floreale e fece un passo indietro per ammirare il proprio lavoro.

La signora Morley arrivò alle sue spalle. «Bene, adesso bisogna mettere in ciascun posto i bicchieri per la spremuta, i calici dell'acqua e le tazze da caffè. In mezzo al tavolo, sale e pepe, e il piattino del burro che è in cucina.»

Lettie corse in cucina a prendere il burro e finì addosso a Kenton. «Oh, scusami.»

Lui le sorrise. «Nessun problema. Quando hai finito con i tuoi compiti, mi piacerebbe mostrarti il vigneto.»

«Davvero? Mi piacerebbe.» C'era qualcosa in quei terreni attraversati dai filari di viti in maturazione che le procurava un senso di conforto. Sembrava un po' folle, ma era come se aspettasse da tutta la vita di ritrovarsi proprio in quel luogo.

La signora Morley osservò da un angolo della sala da pranzo mentre Lettie portava il cibo dalla cucina e lo serviva agli ospiti e ai due Chandler. Le aveva dato indicazioni di servire da sinistra e portare via i piatti vuoti da destra. Le tremavano le mani quando versò la prima tazza di caffè, ma in breve si sentì più a suo agio. E le piaceva cogliere frammenti di gradevoli conversazioni da parte di persone che erano ben più interessanti di quelle che vivevano nella sua vecchia casa.

Terminata la colazione, il signor Morley arrivò alla locanda per aiutare gli ospiti con i bagagli. Ora a Lettie toccava di sparecchiare, così tolse i piatti dalla sala da pranzo e portò tovaglioli e tovagliette in lavanderia.

La signora Morley fece il punto della situazione con lei. «D'accordo, adesso pulisci la tavola e poi puoi lavare i piatti. Siamo a metà settimana, per cui non ci sono ospiti in arrivo stasera. Quando avrai rifatto le due camere che sono state usate e aiutato a riordinare le zone comuni, puoi prenderti un po' di tempo per esplorare i dintorni. Mi occuperò io delle stanze private della famiglia. Quando siamo in piena attività, viene ad aiutarci Paloma Sanchez, una giovane donna più o meno della tua età. Adesso è andata in California con i figli a trovare la sua famiglia per l'estate e non tornerà che in autunno. Suo marito è un militare che sta prestando servizio in Vietnam.»

«Oh, spero che gli vada tutto bene» disse Lettie.

La signora Morley le sorrise. «Continua così, mi piace come lavori. Mi sembra che ti sia già ben inserita.»

A quelle parole il cuore di Lettie si riscaldò. Dunque, *è così che funziona quando ti senti parte di qualcosa.*

Dopo aver lavato i piatti e rifatto le camere degli ospiti con l'approvazione della signora Morley, Lettie andò in biblioteca per assicurarsi che fosse tutto in ordine e in salotto a sprimacciare i cuscini.

«Domani,» annunciò la signora Morley «daremo una bella pulita a queste stanze. Adesso vai a divertirti un po'!»

Lettie non ricordava che qualcuno le avesse mai detto parole simili. D'impulso, diede un veloce abbraccio alla signora Morley e lasciò la stanza, prima di mettersi a urlare dalla gioia e sembrare completamente matta.

Una volta uscita, respirò l'aria tiepida di giugno e osservò gli alberi attorno alla locanda. Non era sicura di che genere fossero, ma le loro chiome formavano un mosaico di ombre sul terreno sottostante. Alcuni dei cespugli vicino alla base dell'edificio erano in fiore e ravvivavano la scena di colori. Lettie trattenne il fiato quando una farfalla dorata si posò per un attimo su una pianta e poi volò via.

Cercando Kenton, Lettie si avviò verso un fienile in lontananza. Non riusciva a smettere di canticchiare mentre attraversava i terreni. La vita di campagna le andava a pennello.

Aveva quasi raggiunto il fienile, quando Kenton comparve, insieme a un altro giovane.

Kenton la salutò con la mano e la chiamò.

Lettie sollevò il braccio e affrettò il passo.

«Sei libera per un po'?» chiese Kenton.

«Sì. Per oggi il mio lavoro è finito.»

La sua attenzione si spostò sull'alto, giovane uomo in piedi vicino a lui, e di colpo le mancò il fiato. Con i suoi lisci capelli neri, gli occhi castani, la carnagione abbronzata e la corporatura atletica, era il più bell'uomo che avesse mai incontrato.

Lui la osservò con un'intensità che le fece accelerare i battiti. Mentre continuava a guardarla, le emozioni la travolsero. Quella persona, chiunque fosse, la stava penetrando nel profondo, là dove nascondeva i suoi pensieri più intimi, e la faceva sentire così vulnerabile da voler scappare via.

Come se sapesse ciò che stava pensando, l'uomo le fece un sorriso così radioso che la convinse della sua gentilezza.

«Ehi, voi due! Piantatela di guardarvi e dite ciao» li prese in giro Kenton, rivolgendosi a lei. «Questo è Rafe Lopez. Rafe, lei è Violet Hawkins dall'Ohio. Puoi chiamarla Lettie. È la nuova ragazza che è venuta a lavorare da noi.»

«E tu di cosa ti occupi?» chiese Lettie a Rafe, curiosa di sapere il più possibile su di lui.

«Mio padre è il vignaiolo. Io lo aiuto» rispose Rafe.

«Col tempo, avremo un vinificatore» aggiunse Kenton. «Ma non siamo ancora pronti per quello. Forza, vi faccio da guida.»

Mentre entravano nel fienile, Lettie si accorse che Rafe zoppicava dalla gamba sinistra. «Cosa ti è successo?» chiese. Subito si accorse che poteva essere sembrata inopportuna, e arrossì.

«Un incidente con il trattore, anni fa» rispose Rafe, tranquillo.

Kenton si girò verso di lei. «È stato considerato inabile al servizio militare, anche se ha un occhio di falco.»

Rafe gli diede una spinta scherzosa. «Ah, davvero?»

«Ti ho visto sparare, e sei bravo» disse Kenton. «Il migliore.» Poi si rivolse a Lettie. «Rafe è arrabbiato di non potere andare in guerra, ma io non lo sono. Ho già perso uno dei miei migliori amici.»

Continuarono a camminare.

Con un gesto del braccio Kenton indicò l'area che li circondava. «Mio padre ha studiato l'agricoltura biologica. Abbiamo organizzato il vigneto perché sia sostenibile, il che significa che il suo funzionamento sfrutta un ciclo completamente naturale.» Indicò alcune stalle dentro al fienile. «Per esempio, alleviamo delle mucche all'interno della proprietà, per avere a disposizione il fertilizzante. Per la concimazione usiamo solo prodotti naturali. »

«C'è parecchio da imparare su come si organizza un vigneto» disse Rafe. «Scommetto che non sai perché la maggior parte dei vignaioli pianta i filari in direzione nord-sud, qui nella Willamette Valley.»

Affascinata dal suo entusiasmo, Lettie scosse la testa.

«Lo si fa per sfruttare la luce del sole in pari misura da entrambi i lati delle viti» spiegò Kenton.

«In effetti, ha senso» concordò lei, spostando lo sguardo dall'uno all'altro.

«E non c'è bisogno di irrigare i vigneti. Sai perché?» chiese Kenton.

Lei capì che era una domanda retorica e aspettò che continuasse. «Il terreno è composto da depositi sedimentari e roccia vulcanica. È di colore chiaro per l'argilla e i frammenti naturali di roccia vulcanica. Le viti non crescono bene se il suolo è poco poroso. Ecco perché le colline intorno alla valle sono adatte alla crescita della vite. La roccia polverizzata non trattiene l'acqua e permette un buon drenaggio.»

Lettie seguì i ragazzi all'esterno, dove era stato piantato un filare di viti. Raccolse un pugno di terriccio, lo osservò e lo strofinò tra le dita. Le suonava strano sentir parlare di suolo vulcanico. Non ci aveva mai pensato più di tanto. La terra è terra.

Kenton disse: «Ho fatto delle ricerche e, solamente nelle vicinanze di Portland, ci sono state eruzioni di quasi cinquanta vulcani più di mezzo milione di anni fa. Forte, eh?»

Lei scoppiò a ridere. «Molto forte.»

«D'accordo, per oggi basta con le lezioni sul vino» disse Rafe. «Proviamone uno californiano.» E, rivolgendosi a Lettie: «Bianco o rosso?»

Lettie sgranò gli occhi. «Io... io... non saprei.»

«Va bene, cominciamo con uno Chardonnay leggero» propose Rafe. «Teniamo delle scorte di vino nel capanno, per assaggi e analisi.»

Dietro al fienile, nascosta tra un gruppo di alberi, faceva capolino una struttura in legno. Il rivestimento esterno dipinto di rosso riprendeva il colore del camino di mattoni, che spuntava da un lato del profilo del tetto.

«Chi vive qui?» domandò Lettie.

«Io, qualche volta. E quando siamo in piena vendemmia, qualcuno di noi si accampa qui» rispose Rafe. Lettie pensò ai film western che aveva visto alla televisione e si domandò che aspetto avesse quella baracca all'interno.

Quando seguì gli uomini nel capanno, il profumo del legno bruciato la accolse. Osservò i due letti a castello in legno d'acero, allineati lungo la parete senza finestre che era dal lato opposto del camino. Le coperte variopinte rallegravano il beige e il marrone del tappeto intrecciato che era steso lì vicino. Il divano davanti al camino doveva essere stato un tempo di morbido cuoio marrone chiaro, ma ora le profonde crepe nella pelle denunciavano i segni dell'età; a ciascun lato del divano erano accostate ad angolo due poltrone dal disegno scozzese nei toni del verde e dall'aria assai confortevole.

In fondo al capanno la porta del bagno era aperta e lungo la stessa parete si allineavano degli armadietti in legno di pino, ai lati di una vecchia cucina elettrica e di un frigorifero coperto di foglietti con note scritte a mano.

Un logoro tavolo in legno d'acero era sistemato nel centro della zona cucina, circondato da quattro sedie coordinate.

«Non male, che ne dici?» disse Kenton.

«Carina» commentò Lettie, favorevolmente colpita. L'interno aveva un'atmosfera accogliente.

Kenton guardò l'orologio. «Abbiamo un paio d'ore prima

di dover tornare all'edificio principale, dove ci aspettano per cena.» Si rivolse a Rafe. «Stappiamo quella bottiglia di Chardonnay e rendiamo partecipe Lettie di una delle ragioni per cui la vinificazione è così importante.»

Rafe rise e gli fece il saluto militare. «Sissignore.»

Kenton si girò verso Lettie. «In questo stato l'età legale per bere vino è diciotto anni.»

Tirò fuori una bottiglia dal frigo e la stappò. Poi prese tre bicchieri dalla credenza e si rivolse a Lettie. «Questo è un buon modo per cominciare. Lo Chardonnay può essere elegante con una sfumatura fruttata e, a seconda di quanto a lungo invecchia nelle botti di rovere, può definirsi untuoso.»

Rafe versò una piccola quantità di vino nei tre bicchieri e ne passò uno a Lettie e uno a Kenton.

Lettie guardò Rafe e Kenton che facevano roteare il vino nei loro bicchieri, lo annusavano, sollevavano il bicchiere per osservarne il contenuto in trasparenza e infine ne presero un sorso.

«Questo fa dei begli archetti» osservò Kenton. «Vedi questi piccoli rivoli creati dal vino che sembrano aggrapparsi in sottili strati all'interno del vetro del bicchiere?»

«Buon profumo» aggiunse Rafe.

Dopo aver deglutito, si guardarono e sorrisero.

«Piacevole» disse Kenton. «Non troppo legnoso, con un tocco fruttato.»

«Un po' di ananas, forse?» aggiunse Rafe.

Lettie aveva lo sguardo fisso sul liquido nel bicchiere. *Ananas? Ma sono matti?*

«Forza, Lettie, assaggialo» la incoraggiò Kenton.

Lettie fece roteare il vino nel bicchiere, lo annusò, e lo sollevò in aria per osservarlo. Non le sembrava per niente dolce.

«Ebbene?» chiese Kenton.

Prese un sorso e lo inghiottì. La lingua le si arricciò confusa mentre cercava di decifrare il sapore del vino.

«Non so cosa dovrei dire» rispose Lettie, imbarazzata. «Tirando a indovinare, direi che sa di melone.»

Rafe le sorrise. «Ottimo. Penso che presto scopriremo che hai un buon palato.»

Lei fece uno sguardo interrogativo.

«Un buon palato è la capacità di percepire le diverse note di un vino. E, come ho detto, credo che tu ce l'abbia.»

Dopo aver equamente contribuito alla condivisione della bottiglia di vino, le guance le scottavano. Si appoggiò allo schienale della sedia con un sospiro soddisfatto. Adesso capiva perché la gente amava il vino. Una volta superata la sorpresa del primo assaggio, era davvero piacevole.

Rafe mise una cassetta nel lettore, e la musica dei Beatles riempì l'aria. Lì nel capanno, con Kenton e Rafe, le note risuonavano molto meglio che nelle strade di San Francisco. Lettie chiuse gli occhi e lasciò che la musica fluisse attraverso di lei.

Non era sicura di quanto tempo fosse passato, quando Kenton annunciò: «È ora di andare a cena.»

Con il battito accelerato dalla preoccupazione, balzò a sedere. Parte del suo lavoro consisteva nell'aiutare la signora Morley durante i pasti.

«Ci vediamo là» disse a Kenton. «Grazie, Rafe. Devo andare a dare una mano in cucina.»

Dopo essersi precipitata all'edificio principale, Lettie arrivò senza fiato e corse in cucina. «Sono qui per aiutare con la cena.»

La signora Morley la osservò con un sopracciglio alzato. «Visto che è solo la famiglia, ho già tutto sotto controllo. Ma, la prossima volta, ho bisogno che tu sia qui a fare la tua parte. Chiaro? Sei un membro del personale, non della famiglia.»

Eccola sbattere contro il mondo reale. La familiarità che aveva appena condiviso con Kenton e Rafe evaporò in un improvviso mal di pancia. «Sì, signora Morley» disse, educatamente, mentre nascondeva l'amaro sapore della disillusione. Aveva creduto di aver trovato una accogliente sistemazione con due nuovi amici.

Lettie apparecchiò velocemente la tavola per due e poi, dopo che la signora Morley ebbe impiattato le lasagne che Kenton aveva richiesto, portò le pietanze nella sala da pranzo e le servì a Rex e a Kenton.

Kenton osservò i piatti e si accigliò. «Perché non mangi con noi?»

«Come mi ha appena chiarito la signora Morley, sono solo un membro del personale.»

Kenton guardò il padre seduto di fronte a lui. «Papà, quando non ci sono altri ospiti, Lettie può mangiare insieme a noi? Per me sarebbe importante. Sta diventando una buona amica.»

Rex guardò Kenton un po' sorpreso e poi si rivolse a lei. «A te farebbe piacere?»

Lettie esitò e poi rispose con cuore sincero. «Ne sarei felice.»

«Allora, metti un coperto anche per te, vai in cucina a prenderti da mangiare, e unisciti a noi. Sarà piacevole avere una voce femminile alla nostra tavola. E poi, mi interessa sapere qualcosa in più su di te.»

Lettie si precipitò a fare quello che le era stato detto. In pochi minuti, e dopo un'occhiata di disapprovazione da parte della signora Morley, era seduta a tavola in sala da pranzo, al fianco di Kenton.

«Cosa ne dici della tua prima giornata alla locanda di Chandler Hill?» le domandò Rex.

«È stato bello. La signora Morley è molto gentile. E dopo

aver completato i miei compiti, Kenton e Rafe mi hanno fatto fare un giro.»

«E i vigneti? Hai potuto dare un'occhiata alle piante della vite?»

A Lettie tornò in mente la travolgente sensazione di avere trovato la casa dei suoi sogni proprio quando aveva visto le vigne, e strinse le mani con un gesto quasi di preghiera. «Amo già questi luoghi, la distesa di colline, il fatto che il terreno sia fatto di frammenti vulcanici e sedimenti marini, le sensazioni che mi provoca guardare le viti, tutto quanto. Persino il terriccio ha un buon odore, quando lo avvicini alla faccia.» All'improvviso, Lettie fu consapevole dell'impressione che poteva avere dato, e si tappò la bocca.

Rex continuava a guardarla, sorpreso.

Sarebbe stato meglio dare una risposta più semplice, pensò Lettie, e si agitò sulla sedia.

«E, papà, abbiamo anche fatto una piccola prova con lei. Ha un buon palato per il vino» disse Kenton.

«Ho sentito dalla signora Morley che sei dell'Ohio. Eri mai stata in Oregon, prima?» le chiese Rex.

Lettie scosse la testa. «Non sono mai stata in nessun posto che non fosse Dayton, nell'Ohio, fino a quando non sono andata a San Francisco.»

«Allora, dimmi di nuovo perché ti piace l'Oregon» disse Rex sporgendosi verso di lei mentre la osservava.

Con le guance in fiamme per la timidezza, Lettie spiegò: «Non conosco nessuna altra zona dell'Oregon, ma la terra qui attorno è magnifica. Le colline si stendono in ogni direzione come drappi di tessuto striati dai filari delle viti. Sembra di guardare una enorme, bellissima, trapunta verde.»

Lettie notò gli sguardi stupefatti che si scambiavano Kenton e Rex. «Ho detto qualcosa di sbagliato? Forse dovevo starmene zitta. Mi è stato fatto notare che a volte dico delle cose in un modo un po' fuori di testa. I miei genitori affidatari non sopportavano che facessi così.»

«No» rispose Rex tranquillo. «Parli in un modo piacevolissimo. È ovvio che tu sia già innamorata di questa terra. Bene. Molto bene.»

Imbarazzata, Lettie si alzò. «Posso portarvi qualcos'altro? Altrimenti, sparecchio la tavola.» Lettie prese svelta i piatti vuoti e li portò in cucina.

«Chi vuole il dolce?» chiese la signora Morley. «Ho preparato la torta preferita di Rex. Con le mele.»

«Vado a chiedere» disse Lettie.

Dopo qualche istante tornò. «Sia Kenton che Rex prendono la torta.»

La signora Morley le lanciò uno sguardo di avvertimento. «Per te, Lettie, è *il signor Rex*. Tienilo a mente.»

«D'accordo» rispose Lettie, con educazione. «Se va bene, adesso posso portar loro il dolce.»

«Tu non lo prendi?» chiese Rex quando gli mise davanti il piattino con la torta di mele tiepida.

Lettie scosse la testa. «No, grazie.»

Quindi, incerta se rimanere o andarsene, scivolò silenziosa fuori dalla stanza.

CAPITOLO TRE

Il giorno seguente, dopo che Lettie ebbe completato le faccende domestiche, la signora Morley le disse: «Ricordati di tenere d'occhio la casa. Oggi pomeriggio arrivano quattro ospiti. Vogliamo essere sicuri che abbiano tutto quello che gli serve, come ci siamo dette. Chiaro?»

Lettie fece un cenno con il capo. Era una bella giornata. Il sole splendeva e la temperatura era poco sopra i 20 gradi. Non vedeva l'ora di uscire, camminare per i campi e mettere ordine nei suoi pensieri.

In piedi davanti alla casa, sorvegliava i dintorni. In lontananza si muoveva un trattore. Curiosa, si incamminò in quella direzione. Mentre passeggiava, respirava l'aria fresca e si domandava che cosa l'attendesse per i prossimi mesi. Gli ultimi giorni erano stati i migliori della sua vita.

Mentre scendeva lungo il poggio, notò Rafe che lavorava a un macchinario vicino al granaio e lo salutò con la mano.

Lui rispose al saluto e venne verso di lei. «Dove vai?» le gridò.

Lei indicò il trattore.

«Fermati lì» disse lui.

Lettie si fermò e aspettò che la raggiungesse.

«Perché vai fino a là?» chiese lui. «C'è solo il tizio del trattore che fa il suo lavoro.»

«Lo so, ma cosa fa esattamente?» domandò Lettie. «Voglio imparare tutto sulla coltivazione della vite. È affascinante.»

Un sorriso gli attraversò il volto. «Non ho mai incontrato nessuna come te. I capelli. È quello che si chiama biondo fragola, se non sbaglio. E i tuoi occhi, non sono esattamente azzurri, ma una specie di verde.»

Lettie strisciò i piedi nella terra smossa, incerta se le stesse facendo un complimento o prendendola in giro, come le era successo tante volte quand'era a casa.

«Ehi, scusa, non volevo metterti in imbarazzo» disse Rafe. «Il tuo aspetto mi piace molto.»

L'ambiente circostante scomparve mentre Lettie rispondeva al suo sguardo. I capelli scuri formavano un'onda sopra il sopracciglio destro. Osservò il naso diritto e fiero, la fossetta del mento, le labbra carnose. Ma erano gli occhi scuri che la attiravano.

«Anche a me piace il tuo aspetto.»

Rafe ridacchiò compiaciuto. «Non vedo l'ora di conoscerti meglio, Lettie.» Guardò l'orologio. «Meglio che torni al lavoro.»

Prima di andarsene, le strizzò l'occhio.

Lettie aspettò che il cuore rallentasse i battiti prima di muoversi.

«Ehi, ciao!» le gridò Kenton correndole incontro. «Che succede? Dove stai andando?» Le strinse un braccio attorno alle spalle.

A quel gesto così familiare, Lettie gli sorrise. «Sto andando a vedere quel trattore. Voglio capire che cosa sta facendo.»

«Abbastanza noioso, temo, ma ti accompagno. E più tardi, potremmo assaggiare dell'altro vino.»

Lettie scosse la testa. «Non oggi. Arrivano quattro ospiti e la signora Morley vuole che io sia nei dintorni per aiutarla ad accoglierli.»

«Peccato» rispose lui, sorridendo. «Se mi sposassi, non dovresti preoccuparti degli ospiti.»

Scioccata, si fermò e lo guardò. «Non mi conosci nemmeno. Come fai a dire una cosa del genere?»

«Stavo solo scherzando. Mio padre mi ha chiesto in che rapporti fossimo, e gli ho detto che eravamo solo amici, ma che mi piaci un sacco e forse qualcosina in più.»

«Oh.» Lettie nascose la sorpresa. Aveva pensato che fossero solo amici. Un pensiero preoccupante la colpì. «Non voglio che tuo padre pensi che io possa mollare il lavoro. È il migliore che io abbia avuto da quattro mesi, se non da sempre.»

«D'accordo» disse Kenton, e si scambiarono un sorriso.

Dopo aver guardato il trattore falciare l'erba che cresceva in modo imprevedibile tra i filari e aver brevemente parlato con il guidatore, che Kenton le disse essere Joe, il padre di Rafe, Lettie e Kenton tornarono alla locanda.

«Il padre di Rafe mi è sembrato simpatico» commentò Lettie.

«Joe è una brava persona» rispose Kenton. «Mio padre si fida di lui. È quello che chiamiamo il viticultore. Col tempo, quando assumeremo un vinificatore, mi piacerebbe imparare a fare entrambe le cose.»

Lettie lo guardò pensierosa. Stava imparando che serviva molto lavoro da parte di molte persone per produrre una singola bottiglia di vino.

La produzione del vino fu dimenticata appena arrivarono gli ospiti. Come le avevano spiegato, Lettie portò nelle loro camere brocche di acqua fresca e biscotti appena sfornati e li informò dell'aperitivo in biblioteca a partire dalle cinque.

Poiché entrambe le coppie avevano deciso di cenare nella cittadina di McMinnville, al ristorante italiano *Nick's*, la signora Morley era tornata a casa sua presto, lasciando istruzioni a Lettie perché servisse la cena al signor Rex e a Kenton: un semplice stufato di pollo, broccoli e salsa al limone. Il tutto completato da un'insalata mista, pane appena sfornato e frutta.

Contrariamente alla volta precedente, Lettie apparecchiò con piacere tre coperti al tavolo di pino della cucina. La signora Morley le aveva spiegato che talvolta Rex decideva di mangiare con gli ospiti in sala da pranzo, ma in genere preferiva starsene tranquillo nell'ala separata. Lettie non vedeva l'ora di scoprire qualcosa in più sulla leggenda hollywoodiana che mandava le donne in estasi. Era ancora un uomo attraente.

«Ah, questo sì che mette di buon umore» disse Rex sedendosi al tavolo della cucina. Annusò e sorrise. «Niente di meglio della cucina della signora Morley.»

Kenton arrivò di corsa e scivolò sulla sedia davanti a Rex. «Scusate il ritardo.»

Rex sollevò le sopracciglia ma non disse nulla.

Lettie mangiava silenziosa, in attesa che la conversazione iniziasse. Rex era un enigma per lei. Sullo schermo era un eroe dalla parlantina facile che risolveva le situazioni. A casa era un uomo tranquillo che amava la lettura. Incontrava altre persone in città, ma non troppo spesso.

«Le spiace non fare più il cinema?» gli domandò infine.

Rex appoggiò la forchetta. «Sì e no. Mi ero stancato dei soliti ruoli. Però, se saltasse fuori una parte interessante, immagino che l'accetterei. In questo momento il mio obiettivo è avviare bene i vigneti e questa locanda. Un giorno mi auguro di espandere la locanda e produrre vino dalla nostra uva. Ci vorrà del tempo, ma sono convinto che ce la possiamo fare.»

«Sono contento che tu abbia preso questa decisione, papà.» disse Kenton. «Molta gente si sta rendendo conto di quanto sia buono questo terreno per la coltivazione della vite: arrivano qui, si accaparrano le aziende agricole, e le trasformano in vigneti. È una fortuna che tu sia riuscito a prendere dei buoni vitigni un paio d'anni fa e piantarli.

Potremmo essere i primi, qui attorno, a produrre vino.»

«Quando pensate di farlo?» chiese Lettie.

«Sarebbe fantastico se riuscissimo a produrre sufficiente uva l'anno prossimo e fare le prime valutazioni sulla resa del raccolto» rispose Rex. «Poiché dimostri tanta passione per la terra e interesse per le viti, ho pensato che potrebbe farti piacere unirti a me e a Kenton quando incontreremo uno dei viticultori californiani che sta istruendo Kenton. Ha in programma di venire a trovarci dopo la vendemmia, tra un paio di mesi, per vedere come procedono le viti. E quando le cose cominceranno a muoversi, avremo bisogno di tutto l'aiuto possibile.»

«Ben Kurey è davvero un tipo piacevole» aggiunse Kenton. «Può essere che decida di trasferirsi qui, se le cose vanno per il verso giusto. È un bravo vinificatore.»

«C'è un motivo per cui le donne non possono occuparsi di produzione vinicola?» chiese Lettie.

«Ci sono parecchie donne nella valle che sono interessate alla vinificazione. E, un giorno, potresti essere una di loro» le rispose Rex.

«Mi piacerebbe» disse Lettie, sentendo che il suo futuro poteva essere nelle mani di quell'uomo. Era bello sapere di avere nuove opportunità.

«È una grande idea, papà. Ci renderebbe unici. Anche Gloria Steinem[1] approverebbe.»

Rex scoppiò a ridere. «Ah già, le femministe...»

Terminato di mangiare, Rex si pulì la bocca con il tovagliolo e si alzò in piedi. «Devo vedere delle persone in città. Torno più tardi.»

Dopo che se ne fu andato, Lettie sparecchiò la tavola.

---

[1] Scrittrice, giornalista e attivista statunitense, considerata portavoce e leader del femminismo degli anni Sessanta e Settanta. NdT

Kenton rimase ad aspettarla mentre lavava i piatti. A un certo punto, si voltò verso di lui. «Mi sembra che tuo padre soffra di solitudine. Dov'è tua madre?»

Kenton rise con amarezza. «Mia madre è ormai al terzo matrimonio, da quando hanno divorziato. Mio padre non si è mai risposato. Ha detto che non voleva trovarsi un'altra volta nello stesso schifo di situazione. In molte hanno provato a fargli cambiare idea, ma non è interessato al matrimonio, e alla fine quelle smettono di insistere. Ritorna in California sempre più di rado.» Le fece un cenno per cambiare discorso. «Coraggio, andiamo a vedere dov'è Rafe. Stasera rimaneva nel capanno, e mi è venuta un'idea per divertirci un po'.»

Mentre seguiva Kenton fuori dalla casa, Lettie pensò alla sua famiglia affidataria. Litigavano spesso, ma allora perché erano rimasti insieme? Timore di una reprimenda da parte della loro congregazione? Il loro non era un matrimonio felice, e non era felice la vita in quella casa. Tutti i ragazzi che avevano in affidamento lo sapevano bene e soprattutto lei, che era la maggiore. E quando, in rare occasioni, l'alcol aveva fatto capolino in quella situazione precaria, aveva anche temuto per la sua stessa vita.

Kenton camminava davanti a lei con passi così rabbiosi che Lettie si domandò se avesse ancora in mente sua madre. Lei non aveva mai conosciuto la propria. Era stata catapultata nel sistema di affidamento familiare quando era neonata e non ne era più uscita. Non era del tutto terribile, ma non avrebbe mai voluto che un figlio suo vivesse quell'esperienza. La sensazione di non essere voluta, di non essere amata, era insediata nella sua mente.

Kenton bussò alla porta ed entrò nel capanno. Lettie lo seguì.

Rafe ascoltava della musica, sdraiato sul divano. Balzò in piedi. «Ehi! Voi due, cosa ci fate qui?» Le sorrise. «Pensavo che ti dovessi prendere cura degli ospiti, Lettie.»

«Sono andati in città per cena. Più tardi vedrò se hanno bisogno di qualcosa» rispose, lasciandosi cadere in una delle poltrone.

«Pensavo che noi tre potremmo prendere l'auto e andare in città» disse Kenton a Rafe. «Magari fanno qualcosa al bar dell'hotel.»

Rafe scosse la testa. «Voi andate pure. Domani devo alzarmi presto. Do una mano con la potatura ai ragazzi di White Hills.»

«È meglio che rimanga qui anch'io» disse Lettie.

«Voi due siete una noia» si lamentò Kenton. «Allora, mi sa che vado da solo.»

«Ci vediamo, amico.»

«Ce la fai a tornare da sola?» le chiese Kenton. «Lascio le luci accese nella locanda.»

«La accompagno io» disse Rafe. «Tranquillo, con me è al sicuro.»

A Lettie piacque come la fecero sentire quelle parole.

Quando Kenton se ne fu andato, Rafe disse: «Vuoi qualcosa da bere? O del fumo?»

Lettie scosse decisa la testa. Voleva un'amicizia vera con lui, non qualcosa di contaminato dall'alcol o dall'erba o peggio.

Si sedette con lui sul divano, lasciando uno spazio comodo tra loro.

«Mi ha detto Kenton che verrai anche tu con noi, a incontrare Ben Kurey per discutere di come vanno le cose a Chandler Hill. Come mai?»

«Non saprei, ma la cosa mi entusiasma. Rex sa che mi piace imparare le cose che riguardano il vino e dice che in futuro avrà bisogno di tutto l'aiuto possibile.»

«È vero, è un'attività che ti entra nel sangue. C'è tanto da imparare. È abbastanza una novità, per questa valle, e il Pinot Nero può essere complicato.» Sorrise. «Sono legato alla terra quanto te.»

Lettie si sentì riscaldata da quelle parole. Erano la coppia perfetta.

Lui la guardò per qualche istante, facendole battere il cuore e poi, come se fosse una cosa normale, si piegò verso di lei e la baciò.

Le labbra di Rafe, morbide e tiepide sulle sue, provocarono delle ondate di calore dentro di lei. Perduta in tali sensazioni, sollevò le braccia per stringerlo a sé. La sua lingua le si insinuò nella bocca e, incerta su come reagire, Lettie provò a sottrarsi, ma infine cedette ai suoi attacchi.

«Mmm» mormorò lui, attirandola a sé ancor di più.

Lettie aprì gli occhi, si raddrizzò, e le sembrò di nuotare nel suo sguardo bruno.

Lui le prese il volto tra le mani vigorose e ruvide. «Sei così bella.»

«Anche tu» rispose lei, con convinzione.

Rafe ridacchiò. «Volevo baciarti fin dalla prima volta che ti ho vista. Ci sono stati tanti ragazzi, con cui sei andata a letto?»

«No» disse. «Una volta, a San Francisco, c'è stato un tizio che ci ha provato con me, ma non mi piaceva l'idea, e soprattutto non mi piaceva lui.»

«Capisco.» All'improvviso si irrigidì. «Oh oh. Credo proprio di aver sentito un'automobile salire su per la collina. Vieni, ti riaccompagno alla locanda.»

Un moto di delusione la percorse. Ma non voleva apparire troppo disponibile, per cui si alzò e si rassettò i vestiti.

Rafe andò alla porta e la spalancò.

«Grazie, ma posso andare da sola.» Poi, prima di cambiare idea, Lettie corse via da lui e si affrettò a raggiungere la locanda.

CAPITOLO QUATTRO

Qualche giorno più tardi, come faceva sempre dopo aver completato la pulizia serale della cucina, Lettie uscì nella veranda sul retro. A quell'ora della sera, la incantavano i panorami e i suoni della campagna e le creature che si godevano il riposo al termine della giornata estiva.

Si fermò, sorpresa. Rex era in piedi vicino al parapetto della veranda e recitava una poesia dal libro di Robert Frost che aveva notato una volta nel suo ufficio. Terminata la lettura si rivolse a lei.

«Ti dà fastidio se leggo a voce alta?»

«Oh no! Adoro ascoltare la sua voce, e le poesie per me sono sempre qualcosa di speciale.»

Le fece un ampio sorriso. «La voce è come uno strumento musicale. Mi piace esercitarmi in questo modo per tenere allenate le corde vocali.»

«Non la interromperò, promesso» aggiunse lei, emozionata all'idea di condividere con lui quel momento così unico.

La voce profonda e vellutata di Rex era come una musica che si librasse intorno a lei. Si adagiò in una sedia a dondolo, piegò le ginocchia al petto e si appoggiò allo schienale, assorbendo il suono delle parole.

Dopo altre due poesie, Rex chiuse il libro e si sistemò in una sedia vicina. «Sono felice che ti sia piaciuto. Hai detto che la poesia è speciale per te. Dimmi una cosa, andavi bene a scuola?»

«Sì» rispose, un po' intimidita. «Ma sapevo che non avrei potuto andare all'università. Questa è una delle ragioni per cui ho lasciato San Francisco appena ho compiuto diciotto anni. Mi sono messa sotto con i corsi e sono riuscita a diplomarmi in gennaio.»

Lui la guardò pensieroso. «Lo sai che non ho mai preso una laurea? Non c'è motivo per cui tu non possa avere successo senza, anche se credo sia importante raggiungere il maggior livello di istruzione possibile.»

«È per questo che voglio imparare tutto sulla viticultura e la produzione del vino» disse lei, e poi si tappò la bocca con una mano, colpita dalla propria sfrontatezza. «Mi spiace, non avrei dovuto...»

Gli occhi scuri di Rex la perforarono. «Non avresti dovuto cosa, Lettie? Non avresti dovuto parlare dal profondo del tuo cuore?» La sua voce era dolce e comprensiva.

Troppo imbarazzata per dire una sola parola, annuì e basta.

«Hai un'idea di quanto sia tonificante parlare con te? Dopo tutte le ipocrisie di Hollywood, sia benvenuta la tua sincerità.» Si appoggiò allo schienale e guardò il panorama che avevano davanti. In lontananza il sole scivolava dietro all'orizzonte, allungando i suoi raggi luminosi, colorati di giallo e arancione, come fossero dita che si aggrappavano al cielo il più a lungo possibile.

«Straordinario, vero?» disse Rex. «I giorni e le notti che vanno e vengono secondo uno schema che si ripete costantemente. Mi spinge a pensare a cose più grandi.»

«Per esempio, da dove vengono le stelle e se siamo soli nell'universo» aggiunse Lettie.

«Proprio così.» Rex le sorrise. «Vedo che abbiamo parecchio di cui parlare. Sentiti libera di venire da me ogni volta che vuoi.» Si alzò. «Grazie, Lettie.»

Lei saltò in piedi. «No, grazie a lei, Rex. Intendo dire, signor Rex.»

«Solo Rex andrà benissimo» disse, e la lasciò sola in veranda, colma di una gioia intima e incontenibile.

«Buona notte, a tutti» gridò lei e poi, non appena le sue parole si furono posate sul terreno, rise tra sé e rientrò nella tranquilla solitudine della sua camera, per rivivere ogni istante di quell'incontro indimenticabile. Nessuno l'aveva mai trattata con tale gentilezza e rispetto, coinvolgendola in un modo per lei del tutto nuovo.

Quella sera fu la prima di molte conversazioni con Rex, durante tutta l'estate. A volte lui leggeva a voce alta; oppure rimanevano tranquillamente seduti e parlavano di tutto e niente. Lettie sapeva che, potendo, avrebbe scelto Rex come padre, tra tutti gli uomini al mondo. Lui comprendeva il suo bisogno di conoscere e, anche se era solo una giovane donna, la rispettava, persino quando gli faceva domande un po' sciocche.

Come promesso, quando Ben Kurey venne a visitare il vigneto, Rex la coinvolse nell'incontro.

Era una giornata di inizio autunno e Lettie era in piedi tra i filari con Rex, Kenton, Rafe e Joe, il padre di Rafe, mentre Ben Kurey si faceva scivolare un pugno di terriccio tra le dita.

«Terreno buono, fatto di roccia vulcanica e sedimenti marini. Pensi di organizzare il vigneto secondo principi biologici?»

Quando Rex annuì, Ben fece un sospiro soddisfatto. «Ottimo! Ora camminiamo tra le viti, così che possa valutare le modalità con cui sono trattate.»

Lettie ascoltava, mentre Ben faceva osservazioni sull'ancoraggio delle viti ai graticci che sostenevano i filari. Si girò verso di lei. «I tralci, o rami, si estendono dal fusto e sono la parte della pianta da cui si sviluppano ulteriori rami, le foglie e i grappoli.»

Lettie toccò uno dei tralci.

«Osserva queste gemme.» Si piegò sulle ginocchia. «Si stanno irrobustendo e cambiando colore, per diventare quelli che chiamiamo germogli. Quando arriva l'inverno, si esegue la cimatura, cioè l'asportazione di una parte dei germogli.» Ben si raddrizzò e strinse la mano a Rex. «Il tuo viticultore, il nostro Joe, sta facendo un ottimo lavoro. Congratulazioni! Sembra proprio che avrete un buona vendemmia il prossimo anno.»

«Tutto questo richiede un festeggiamento appropriato» disse Rex. «Mi rendo conto che sono solo le undici, ma un assaggio di un buon Pinot Nero californiano ci sta proprio. Tra qualche anno, se Dio vuole, sarà un vino di Chandler Inn.»

«Brinderò a quello» rispose Ben, sorridendo.

Mentre gli uomini si dirigevano su per la collina, Lettie si fermò.

«Vai avanti con loro» la incoraggiò Kenton. «Resto io con Joe e Rafe.»

Lettie si incamminò in silenzio dietro a Rex. Sentendo il suo nome però, si sporse un po' in avanti per ascoltare meglio.

«Che cosa ci fa Lettie qui a Chandler Hill? Con il suo aspetto, dovrebbe lavorare a Hollywood» disse Ben.

Rex rise sotto i baffi. «È uno schianto, sono d'accordo, ma non la spingerei mai ad andarci. Quella gente se la mangerebbe in un boccone. E poi, ho altri piani per lei.»

Lettie si fermò di colpo. *Schianto?* Non secondo l'opinione della sua madre affidataria, che le aveva sempre detto che, con i suoi occhi dallo strano colore e i capelli quasi rosa, avrebbe avuto un bel po' di problemi a trovarsi un uomo rispettabile e timorato di Dio. *E poi, quali erano i piani che aveva Rex su di lei?*

Si affrettò a raggiungerli.

La conversazione riguardava ora un paio di altri vigneti che promettevano bene.

«Secondo me, la vendemmia del Pinot nella Willamette Valley sarà notevole» stava spiegando Ben.

«Ma in questo momento, ci sono produttori che non riescono quasi a darlo via gratis, il loro vino» osservò allora Rex.

«Non ti preoccupare. Appena conosceremo tutti i segreti del Pinot Nero, qui nella valle, vedrai che le cose miglioreranno» lo rassicurò Ben.

Mentre li ascoltava, Lettie era sempre più entusiasmata. Chandler Hill Inn e il suo vigneto erano prossimi a diventare qualcosa di meraviglioso. Lo sentiva dentro di sé.

Tutta l'eccitazione svanì appena l'accolse la signora Morley. «Adesso che l'incontro è finito, ti conviene metterti al lavoro. Il signor Kurey parte oggi pomeriggio. Bisogna servirgli il pranzo e rifare la camera. Dopodiché, mi potrai aiutare a preparare la cena.»

«D'accordo, signora Morley» rispose Lettie. «Ma, come dice il signor Kurey, a breve ci sarà sempre più movimento, qui.»

«Sul serio?» chiese la signora Morley, accondiscendente.

Lettie curvò le labbra in un sorriso. «Aspetti e vedrà.»

Le settimane seguenti trascorsero in un lampo, con Lettie sempre più impegnata nella gestione della locanda. Ormai era lei sola a occuparsi delle camere degli ospiti, e si prendeva carico di rassettarle e pulirle ogni giorno. Lei e la signora Morley facevano il bucato, utilizzando le due lavatrici e le due asciugatrici nella lavanderia dietro la cucina, nei pressi della stanza di Lettie.

Qualche volta, ed erano le sue giornate preferite, Lettie lavorava in cucina con la signora Morley. Aveva visto con i suoi occhi quanto Kenton e Rex apprezzassero i piatti preparati dalla donna, e voleva un giorno essere in grado di fare lo stesso per la propria famiglia, quella che sognava di poter costruire con Rafe. Non che ne avesse mai parlato con lui. Non c'erano più state occasioni di stare insieme da soli, dopo quella sera nel capanno. Ma era lecito sognare, no?

La notte, tra le lenzuola, Lettie riviveva quei momenti nella sua testa, ancora e ancora. Il bacio di Rafe le aveva fatto desiderare di fare cose di cui aveva solo sentito parlare. E quando gli aveva raccontato di quella sua unica esperienza, lui non aveva riso di lei né l'aveva presa in giro. Ricordava ancora il modo in cui i suoi occhi avevano scintillato di preoccupazione quando gli aveva confessato che non le era piaciuta affatto.

Lei e Kenton trascorrevano insieme gran parte del loro tempo libero. Proprio come suo padre, lui la rispettava e la faceva sentire libera di essere se stessa. Il senso dell'umorismo un po' datato che l'aveva attratta quando erano a San Francisco, adesso, le dava un buon motivo per fare smorfie e versi di disapprovazione alle sue pessime battute. Ma Kenton era un giovane uomo dai solidi principi. Lettie sapeva che desiderava baciarla tanto quanto Rafe ma, nonostante ciò, si limitava a qualche bacetto scherzoso sulla guancia. Le piaceva moltissimo.

In prossimità della terza settimana di novembre, Rex si presentò in cucina per parlare a lei e alla signora Morley.

«Vado con Kenton a Los Angeles per le feste. E quindi lei, signora Morley, può prendersi un po' di vacanza. Lettie, spero che tu sia d'accordo a rimanere qui. Rita Lopez ti ha invitato a unirti alla sua famiglia per il pranzo del Ringraziamento, e comunque mi farebbe comodo sapere che c'è qualcuno a tenere d'occhio la locanda. Ti dispiace?»

«Per niente.» E, in effetti, era proprio così. Aveva dato un'occhiata ai libri della biblioteca e sarebbe stata una splendida occasione per dedicarsi in santa pace alla lettura. Un nuovo volume, di recente aggiunto alla collezione, aveva attirato il suo interesse. *Povero ricco*. Aveva sempre amato leggere. La lettura era stata un modo per evadere dalla realtà, anche se aveva dovuto infilarla tra una incombenza e l'altra per la sua famiglia affidataria.

«Mi assicurerò di lasciarti cibo a sufficienza» le disse la signora Morley. Poi si rivolse a Rex. «Fino a quando pensate di stare via?»

«Torneremo la domenica dopo il Ringraziamento. Ho promesso a un amico di stare con lui per tutto il periodo.»

«Capisco. Bene, sarà una bella pausa, per voi» osservò la donna.

«E anche per voi due, mi auguro» rispose Rex, sorridendo a entrambe. «È un periodo tranquillo per il vigneto, e non ci sono prenotazioni in arrivo per le vacanze, quindi è perfetto.»

Quando Rex ebbe lasciato la stanza, Lettie si rivolse alla signora Morley. «Ha parlato di un amico. Ma non ha una famiglia? Non ha mai detto niente a proposito.»

«Da quello che ho capito, sono solo lui e Kenton. Niente parenti. Entrambi sono figli unici. Un po' triste, a dire il vero, ma per certe famiglie è così.» La signora Morley sgranò gli occhi. «Oh Lettie, perdonami. Mi ero scordata... »

Lettie fece un gesto per tranquillizzarla. «È tutto a posto. Non è come quando ero piccola, e gli altri bambini mi prendevano in giro.»

La signora Morley la strinse al suo petto prosperoso. «Che vergogna, soprattutto perché non potevi farci nulla.» Odorava di talco e di profumo alla rosa.

Lettie si rifugiò in quell'abbraccio per un attimo, per poi allontanarsi. «Adesso che ha un po' di tempo libero, andrà a trovare sua figlia a Seattle?»

Il viso della signora Morley si illuminò per l'entusiasmo.

«Ebbene, sì! È proprio quello che faremo. Aspetta solo che lo dica a mio marito. Lei è l'ultima ad aver lasciato casa e a Pat è mancata moltissimo.»

Il giorno che precedeva il Ringraziamento, Lettie era stesa sul letto a leggere uno dei libri che aveva scelto per quel lungo fine settimana. Anche se la casa era silenziosa in modo quasi sinistro, non aveva paura. Joe o Rafe si sarebbero fatti vivi prima del buio per dare un'occhiata alla proprietà e prendersi cura delle mucche e del resto del bestiame.

Era immersa nel suo libro quando sentì bussare alla porta principale. Si alzò per vedere chi fosse. Quando aprì, Rafe la accolse con un sorriso.

«Sono venuto a fare il mio dovere e verificare che tu stia bene, come mi ha chiesto il signor Rex» disse, con gli occhi bruni che scintillavano.

«Dai, vieni dentro.» Il suo cuore accelerò i battiti, al pensiero che fossero soli e senza nessuno che li potesse interrompere.

«Sei sicura che vuoi che entri?» domandò Rafe.

Sapeva che le stava facendo molto più di quella semplice domanda. Gli tenne aperta la porta. Era attratta da lui e voleva provare quell'amore di cui tutti parlavano.

«Vuoi qualcosa da mangiare? La signora Morley mi ha lasciato ogni tipo di vettovaglie.»

«Cosa ne dici di un caffè? Là fuori fa già un bel freddo.»

In cucina preparò la caffettiera, felice di avere qualcosa da fare che la tenesse occupata. Non aveva altro in mente che gettarsi tra le sue braccia e continuare a vivere quei momenti eccitanti che aveva provato insieme a lui nel capanno, pochi mesi prima. Da come continuava a guardarla, era abbastanza sicura che a lui non sarebbe dispiaciuto.

Quando l'apparecchio smise di bollire, gli versò una tazza

di caffè e si sedette di fronte a lui al tavolo della cucina.

«Mi raccomando, ringrazia tua madre per avermi invitato al vostro pranzo per il Ringraziamento» disse, cercando di non fissarlo troppo a lungo.

«Alla mamma fa piacere avere in giro tanta gente durante le feste ed è felice che tu ci sia. Da quando sei arrivata, non ha mai preparato i suoi famosi piatti messicani per gli ospiti della locanda, ma scoprirai che sono fantastici.»

Chiacchierarono un po' della cucina della madre. Lettie ammise di non aver provato molti cibi messicani, a parte i tacos.

Rafe terminò il suo caffè e appoggiò la tazza. «Cosa fai stasera?»

Lei si strinse nelle spalle, mostrando la massima noncuranza. «Niente di che. Sto leggendo un buon libro.»

Lo sguardo di lui rimase fisso, e poi si alzò. «Forse è meglio che vada.»

«Non farlo» disse lei e si sorprese di se stessa. Si alzò in piedi. «Voglio dire... potremmo guardare un po' di televisione, o altro.»

«O altro?» Spostò gli occhi su di lei.

La guance di Lettie presero fuoco. Guardò lui, e poi altrove. Non sapeva come dirgli che le aveva scatenato nuove sensazioni, dei bisogni che dovevano essere soddisfatti.

«Vieni qui.» Rafe la attirò a sé. «È questo che vuoi?» sussurrò, con la voce roca per il desiderio. Premette le labbra sulle sue.

A quel gesto tanto atteso, Lettie chiuse gli occhi e si lasciò trasportare dalla brama che premeva dentro di lei.

Il baciò diventò più profondo. Appoggiò il proprio corpo al suo e sentì che era eccitato. Anche se era nuova a quelle situazioni, provò un senso di soddisfazione per il potere che esercitava su di lui.

Rafe allontanò le labbra dalle sue e la abbracciò forte. Lettie appoggiò il capo sul suo petto, amando le sensazioni che le dava e il suo profumo. Quando lui le accarezzò i seni le mancò il fiato, e fu attraversata da una nuova ondata di desiderio.

Lui si allontanò e, con il viso in fiamme, la osservò. «Vuoi che me ne vada, prima che sia troppo tardi?»

Lei lo guardò dritto negli occhi. «Ti prego, rimani.» Non poteva sopportare l'idea che lui se ne andasse proprio in quel momento.

Più tardi, sdraiata accanto a Rafe, appoggiò una mano sul suo petto muscoloso e sentì che il forte battito del suo cuore cominciava a calmarsi.

Lui rotolò su un fianco e le lanciò un'occhiata raggiante. «Caspita!»

Lettie rise, compiaciuta per sé e per lui. Sotto la sua guida, le era stato facile dare piacere a entrambi.

«Quindi, questa volta ti è piaciuto?» Il suo sorriso suggeriva che conoscesse già la risposta, ma lei rispose lo stesso.

«Oh sì» disse. «Avevo solo bisogno dell'uomo giusto.»

Ridendo sotto i baffi, Rafe le prese il viso tra le sue grandi mani. «Questi occhi meravigliosi, il tuo corpo, il modo in cui reagisci, fa tutto parte di un insieme che è davvero straordinario.»

A tali parole, le si inumidirono gli occhi.

«Tutto bene?» le chiese allora, con uno sguardo preoccupato.

Lei annuì, troppo sopraffatta dall'emozione per riuscire a parlare. La faceva sentire così amata, così meritevole di tenerezza: qualcosa che le era mancato per tutta la vita.

Rafe si girò per guardare la sveglia sul comodino. «Mi

spiace, ma devo andare. La mia famiglia mi aspetta, e non voglio che nessuno si faccia delle idee sbagliate su di te.»

«Vorrei che potessi rimanere» disse Lettie.

«Domani, dopo avere mangiato, ti accompagnerò a casa e rimarrò a dormire nel capanno, così che tu abbia qualcuno nelle vicinanze. D'accordo?»

«D'accordo» rispose, e si domandò come avrebbe fatto ad aspettare così a lungo.

Mentre lui si rivestiva, si mise addosso un accappatoio bianco di spugna che era nella sua stanza dal primo giorno che era arrivata. Mettevano a disposizione degli ospiti quegli accappatoi, per la loro permanenza alla locanda.

Poi accompagnò Rafe alla porta principale.

«Ci vediamo domani» disse, incerta su quali parole fossero le più giuste da usare. Un grazie le sembrava inappropriato.

Rafe le rivolse un tenero sorriso. «Passo a prenderti alle due. Qualcuno, spero non io, domattina presto verrà a occuparsi degli animali che sono qui.» Le diede un bacio sulla guancia. «A domani.»

Lo guardò allontanarsi e sentì il bisogno di piangere. Forse lui non sentiva le stesse cose che sentiva lei. Altrimenti, perché andarsene? Forse, come le era capitato molte volte nella vita, in precedenza, non era abbastanza brava.

Lui si voltò, la vide in piedi sull'ingresso, e la salutò con la mano.

Lei rispose al suo gesto e poi chiuse la porta. Vi si appoggiò con la schiena e lasciò andare un fremente sospiro.

CAPITOLO CINQUE

Il Giorno del Ringraziamento si annunciò subito grigio e freddo. Una pioggia sottile gocciolava dal cielo, come le lacrime degli amanti abbandonati della sua immaginazione. Irrequieta e di cattivo umore, Lettie uscì dal letto e si diresse in cucina, sperando che una tazza di caffè caldo potesse farla sentire miracolosamente meglio.

Era lì in piedi, ancora in pigiama, a sorseggiare il liquido bollente, quando sentì un veicolo arrampicarsi su per la collina. Curiosa, si spostò verso la finestra del soggiorno e guardando fuori fu sorpresa di vedere il camioncino di Rafe. Invece di andare al fienile si fermò davanti alla casa.

Mentre lo osservava scendere dal camioncino e venire verso di lei, provò un'ondata di eccitazione. Appoggiò la tazza sul tavolo e andò ad aprire la porta.

«Buongiorno! Non mi aspettavo di vederti!» disse allegra.

Il suo sorriso non ebbe riscontro negli occhi di Rafe. «Ti devo parlare.»

Le si chiuse lo stomaco. «Va tutto bene?»

«Sì e no. Prima che tu venga da noi a pranzo, nel pomeriggio, voglio mettere in chiaro alcune cose. Posso entrare?»

Una sensazione di intorpidimento le invase tutto il corpo e le fu impossibile fare più che un passo per scostarsi.

«Riguardo alla notte scorsa...» cominciò, e la guardò dritta in viso.

Alcune lacrime le spuntarono dagli occhi. «Oddio! Non ti è piaciuto. Hai finto per tutto il tempo.» Cominciarono a batterle i denti. «Sono davvero imbarazzata.»

«Caspita!» disse Rafe, guardandola preoccupato. «E questo come ti è venuto in mente? Niente di ciò che hai detto è vero. Siediti e lascia che ti spieghi.»

Lettie andò in salotto e ripiegò le gambe tremanti sul divano. Aspettò che lui si sedesse nella poltrona di fianco.

«Al pranzo del Ringraziamento a casa mia, incontrerai la mia famiglia e alcuni nostri amici. Ci sarà, tra gli altri, Maria Mendoza.»

«Maria? E chi è?» Non aveva mai parlato di lei, fino a quel momento.

«È una mia vecchia fidanzata, che è ancora convinta che la sposerò.»

«Sposarla? Ma tu quanti anni hai?»

«Ne ho ventiquattro, e per parecchi anni le nostre famiglie hanno desiderato che ci sposassimo. Ho provato a spiegare ai miei genitori che voglio molto bene a Maria ma, nonostante ciò, non intendo sposare né lei né nessun'altra, per ora.»

Mentre assimilava tutte quelle informazioni, Lettie si era appoggiata ai cuscini del divano e lo studiava. «Ho capito» disse alla fine, anche se non le era del tutto chiaro che cosa tutto ciò significasse davvero. Non aveva mai avuto una famiglia che si preoccupasse per lei, mentre Rafe aveva dei doveri verso la sua.

Le si avvicinò e prese la mano tra le sue. «Lettie, io tengo molto a te. Sul serio. Ma non sono in grado di prendere impegni con nessuno. Devo occuparmi di alcuni problemi familiari, e dopo le vacanze di Natale andrò in California per un anno a studiare le tecniche di coltivazione della vite.» Le strinse le dita della mano. «Per molti aspetti, tu sei ancora così innocente... Non voglio essere quello che ti spezza il cuore. Mi capisci?»

Le si riempirono gli occhi di lacrime. «Allora non starai con me, questa notte?»

«Non credo che sarebbe una buona idea.»

«Ma io voglio che tu lo faccia» sbottò lei. Poi, prima di fare una figura ancora peggiore, si alzò e corse via dalla stanza.

Rafe la seguì fino alla porta della sua camera da letto. «Passo a prenderti alle due. Ci vediamo più tardi.»

Lettie era sdraiata sul letto e guardava il soffitto mentre pensieri contrastanti le percorrevano la mente. Rafe cercava solo di fare la cosa giusta, no? L'aveva definita innocente, ma per la prima volta era consapevole delle straordinarie cose che il suo corpo poteva fare, con un uomo di cui forse era già innamorata. Pensò tristemente che, magari, lui le stava educatamente dicendo che non era un granché nel fare l'amore, oppure non era un granché e basta.

Una parte considerevole di lei le suggeriva di chiamare la famiglia di lui e avvertire che non sarebbe andata al pranzo. Ma decise di non concedersi quella piccola codardia. E, a dirla tutta, ci teneva a scoprire come fosse la sua famiglia e che tipo di donna fosse quella Maria.

Il breve tragitto dalla locanda alla casa dei Lopez, sul camioncino di Rafe, fu silenzioso in modo imbarazzante. Lettie non era in grado di parlare di ciò che era successo tra loro e lui, all'apparenza, non ne aveva alcuna intenzione.

Ma appena imboccarono il vialetto che conduceva a una casa a due piani dalla forma irregolare, Rafe le parlò.

«Lettie, quello che ho detto questa mattina riguarda il fatto che vorrei davvero poter stare con te, non il contrario.» Lo sguardo dei suoi occhi marroni penetrò in lei.

Saltò giù dal camioncino senza darle il tempo di rispondere, ci girò attorno, e le aprì la portiera.

Mentre scendeva, lei lo guardò fisso negli occhi. «È troppo tardi, Rafe. Penso di essermi già innamorata di te.»

Lo oltrepassò con disinvoltura e si diresse all'ampia veranda davanti alla casa.

Lui corse a raggiungerla. «Non puoi saperlo. Non è passato abbastanza tempo perché tu ne sia certa.»

Prima che potesse replicare, la porta d'ingresso si spalancò e una donna si piantò davanti a loro, osservandoli.

Rafe deglutì e disse: «Ciao, mamma. Questa è Lettie.»

«Ciao, Lettie. Sono Rita Lopez.» Gli occhi scuri della donna, che sovrastavano un sorriso, lampeggiarono d'interesse, mentre il suo sguardo scrutava Lettie da capo a piedi. «Entra. Rex mi aveva chiamato per chiedere se mi facesse piacere coinvolgerti nel nostro pranzo di famiglia. Sono davvero felice che tu abbia accettato di unirti a noi. Siamo sempre contenti di conoscere gente nuova, vero, Rafe?» Lettie riconobbe nella sua voce sia la gioia che una certa cautela.

«Sì» rispose Rafe, evitando il contatto visivo con entrambe.

Lettie seguì la donna all'interno della casa. Il soggiorno era pieno di gente, soprattutto uomini. Alcuni di questi alzarono lo sguardo verso di loro, altri continuarono a conversare ad alta voce. Rita la condusse nella cucina, dove si era radunato un gruppo di donne.

«Signore, dite ciao a Lettie Hawkins, la giovane che lavora alla locanda di Chandler Hill. Siamo felici di averla qui con noi oggi.»

Mentre osservava la marea di visi dalla carnagione scura, gli occhi marroni e i capelli castani, Lettie era consapevole di ogni singola ciocca dei suoi capelli dall'insolito colore. Con un riflesso automatico distolse lo sguardo verso il pavimento, come era stata obbligata a fare tante volte da ragazzina, quando la deridevano per il suo aspetto.

Sentì una mano sul braccio e guardò in su.

Una donna giovane e avvenente le sorrideva. «Ciao, mi

chiamo Paloma Sanchez. È un piacere conoscerti. Come fai ad avere dei capelli così belli?»

Lettie strizzò gli occhi, sorpresa. «Davvero?»

«Sì» rise Paloma. «Davvero.»

Le donne si raccolsero intorno a lei, presentandosi. Tutti i loro nomi si sovrapponevano l'uno all'altro finché una giovane, bella da mozzare il fiato, disse: «Sono Maria Mendoza».

Anche se si scambiarono cordiali gesti di saluto, lo stomaco di Lettie era attorcigliato per lo sgomento. Rafe non avrebbe mai preferito lei a Maria.

«Ecco qua, Lettie. Prendi un po' di vino» disse Rita.

Lettie accettò il bicchiere che Rita le porgeva e ne bevve un sorso. Era un ottimo vino leggero.

Mentre la conversazione tra le signore riprendeva, Lettie si guardò intorno nella cucina. Un tavolo di pino massiccio dominava la stanza. Gli spigoli consumati diedero a Lettie l'impressione che fosse spesso affollato di ospiti.

«Rita è la cuoca migliore del circondario» le spiegò Paloma, avvicinandosi. «Capita spesso che parecchi di noi si incontrino qui, nelle occasioni di festa.»

«Quanti figli ci sono, in famiglia?» chiese Lettie, che ne aveva notati parecchi scorrazzare fuori.

«Rita e Joe ne hanno cinque, che sono quelli più grandi. Il resto di noi ne ha un paio ciascuno.»

«Tu sei sposata?» chiese Lettie, sorpresa, perché le sembrava di avere più o meno la sua stessa età.

Paloma sorrise. «Mio marito è nell'esercito. Il nostro Mickey ha tre anni e la piccola Isabel ha solo un anno. Adesso è nella sua cameretta con mia madre.» Posò lo sguardo su Lettie. «Devi piacere molto a Rex Chandler, se si è assicurato che passassi le feste in famiglia.»

«È il lavoro migliore che abbia mai avuto. Il signor Rex e

Kenton sono stati meravigliosi con me.»

Paloma le sorrise maliziosa. «E Rafe?»

Lettie non sapeva dove posare gli occhi. Se avesse guardato Paloma in faccia, certo si sarebbe tradita.

«Tranquilla» le sussurrò Paloma. «Ho notato come Rafe ti guarda, quando crede di non essere osservato.»

«Ma Maria...»

Paloma scosse il capo. «Lei pretende da lui molto di più di quanto lui sia disposto a dare. Crede di poterlo convincere a trasferirsi nel sud della California, ma lui sogna di comprare della terra qui nella valle.»

«Ehi! Di che cosa state parlando voi due?» chiese Maria, avvicinandosi con un bicchiere di vino in mano.

«Sto solo aggiornando Lettie sulla composizione delle varie famiglie» rispose Paloma. «Non credeva che fossi già sposata con figli.»

Maria rise. «Posso testimoniare, Paloma, che sei sposata con figli da sempre.» E continuando a sorridere si rivolse a Lettie. «Lei e suo marito sono innamorati da quando erano in terza elementare. Non è così, Paloma?»

«Direi di sì. A volte succede.» Le si inumidirono gli occhi. «Spero solo che Manny torni a casa da me.»

Da quando era arrivata in Oregon, Lettie aveva scacciato i pensieri sulla guerra per concentrarsi sulla sua nuova vita. Si allungò verso Paloma e le toccò il braccio. «Lo spero anch'io.»

«Ci siamo, gente, il pranzo è in tavola. Venite a servirvi» annunciò Rita.

Mentre Lettie chiacchierava, era stato magicamente allestito un buffet sul lungo bancone della cucina.

Paloma si allontanò per aiutare un bel bimbetto a riempire di cibo un piatto di plastica.

Rafe la raggiunse. «Devi provare un po' di specialità. La mamma è famosa per il suo ripieno del tacchino a base di chorizo. E zia Sophie fa le migliori empanadas di zucca del mondo.»

«È vero» disse una donna, sorridendogli. «Ma anche il mio sformato di zucca è dannatamente buono.»

«E la mia torta di mele?» chiese un'altra donna, dandogli un colpetto col gomito.

Mentre osservava i vari membri del gruppo scherzare tra loro, Lettie ripensò alle festività del Ringraziamento del passato e si rese conto di quanto fossero state prive di gioia, insipide come il cibo che veniva servito. Quella cucina, piena di gente allegra e aromi stuzzicanti, era deliziosamente differente.

Dopo essersi riempita il piatto Lettie trovò un posto in soggiorno, dove sedersi vicino a Paloma. Appena la gente si gettò sul cibo, il rumore delle chiacchiere che aveva riempito la casa si placò all'istante.

«Quand'è che ti deciderai a muovere il culo e chiedere a Maria di sposarti, Rafe?» chiese un tizio dai capelli grigi. «Non aspettare troppo. Voglio essere ancora in grado di ballare al suo matrimonio, gliel'ho promesso.»

Lettie appoggiò la forchetta che stava avvicinando alla bocca e trattenne il fiato.

«Ah, lo sai che era solo un sogno infantile. Maria vuole andarsene via, mentre io ho in programma di stare per un anno nel nord della California, e poi voglio tornare qui nella valle e mettere in piedi una mia attività.»

«Non c'è ragione per non trovare una soluzione che vada bene a entrambi» disse Rita. «Maria può provare a venire in California con te. Si accorgerà che la casa è dove c'è la famiglia.»

La voce di un bimbo interruppe il silenzio. «Adesso posso avere la torta?»

L'atmosfera cambiò all'istante.

«Per chi non è ancora pronto per il dessert, c'è dell'altro cibo in cucina» disse Rita.

«Io preparo il caffè e dispongo i dolci» si propose Paloma, alzandosi insieme a due altre signore.

La conversazione passò ad altri argomenti. La gente andava e veniva, riempiendosi il piatto con una ulteriore porzione di pietanza o servendosi di torta, dolcetti e altri dessert invitanti.

«Cosa ne dici, Lettie? Ti va un po' di dessert?»

Lettie si alzò. «Grazie, devo aspettare di avere un po' di posto per la torta. Forse se vado a dare una mano in cucina smaltirò un po' di quello che ho mangiato.»

Nella cucina, le signore erano all'opera tutte insieme a strofinare e lavare le stoviglie.

«Cosa posso fare?» chiese Lettie a Rita.

Rita le passò uno strofinaccio. «Perché non aiuti Connie ad asciugare i piatti?»

Lettie le sorrise riconoscente e si mise al lavoro. Le faceva piacere unirsi a quel simpatico gruppo di donne.

Quando la maggior parte delle stoviglie furono sistemate, le signore si fermarono per andare a servirsi di dolci. Sedute a tavola coi loro piatti e le tazze di caffè, le donne si rilassarono, mentre gli uomini facevano lo stesso in salotto. Lettie era divertita dal russare che proveniva da quella stanza.

Rita si girò verso di lei. «Parlaci un po' di te, Lettie. Eravamo così prese a mettere il cibo in tavola che non abbiamo avuto ancora modo di parlare.»

«Non c'è un granché da raccontare. Sono di Dayton, nell'Ohio. Ero a San Francisco, quando ho incontrato Kenton Chandler. Mi ha parlato di un lavoro, e così sono venuta qui nella valle per lavorare alla locanda.»

«Mable Morley è una brava persona» commentò Connie. «Se sei una che lavora sodo, ti troverai bene con lei.»

«Il signor Rex ti apprezza molto» continuò Rita. «Il mio Joe mi ha detto che Rex vuole che tu apprenda la coltivazione della vite. Tu cosa ne pensi?»

«È una cosa che mi appassiona molto. Mi piace la terra e ciò che può produrre con la dedizione e l'impegno. Joe sa come si fa. E anche Rafe. E Kenton sta imparando a fare il vino.»

«È strano che abbia tutto questo interesse per te» intervenne una donna che Lettie sapeva essere la madre di Paloma.

Lettie arrossì. «Non so neppure io perché sia successo. Penso che sia una persona molto sola.» Nello stesso istante in cui pronunciò quelle parole, sentì tutto il suo corpo andare a fuoco. «Non intendevo... Non penserei mai...»

Rita le appoggiò una mano sul braccio. «Tranquilla. Conosco Rex Chandler abbastanza bene per sapere che non farebbe mai giochetti con una ragazza innocente come te.»

Lettie annuì, senza dire altro.

«Pensi di rimanere qui a lungo? L'ultima persona che ha lavorato alla locanda è restata solo per la primavera» chiese una donna di cui Lettie non ricordava il nome.

«Se fosse per me, rimarrei per sempre» rispose Lettie, con sincerità. «La prima volta che ho guardato la campagna, dalla veranda sul retro, mi sono sentita come a casa, sai?» Nel silenziò che seguì, Lettie aggiunse subito: «So che può sembrare sciocco, soprattutto per qualcuno che è cresciuto in una famiglia affidataria, ma io ho subito saputo che era il posto dove volevo essere.»

Un ampio sorriso illuminò il volto di Rita. «Capisco perché sei piaciuta a Rex. Anche lui ha detto proprio la stessa cosa, la prima volta che ha visto la locanda.»

«Il paesaggio e la cucina della signora Morley l'hanno convinto a rimanere» disse Connie.

«Per non parlare della tua cucina, Rita» aggiunse Paloma, che le aveva raggiunte con una bambina tra le braccia.

Tutti quanti risero.

«Devo andare» disse Paloma. Baciò Rita sulle guance. «Grazie di tutto. Godetevi gli avanzi. Tornerò più tardi a prendere i piatti.»

Lettie si alzò in piedi. «Anch'io dovrei andarmene, credo.»

Mentre il gruppo si scioglieva, entrò nella stanza Rafe. «Pronta?» chiese a Lettie.

«Vuoi che venga con voi?» gli chiese Maria.

Rafe scosse la testa. «No, passerò la notte nel capanno per occuparmi degli animali.»

Maria lo squadrò. «Capisco.» Si rivolse a Lettie. «Assicurati che faccia le cose per bene, mi raccomando.»

«Ci proverò, ma avrò da fare anch'io. Ho del lavoro da sbrigare per la signora Morley, alla locanda.»

Rita accompagnò Lettie e Rafe alla porta principale.

«Grazie di avermi invitata» le disse. «È stato tutto molto piacevole. E molto gustoso.»

Rita le sorrise. «Sono felice che ti sia unita a noi. Sono sicura che ci rivedremo presto alla locanda.»

«A domani, mamma» disse Rafe.

«Fai il bravo» rispose lei e se ne andò.

Una volta fuori, Rafe le rivolse uno sguardo di scuse. «Mi spiace che tu sia stata un po' torchiata. Erano tutti curiosi. Soprattutto Maria.»

Senza aprir bocca, Lettie salì sul camioncino. E aspettò che Rafe salisse.

Lui si infilò dietro al volante e si diressero verso la locanda.

«Maria è bellissima» disse Lettie. «Adesso so che sareste perfetti insieme.»

Rafe frenò con forza e accostò a un lato della strada.

«Ma non lo capisci, Lettie?» Si passò una mano tra i capelli scuri, preso da un'ondata di disperazione. «Dopo essere stato con te, non posso pensare di stare con nessun'altra.»

Il respiro di Lettie si ruppe in un sussulto di sorpresa. E poi cominciò a piangere.

CAPITOLO SEI

«Ma cosa ti succede?» La voce di Rafe si spostò rapidamente dallo scoramento alla preoccupazione. La circondò con un braccio, e lei si strinse al suo petto, provando a controllare i singhiozzi che sembrava non si sarebbero mai placati. Aveva temuto così tanto che lui non la volesse vedere mai più, e quel pensiero le aveva quasi spezzato il cuore.

Quando finalmente riuscì ad alzare la testa per guardarlo, esclamò: «Io credevo... credevo...»

La labbra di lui incontrarono le sue, interrompendone le parole. Rispose a quel bacio, volendo disperatamente dimostrargli quanto tenesse a lui. Erano stati insieme una sola volta, ma per lei non si era trattato solo di sesso, ma molto di più. Aveva avuto la sensazione che le loro anime entrassero in contatto.

Mentre Rafe ripartiva con il camioncino, Lettie si raddrizzò sul sedile e rimase seduta tranquilla, persa nei suoi pensieri.

Davanti a loro comparve la locanda. Anche se era sembrato non finire mai, Lettie si rese conto che il viaggio, che doveva durare un quarto d'ora, era stato solo di dieci minuti.

Quando scese dal camioncino, i suoi nervi erano tesi per ciò che stava accadendo. Ora che sapeva quello che Rafe provava per lei, non vedeva l'ora di mostrargli quanto l'amasse. Lui temeva che non ci fosse stato abbastanza tempo perché lei comprendesse i propri sentimenti, ma, fin dalla prima volta che l'aveva incontrato, aveva capito quanto fosse speciale. E quando si erano baciati aveva sentito un desiderio mai conosciuto prima invadere il suo corpo. Era vero che non aveva avuto molta esperienza a causa dei suoi severi e osservanti genitori affidatari, ma il suo corpo e la sua mente avevano accolto quel bacio con ardore.

Dentro alla locanda, Rafe condusse Lettie sul divano e la accolse tra le sue braccia. «Come mi devo comportare con te?» mormorò, prima di avvicinare la labbra alle sue.

Un profondo sospiro di piacere si fece strada in lei. Era con Rafe che voleva stare. Anche se la vita a San Francisco celebrava il libero amore, lei non vi aveva mai partecipato. Aveva imparato dai libri e dai film quanto la passione potesse essere intensa, e aveva deciso di aspettare il momento giusto e la persona giusta.

Rafe si allungò sul divano e la fece stendere di fianco a sé.

All'improvviso, Lettie si rese conto di quanto fosse inappropriato fare l'amore proprio lì. Balzò in piedi. «È meglio andare in camera mia. È più riservato.»

Si mosse verso la porta, in direzione della sua stanza, ma strillò dalla sorpresa quando Rafe la raggiunse e la tirò a sé. «Non provare a sfuggirmi» le ringhiò, scherzoso.

«Davvero non l'hai capito?» rispose lei, imitando il suo tono. «Non voglio affatto che accada.»

«Nemmeno io.»

Lettie gli gettò le braccia al collo e sollevò il viso per baciarlo.

Alcuni sprazzi di luce del primo mattino si facevano strada nella camera attraverso le imposte e luccicavano in strisce rosate sul pavimento di legno. Lettie era sdraiata tra le lenzuola e desiderava che quel chiarore scomparisse. Non voleva che la giornata avesse inizio. Non se quello significava che Rafe avrebbe lasciato il suo letto e la sua vita. Fare l'amore con lui quella notte era stato altrettanto favoloso, eccitante e straordinario della notte precedente.

Al suo fianco, Rafe si stiracchiò.

Lettie si girò verso di lui. «Voglio rimanere così per sempre.»

Lui le fece un sorriso triste. «Magari potessimo.» Guardò la sveglia. «Le mucche mi stanno aspettando. Non posso deluderle.» Il suo bacio indugiò sulle labbra di lei, in un gioco seducente che in breve risvegliò in loro il desiderio. «Ah, Lettie, se solo avessi la bacchetta magica, sceglierei di restare qui con te.»

Adesso era in piedi di fianco al letto. «Ti spiace se mi faccio una doccia veloce?»

«Fai pure. Io metto su il caffè e preparo un po' di uova strapazzate.» Si mise svogliatamente in piedi, infilò la vestaglia, e uscì dalla stanza.

In cucina, anche Lettie desiderò avere poteri magici. Ma, proprio come il pavimento freddo sotto i suoi piedi nudi, era raggelata dalla dura realtà delle cose. Gli altri potevano giudicarla troppo giovane e inesperta per sapere cosa fosse il vero amore, ma era successo qualcosa di incredibile tra lei e Rafe. Se la loro relazione non si era sviluppata nel modo in cui lei desiderava, poteva dare la colpa solo a se stessa. Rafe aveva espresso molto chiaramente i suoi sentimenti per lei, ma era stato onesto sul non poter prendere nessun impegno per il futuro.

Lettie sospirò al pensiero di ciò che non era in grado di controllare, e continuò a preparare la colazione.

Più tardi quella mattina, mentre Rafe lavorava col padre, Lettie pulì gli armadietti della cucina, spolverando i ripiani e riordinando il contenuto in modo più razionale.

Nel pomeriggio, Rafe e suo padre Joe si presentarono in cucina per una tazza di caffè caldo. Aveva imparato che alcuni dei lavori all'aperto, in quel periodo dell'anno, potevano risultare abbastanza fastidiosi.

Felice di aver compagnia, diede ai due uomini una bella tazza di caffè e offrì loro i biscotti preparati dalla signora Morley prima di partire.

Le loro guance erano arrossate dal freddo, ed entrambi la ringraziarono con un cenno del capo per poi accomodarsi al tavolo della cucina.

«Come sta andando?» chiese Lettie ai due uomini, cercando disperatamente di non comportarsi da stupida con Rafe in presenza del padre.

«Bene, direi» rispose Joe. «Controlliamo il fogliame e ci assicuriamo che le viti non siano state danneggiate durante la vendemmia: tempo ben speso, in attesa che arrivi la primavera.»

Lettie si servì di caffè e sedette vicino a loro. «Immagino che non ci sarà molto movimento alla locanda, per i prossimi due o tre mesi.»

«Cosa pensi di fare per le vacanze?» le domandò Joe.

«Credo che resterò qui.» Sospirò. «A dirla tutta, non ho altro posto dove andare.»

Joe le rivolse uno sguardo abbastanza diretto. «Ho sentito che sei stata cresciuta da genitori affidatari. Non ha funzionato?»

Si strinse nelle spalle sperando di apparire indifferente. «Non è stato poi così terribile. Alla mia madre affidataria non piacevo un granché, e non le piaceva il mio aspetto. Diceva a tutti che ero la sua croce da portare. E il mio padre affidatario voleva che sposassi un ragazzo della chiesa, come si conviene a una brava ragazza.»

«Cosa?» esclamò Rafe. «Faceva parte di una specie di setta o cosa?»

«Più o meno» ammise Lettie. «Questo è il motivo per cui dovevo andarmene da lì.»

Joe diede un'occhiata a Rafe e si alzò. «Coraggio. È meglio rimettersi all'opera. Più tardi potrai andare a casa ad aiutare tua madre con le decorazioni natalizie. Stasera e domattina penserò io agli animali, così non dovrai occupartene tu. D'accordo?»

«Sì.» Rafe si alzò. «Vai pure avanti. Ti raggiungo tra poco. Devo parlare con Lettie.»

Dopo che Joe se ne fu andato, Rafe si girò verso di lei. «Mi dispiace tanto, Lettie.»

«Cosa succede?» Aveva un'espressione così seria che lei saltò in piedi e si aggrappò al bordo del tavolo per sostenersi.

«Non possiamo più vederci. Quello che abbiamo vissuto è stato davvero speciale, ma io ho preso un impegno con la mia famiglia e con la mia comunità che non posso ignorare. Vorrei che le cose fossero diverse, ma non lo sono.»

«Ma...»

Gli occhi di Rafe erano umidi mentre scuoteva il capo. «Non ci sono ma... è finita. Anche se ci ho provato, non posso cambiare le cose. È fuori dal mio controllo.» La guardò fisso per qualche istante, e il dolore sul suo viso era inconfondibile. Poi, con ritrovata fermezza, si voltò e seguì il padre fuori dalla casa.

Lettie lo guardò andarsene e crollò in una poltrona. Avrebbe dovuto capire che non poteva durare, che si trattava solo di un'altra persona che entrava e usciva dalla sua vita. Si tamponò le guance umide con un fazzoletto. Perché, si domandava, nessuno la desiderava abbastanza da combattere per lei?

La domenica dopo il Ringraziamento fu monopolizzata dalle attività per preparare la locanda al rientro di Rex e Kenton. La signora Morley non sarebbe tornata al lavoro prima di lunedì mattina, così toccava a Lettie preparare loro il pasto. Consultò i libri di ricette per trovarne una che utilizzasse gli ingredienti che aveva già a disposizione. Finalmente optò per un semplice stufato di pollo e tagliolini. Quando era ragazzina, lo stufato era un pilastro dell'alimentazione di una famiglia numerosa.

Non vedeva l'ora di avere un po' di compagnia. Rafe non si era più fatto vedere da venerdì, rendendo molto evidente che la loro breve relazione era terminata. Anche se le faceva male, si disse che doveva comunque andare avanti, che evidentemente non era destino.

Al rumore di un'auto che saliva verso la casa, Lettie si strinse nervosamente le mani. Aveva spolverato e passato l'aspirapolvere in tutta la locanda, lo stufato era pronto per essere messo in forno, e aveva perfino approntato un vassoio di stuzzichini da servire a Rex per il suo solito aperitivo serale.

Rex e Kenton entrano in casa insieme.

Prima Kenton e poi Rex le diedero un rapido abbraccio di saluto.

Apprezzò la sensazione delle loro braccia intorno a lei, il loro calore e la premura. Si rese conto che quel tipo di accoglienza amorevole era proprio ciò di cui aveva bisogno.

«Mmm, sento un buon profumino» disse Rex.

«Solo qualche toast al formaggio per il suo cocktail» spiegò lei.

«Grazie» rispose Rex, sorridendo con riconoscenza. «È bello essere qui.»

Kenton si diresse ai loro appartamenti, portando i propri bagagli e quelli del padre.

Rex era in piedi in soggiorno e si guardava in giro. «Sembra proprio che tu ti sia data un bel da fare. È tutto in perfetto ordine, Lettie.»

Lei annuì. «Volevo che fosse tutto a posto per il vostro ritorno.»

Lui la guardò negli occhi. «Preferiresti occuparti della locanda che partecipare alle attività di coltivazione della vite e produzione del vino?»

«Oh no» rispose lei immediatamente. «Ho odiato fare tutto quel lavoro.» Si tappò la bocca con la mano e lo guardò spalancando gli occhi. «Non intendevo dire quello che ho detto. Mi piace lavorare alla locanda, ma mi esalta molto di più l'idea di imparare tutto quello che riguarda un'azienda vinicola.»

«Meglio così, perché ho assunto una persona per rimpiazzarti qui alla locanda la prossima primavera, quando comincerà la cimatura del fogliame.»

«Oh, davvero?» Lettie non era sicura di come ciò la facesse sentire. «Posso sempre aiutare la signora Morley, se ha bisogno di me.»

Rex le fece un ampio sorriso. «Lo so quanto ami la campagna e sono impaziente di aiutarti a imparare questa attività. Mi dicono che il palato femminile sia molto importante nel processo di produzione del vino, e vorrei proprio che tu diventassi parte dello sviluppo di Chandler Hill.»

Kenton entrò nella stanza sorridendo. «Beh, pensate di stare lì in piedi a chiacchierare, voi due, o è l'ora di un buon bicchiere di vino?»

«Andiamo in biblioteca dove possiamo accendere il camino. Possiamo parlare anche lì» suggerì Rex.

«Io vado a prendere gli stuzzichini» disse Lettie.

Kenton la seguì in cucina. Mentre lei disponeva i piccoli toast al formaggio su un piatto, Kenton arrivò alle sue spalle e la circondò con le braccia. «Mi sei mancata, Lettie.»

Stupita dal suo comportamento, si voltò a guardarlo. «Anche a me siete mancati, tu e tuo padre.» Si rese conto di quanto fosse vero e gli fece un caldo sorriso. Era il suo migliore amico, qualcuno su cui poteva contare.

Gli occhi di Kenton brillavano d'affetto mentre si chinava per baciarla. Al tocco delle sue labbra, al suo sapore, la invase una sensazione dolce che la sorprese. Quando la avvolse con le sue braccia, sentì in modo travolgente che quello era il suo posto, la sua casa.

Il baciò divenne più profondo.

Non aveva mai conosciuto un tale senso di completezza e rispose alla sensualità di quel bacio, e ne desiderò ancora.

Quando si separarono, osservò il sorriso sul volto di Kenton, confusa dalla profondità di quanto aveva scatenato in lei. Si domandò perché quel bacio, molto differente da quelli di Rafe, le sembrasse così giusto. Forse era quello il genere di amore che aveva cercato fino a quel momento. Conosceva Kenton abbastanza bene da sapere che non l'avrebbe mai delusa.

«Ho pensato molto a te» disse Kenton, accarezzandole la guancia. «Vorrei avere l'opportunità di conoscerti in modo diverso. Ho aspettato a dirtelo fino a che non ne sono stato del tutto sicuro, ma ora non posso attendere oltre.»

Continuava a guardare il volto di quella persona, che un tempo aveva creduto essere il suo migliore amico, e non sapeva più cosa dire. Non poteva più pensare a lui solo in termini di amicizia.

«Coraggio, come ha detto mio padre, possiamo continuare a parlare nella biblioteca» disse Kenton, circondandola con un braccio, e la condusse in quella direzione.

La biblioteca era la stanza preferita della casa, per Lettie. Quando vi entrarono, lo spazio era illuminato dalla luce soffusa che proveniva dall'alto e dal tremolante bagliore arancione delle fiamme del camino. Steso a terra, c'era un grande tappeto orientale con un motivo sui toni del verde, che metteva in risalto il vecchio pavimento in legno di pino che lo circondava. Il camino in pietra occupava gran parte della parete che dava sull'esterno. Nelle zone in cui le pareti erano libere dagli scaffali, il rivestimento in legno di noce lucido brillava riccamente.

Rex era seduto in una delle due poltrone di pelle verde, dallo schienale alto e avvolgente, che erano ai lati del focolare. Sul tavolo vicino a lui c'era una bottiglia aperta di vino rosso con tre bicchieri.

Lettie appoggiò il piatto con gli stuzzichini accanto ai bicchieri e si accomodò sul piccolo sofà di fronte al camino. Kenton prese posto sull'altra poltrona.

Rex versò una piccola quantità di vino rosso in uno dei bicchieri, lo sollevò alla luce del fuoco, lo fece roteare, lo annusò, e ne prese un sorso.

«Molto buono» disse. «Lettie, vuoi assaggiare?»

Sentendosi molto adulta, lei annuì. L'età per i liquori era ventuno. La birra e il vino, che avevano una minor percentuale di alcool, erano permessi a diciotto anni.

Dopo che Rex ebbe versato il vino in tutti e tre i bicchieri, alzò il suo. «A mio figlio, Kenton. Gli auguro ogni fortuna, ora che entra in una nuova fase della vita. Prego per la sua sicurezza.»

Lettie spostò l'attenzione su Kenton. «Questo significa che ti sei arruolato?»

«Direi piuttosto che loro hanno arruolato me. Sono stato chiamato in servizio. La notifica mi attendeva nella nostra casa di Los Angeles.» Sospirò. «Non ne sono contento, soprattutto adesso che ti ho incontrato, ma come ti ho detto tempo fa, farò il mio dovere e partirò.»

Lettie sentì una stretta allo stomaco al pensiero di Kenton ucciso in combattimento. «Non c'è niente che tu possa fare per evitare di andare in battaglia?»

«Ci ho pensato parecchio» rispose Kenton. «Correrò il

rischio, come tutti gli altri. Mi piacerebbe fare il medico, ma non ne sono sicuro. Devo sottopormi ad alcune prove attitudinali, e può essere che non sia una cosa adatta a me. Devo presentarmi appena dopo Natale, per l'arruolamento e il corso base di addestramento.»

Lo sguardo di Lettie si spostò su Rex. Sembrava triste proprio come lei.

«Potrei provare a intercedere, ma Kenton mi ha chiesto di non farlo» spiegò Rex. «La speranza è che dai test dell'esercito emerga la possibilità di essere assegnato a qualcosa di meno pericoloso.»

«E fino ad allora, voglio godermela il più possibile» disse Kenton. «Ho parlato con mio padre, e siamo d'accordo che avrò delle giornate libere per portarti al mare per una vacanza.»

Rex sorrise a Lettie. «Ho organizzato le cose con un mio amico perché voi due possiate stare nella sua casa sulla spiaggia a Malibu. Kenton lo desiderava proprio. Spero che vada bene anche a te.»

«E la locanda?» chiese Lettie.

«Per il momento la teniamo chiusa. Nel periodo delle feste non abbiamo comunque nessuna prenotazione» spiegò Rex. «Quando la locanda sarà più conosciuta, le cose cambieranno. Ma per adesso, va bene così. Devo ancora cominciare la costruzione dell'ampliamento che ho in mente di fare. Inizieremo in primavera. E prima di fare pubblicità, penso di aspettare che la maggior parte dei lavori sia completata.»

«E tutto questo andrà bene alla signora Morley?» chiese Lettie.

«Sono sicuro di sì» rispose Rex. «Sa bene che ho in programma di coinvolgerti maggiormente nelle nostre attività. Quando tu e Kenton tornerete dal vostro viaggio, parlerò a entrambi di alcune delle idee che ho nella testa.»

«D'accordo» disse Lettie, che era felice di sentirsi davvero inclusa.

«Allora, ti unirai a me?» domandò Kenton. «Staremo via per un totale di tre settimane.»

Ancora stupefatta dal suo bacio in cucina, Lettie rispose solamente: «Sì». Rafe le aveva detto che non aveva avuto abbastanza tempo per capire se fosse innamorata. Aveva creduto di amarlo, ma ciò che provava per Kenton era così differente. Quando Kenton le aveva parlato dei suoi sentimenti per lei e poi l'aveva baciata, aveva capito quanto facesse sul serio. Si era messo in gioco con lei completamente, si era reso così vulnerabile, che non avrebbe mai voluto fargli del male.

I loro sguardi si incontrarono e Lettie sentì che la tensione nervosa abbandonava il suo corpo. Kenton era colui che l'aveva portata alla locanda. Era colui che la faceva sentire al sicuro. E adesso era quello che chiedeva di passare del tempo con lei.

Desiderava con tutto il cuore conoscerlo meglio e scoprire come sarebbero stati insieme, e ricambiò il suo sorriso.

CAPITOLO SETTE

Mentre Lettie preparava la valigia per il viaggio a Malibu, si accorse di aver bisogno di altri vestiti e di migliore qualità, soprattutto perché sarebbe stata insieme a Kenton. Lui era di certo abituato agli articoli di ottima fattura. Lei decisamente no.

Forse, pensò, avrebbe scovato dei negozi di abbigliamento usato in California. Trovare dei posti in cui fare acquisti nei paesi e nelle cittadine della valle e della campagna circostante era escluso. Immaginava che la maggior parte delle persone andasse a Portland, quasi a un'ora di automobile da McMinnville. Nei mesi in cui era stata a Chandler Hill, non si era mai avventurata fino a là.

Kenton bussò alla porta della sua camera e infilò dentro la testa. «Pronta?»

«Più pronta che mai.» Sospirò. «Ma, Kenton, devo fare qualcosa per i miei vestiti. Non vanno bene per niente.»

Lui ridacchiò. «Di questo non preoccuparti. Ci penseremo dopo. Coraggio. Dobbiamo metterci in viaggio. Ci vorranno un paio di giorni di macchina per arrivare fin là.»

«A Malibu? Non vedo l'ora.»

Le sorrise. «E io non vedo l'ora di avere tutto questo tempo da passare da solo con te.»

Gli restituì il migliore dei suoi sorrisi. Quelle parole erano dolci alle sue orecchie. Forse non era più la ragazzina di una volta, brutta e che parlava in modo strano. Forse aveva visto in lei qualcosa di meglio.

###

Le due giornate seguenti trascorsero in deliziosa compagnia, interrotte a metà da un breve soggiorno in motel, durante il quale Kenton l'aveva baciata e guardata con desiderio, ma si era mantenuto a distanza.

Lettie viaggiava in auto, ascoltava musica e sgranocchiava merendine, con l'impressione di essere in uno stato di isolamento in cui niente aveva più importanza, tranne il tempo passato con Kenton.

Mentre si dirigevano verso Malibu e superavano le spiagge che si susseguivano lungo la costa, Lettie sospirava dalla felicità. Le case sulle palafitte e la vaste spiagge sabbiose erano in ogni dettaglio meravigliose come nelle fotografie che aveva visto. Osservava i ragazzi distesi sui teli mare sopra la sabbia, che parlavano, leggevano o semplicemente si godevano il sole. In acqua, un po' di gente si cimentava con il surf.

Abbassò il finestrino e inspirò l'aria salmastra, sentendosi come dentro a una cartolina.

«Fico, eh?» disse Kenton sorridendole. «Ed è una fortuna che questo amico di mio padre ci lasci usare la sua casa. Molto meglio che stare a Beverly Hills.»

«È fantastico!» rispose Lettie. D'impulso si sporse a baciarlo su una guancia.

Lui le prese la mano. «*Tu* sei fantastica! Adesso svuotiamo le valigie, ci mettiamo il costume da bagno e andiamo a fare una passeggiata sulla spiaggia.»

«Ma io non ho un costume da bagno» ammise Lettie un po' riluttante. «Però ho una minigonna e un top senza maniche. Mi metterò quelli.»

«Va bene, ma domani ti compriamo un costume adatto. Magari un bikini.» Le rivolse un sorriso malizioso che la fece ridere.

«La mia madre affidataria cadrebbe morta per un attacco di cuore se mai mi vedesse in bikini, ma perché no?»

«Lei non è qui, e ti assicuro che ti starà benissimo» la rassicurò Kenton.

Proseguì con l'auto lungo una strada laterale e si fermò davanti a una casa su palafitte rivestita di legno bianco. Da fuori non era diversa dalle altre lì vicino: in stile genuinamente balneare.

Portarono i bagagli su per le scale di legno e dentro la casa.

«Caspita!» esclamò Lettie, vedendo l'ampia finestra panoramica che dava sulla costa sabbiosa. Corse a guardare fuori.

La spiaggia si stendeva lì davanti, porgendo loro un caldo benvenuto a quella vacanza sull'oceano. Al di là, il Pacifico srotolava le sue onde dalla cresta bianca. Un surfista stava in equilibrio sulla tavola, cavalcando la spuma, ma dopo solo pochi istanti volò in acqua.

«Che cos'ha indosso?» chiese Lettie, osservando il ragazzo emergere: aveva una specie di tutina nera molto aderente.

«È una muta. È comodissima. Quando l'acqua è fredda, come in questo periodo, ti mantiene al caldo perché il materiale spugnoso di cui è fatta assorbe una piccola quantità d'acqua che si scalda con il calore del corpo. Avanti, cambiamoci e usciamo. Voglio godermi i raggi del sole.»

Lettie sorrise. «D'accordo. Dove mettiamo le valigie?» Anche se era chiaro che Kenton era interessato a ben di più che scambiarsi qualche bacio, fino a quel momento non si era fatto avanti.

«Vediamo un po'.»

Si spostarono dal soggiorno alla zona sul retro. Un'ampia camera da letto, chiaramente quella padronale, si apriva su un lato del corridoio. Di fronte ce n'erano altre due più piccole.

«Cosa ne pensi?» le chiese Kenton. «Ti va bene se ci mettiamo entrambi nella stanza più grande?»

Lettie fece un profondo respiro e osservò Kenton: sapeva

benissimo cosa significava condividere con lui quella camera. La sua gentilezza e attenzione, i dolci baci, erano preziosi per lei. Ma forse era venuto il momento di capire che tipo di relazione ci fosse tra loro. In particolare, adesso che era prossimo ad essere arruolato.

«Condivideremo la camera.» Il pensiero che venisse ferito in guerra, o peggio, era terrificante. Voleva esserci per lui. Anche se l'attrazione che provava era diversa da quella che aveva sentito per Rafe, questa era persino migliore, più intensa e più tenera. Per lei, voleva dire davvero tanto.

Sistemarono le loro cose nella camera da letto e si cambiarono rapidamente i vestiti. Kenton fu così gentile da lasciarla sola per permetterle un po' di privacy.

Quando lei uscì dalla stanza, Kenton sorrise. «Anche con una minigonna e la canottiera sei davvero uno schianto, Lettie. Prima di uscire al sole, però, devi spalmarti un po' di crema protettiva. Ce n'è un tubetto in bagno. Ti do una mano.»

«Grazie.» Con la sua carnagione chiara, ne avrebbe avuto bisogno.

Dopo essersi cosparsa di lozione su viso, braccia e gambe, si girò verso Kenton, che la stava osservando. «Puoi aiutarmi con la schiena?»

Lui balzò dalla sedia e le rivolse un sorriso seducente che le fece venire la pelle d'oca. «Non aspettavo altro.» Prese il tubetto di crema che Lettie gli porgeva, ne mise un po' sul palmo della mano e lo applicò su tutta la schiena con delle carezze lente e prolungate.

A quel tocco, dei brividi la percorsero da una spalla all'altra. Quelle dita, così gentili sulla sua pelle, esercitavano una pressione davvero piacevole.

Le diede una leggera pacca sul sedere. «Ecco fatto. Una bella spalmata, ma è quello che ci voleva.»

Fece una risatina e si voltò a guardarlo. «Sembri la pubblicità dei solari Brylcreem. Sai, quella che dice... "Una spalmata ci sta, si sa."»

Alla sua battuta, Kenton rise di gusto. «Sei adorabile, lo sai?» La tirò a sé e abbassò le labbra sulle sue. Quella volta, i brividi che la travolsero erano l'effetto dell'eccitazione sessuale che lui le provocava. Sapeva di non poter negare ciò che provava per Kenton. Erano ben più che amici. Con lui, sentiva di contare davvero qualcosa.

Quando si spostò e la guardò, i suoi occhi erano di un azzurro più profondo. «Restiamo qui o scendiamo in spiaggia?»

«Decidi tu» rispose lei, improvvisamente timida.

Sorrise. «D'accordo. Prima noi. La spiaggia, più tardi.»

Kenton la baciò di nuovo: baci che le trasmettevano un desiderio pulsante attraverso il corpo. Le sue mani le accarezzarono la schiena in cerchi rassicuranti, poi si spostarono sui seni. Lettie gemette dolcemente a quel tocco.

In silenzio, Kenton la prese per mano e l'accompagnò nuovamente in camera. Con un gesto deciso del braccio tirò via il copriletto.

Si sdraiarono insieme sopra le lenzuola, guardandosi.

Kenton le prese il viso tra le mani e la guardò con un'intensità che gli illuminò gli occhi celesti. «Lettie, lo sai come ho fatto a innamorarmi di te? È stato a San Francisco, appena ti ho vista seduta sui gradini di quella casa: in quel preciso momento avrei voluto prenderti e stringerti tra le mie braccia. Poi ho pensato che sarebbe stato meglio offrirti un sandwich.»

Le lacrime pizzicarono gli occhi di Lettie. Dopo essere stata "quella indesiderata", anche di recente con i problemi avuti con Rafe, le parole che Kenton le aveva rivolto, così sincere ed emozionate, l'avevano accarezzata come seta sulla pelle.

Si allungò verso di lui.

Più tardi, restò a riposare al fianco di Kenton, che si era addormentato sulla schiena e russava sommessamente. Lo osservò. Era una persona gentile e generosa. Non faceva l'amore con l'intensità un po' selvaggia di Rafe, ma prima di dedicarsi al proprio piacere si assicurava che lei fosse appagata.

Lui si accorse di essere guardato, così aprì gli occhi e si girò verso di lei. «Ti amo, Lettie. Penso che sia così dal giorno che ti ho incontrata.»

A quelle parole, il cuore le si colmò di gioia. Gli si avvicinò e gli accarezzò una guancia: le serviva per assicurarsi di non avere semplicemente sognato quel momento. In tutta la vita, nessuno le aveva mai detto di amarla.

Raggiunse le sue labbra, desiderosa di mostrargli quanto significasse per lei. Kenton non era solo bello e sexy, era il ragazzo più dolce che avesse mai incontrato.

Fuori, sulla spiaggia di sabbia, Lettie allungò le braccia verso il cielo. Anche in quel periodo dell'anno, il sole caldo dava il benvenuto all'aria salmastra che si avvolgeva intorno a lei come un soffice scialle di lana.

Camminava svelta con Kenton lungo la battigia spumeggiante, quando un'onda si infranse con energia inaspettata e li costrinse a fare un salto indietro.

Lettie rischiò di cadere e lui rise, l'afferrò per una mano e l'attirò a sé stringendola tra le braccia. «Presa! Ti ho presa.»

«Non lasciarmi andare» rispose lei.

Con l'amore che gli brillava negli occhi, lui serrò l'abbraccio. «Non ho alcuna intenzione di lasciarti mai andare. Con me sarai sempre al sicuro.»

Sapendo che parlava seriamente, gli appoggiò la testa sul petto e ascoltò il battito del suo cuore, domandandosi come avesse potuto avere questa fortuna. Quel momento romantico fu interrotto dallo strillo acuto di un gabbiano, che scese in picchiata verso di loro.

Kenton agitò il braccio gridando «Togliti di torno!»

Il gabbiano lo guardò coi suoi occhi perlacei e si sollevò sbattendo le ali con gran dignità. Mentre camminavano lungo l'arenile, atterrò sulla sabbia dietro di loro e si mise a seguirli da lontano.

«Che gli è preso a questo uccello?» si lamentò Kenton.

«Penso che sia affamato. Ho un pezzetto di biscotto nella tasca. Dovrei darglielo?» chiese Lettie, fermandosi.

«Sì, se vuoi, ma preparati a correre. Quando si accorgeranno che uno di loro ha avuto da mangiare, si scatenerà l'inferno.»

Lettie prese il biscotto dalla tasca dei pantaloncini e lo gettò più lontano possibile, nella direzione del gabbiano. «Ecco, tieni!»

Un intero stormo di uccelli si gettò verso di loro, protestando per avere la propria parte del bottino.

Lettie si aggrappò alla mano di Kenton e, gridando, corse via lungo la spiaggia insieme a lui. Dopo essersi lasciati i gabbiani alle spalle, rallentarono un po', per dirigersi poi al molo, dove trovarono posto su una panchina e si misero a guardare i surfisti che cavalcavano le onde.

Quando il sole accennò a dare inizio alla sua discesa serale, Kenton disse: «È meglio tornare verso casa. Tra l'altro, sono affamato. Tu no?»

Sorrise. «Sì. Per la cena, io sono sempre pronta.»

Lui fece una risata. «Sono felice che tu non sia come quelle ragazze che vogliono assomigliare a Twiggy. Forse credono di piacere di più a noi uomini, ma non è vero.»

Lettie mise la mano davanti alla bocca fingendo orrore. «Stai dicendo che sono grassottella?»

Kenton scosse la testa. «Assolutamente no. Hai una linea perfetta. Non vedo l'ora di ammirarti in bikini.»

Arrossì. «Ah già, è vero. Domani mi porti a fare compere.»

«Esatto. Anche se ti preferisco senza vestiti, so che te ne serve qualcuno nuovo.»

Lettie rise e si prese qualche secondo per ammirare il sole al tramonto. Il disco giallo stava cominciando a scomparire sotto l'orizzonte e tracciava nel cielo schegge di luce d'oro, arancione e rosso, come frammenti sfuggiti a un arcobaleno. Le onde che si frangevano sulla spiaggia erano sfumate negli stessi colori, dandole la sensazione di essere sul bordo di un dipinto. Respirò l'aria salmastra e fece un sospiro. Era straordinario.

Passeggiarono fianco a fianco dalla spiaggia fino alla casa in cui dimoravano. Lo sguardo di Lettie continuava a ritornare verso il tramonto del sole a occidente per ammirare i toni aranciati e rossi del cielo riflessi sull'acqua, che pennellavano ogni onda in colori cangianti.

«Bello, eh?» le chiese Kenton, rompendo il silenzio.

«Oh, sì» mormorò. «Non ho mai visto niente di simile. La spiaggia è stupenda. E anche la gente.»

«Le Barbie di Malibu» commentò Kenton, scoccando uno sguardo di ammirazione a una bionda alta e slanciata con un bikini nero che usciva dall'acqua.

Lettie aveva già notato ragazze in mini e maxi-gonna e aveva deciso di prenderne una per tipo anche per sé. Esaltata all'idea di avere la possibilità di rinnovare il guardaroba, strinse la mano di Kenton.

«Ti stai divertendo?» le chiese.

«Sì, ma anche domani sarà divertente.»

###

Lettie si svegliò stiracchiandosi nel letto. Se ripensava al giorno precedente, aveva l'impressione che Natale fosse arrivato in anticipo. Quella mattina sarebbe andata a fare shopping con Kenton, e forse sarebbe riuscita ad assomigliare a tutte quelle persone affascinanti.

In silenzio, per non disturbarlo, scese dal letto, si mise un accappatoio trovato in un armadio, scivolò fuori dalla stanza e andò sulla veranda che sovrastava la spiaggia. L'aria era fresca sulla pelle, ma non le importava. Si strinse addosso l'accappatoio e si sedette su una delle sedie, guardando la distesa d'acqua. Amava quella vista quasi quanto le morbide colline della Willamette Valley, dove si sentiva completamente a casa. Lì, invece, era una semplice visitatrice.

Sentì aprirsi la porta a vetri dietro di lei e sorrise a Kenton. «Sarà una splendida giornata.»

Lui si chinò e la baciò su una guancia. «Ogni giorno con te è splendido. Torna a letto.»

Le lanciò uno sguardo così sexy che lo seguì più che volentieri nella camera ben riscaldata, si liberò dell'accappatoio e scivolò sotto le coperte. Sono a casa, pensò con gioia. Kenton l'aveva condotta alla locanda dove aveva trovato una vera famiglia, e adesso condivideva con lui uno spazio d'amore e armonia dello spirito.

Parecchie ore più tardi, in uno dei negozi che facevano tendenza, Lettie piroettò di fronte a Kenton, seduto davanti alle cabine di prova. «Cosa ne pensi?»

«Stai benissimo» rispose. «Ci siamo quasi?»

Rise. «Sì, ho capito che sei pronto ad andartene, e anch'io. Ho deciso di portarmi avanti e indossare subito questi pantaloni a zampa d'elefante , insieme alla T-shirt e alla felpa. Quindi dovrai darmi il tempo per togliere i cartellini.»

«D'accordo» rispose, in piedi davanti a lei. «Cavoli, se ti

stanno bene.»

Lettie gli gettò le braccia al collo, sorprendendo entrambi. Era così abituata a controllarsi che, per un attimo, le sembrò strano comportarsi così, ma infine si sentì a suo agio tra le sue braccia e capì che era proprio lì che doveva stare.

La commessa l'aiutò a togliere le etichette dagli indumenti che aveva addosso. «Vuole che faccia lo stesso per tutto quello che ha comprato?»

«Sì grazie, molto gentile» rispose Lettie, compiaciuta.

Quando ebbero finito, la commessa le sorrise. «Ha preso un bel po' di cose, e anche a buon prezzo.» Fece un passo indietro e la osservò. «Ha mai pensato di fare la modella? Sarebbe il tipo giusto.»

Lettie la guardò, stranita. «Chi, io? Con questi capelli rosa e ribelli? Non credo proprio. Ai miei genitori affidatari non è mai piaciuto questo mio aspetto selvatico.»

La commessa scosse la testa. «È un'assurdità, che la pensassero in questo modo. Io la trovo adorabile.»

«Grazie» rispose Lettie, ma non era ancora pronta per accettare simili gentilezze.

CAPITOLO OTTO

I dieci giorni successivi si susseguirono dolci e meravigliosi come i migliori cioccolatini che Lettie avesse mai assaggiato, densi di attività all'aperto, passeggiate, camminate sulla spiaggia, nuoto e partite a pallavolo con un simpatico gruppo di ragazzini. E le notti? Dense anche loro di occupazioni ancor più soddisfacenti. L'aspetto migliore del passare così tanto tempo con Kenton, stabilì, era la possibilità di rilassarsi ed essere se stessa, anche se qualcuno avrebbe potuto considerarla una cosa poco esaltante. Lei e Kenton, invece, erano felici di leggere e parlare e camminare come una vecchia coppia.

Kenton era pieno di sorprese. La sua voce risuonava da sotto la doccia ogni mattina, mentre si cimentava in una nuova canzone, bravo quanto i cantanti che Lettie aveva ascoltato alla radio. E, un po' piccata, aveva scoperto che Kenton era un cuoco migliore di lei. Quando lui si era offerto di cucinare, Lettie si era resa conto che far da mangiare per una famiglia numerosa era ben diverso dal preparare i piatti eleganti e ricercati che piacevano a Kenton.

Una sera stavano mangiando una bistecca alla griglia in cucina quando Kenton esclamò: «Lettie? Perché non ci sposiamo? Possiamo farlo qui in California, o volare a Las Vegas.»

«Davvero? È questo che vuoi?» Lettie posò la forchetta.

«Scusa. Facciamo le cose per bene.» Si inginocchiò di fronte a lei. «Lettie Hawkins, mi vuoi sposare?»

L'idea la esaltava, ma la spaventava anche un po'.

«Ebbene?» chiese Kenton con uno sguardo supplice.

Lettie scoppiò a ridere. «Sì, certo che ti voglio sposare!» Stava succedendo tutto molto in fretta, ma sapeva che era la decisione giusta. Il loro amore veniva dal cuore.

Kenton fece un urlo di gioia. Si alzò, la prese tra le braccia e la fece volteggiare per la stanza. «Organizzo io tutto quanto. Prenderemo un aereo per Las Vegas. È il modo più rapido. Ti mostrerò il fascino luccicante di quella città. Un anello... devo prenderti un anello.»

«Non ho mai preso un aereo» disse lei, preoccupata all'idea.

Lui la guardò, costernato. «E come sei arrivata a San Francisco?»

Imbarazzata, abbassò lo sguardo sul pavimento e poi sollevò la testa. «Ho fatto l'autostop.»

«Non hai avuto problemi durante il viaggio?» chiese, con una nota di preoccupazione nella voce.

«Di farabutti ne ho incontrato uno solo, e sono scesa dal camion così velocemente che era ancora in movimento. Ma tutti gli altri autisti sono stati gentili.»

«Ce l'hai la patente, vero?»

«Certo. Anche se non ho mai avuto un'automobile, appena possibile ho preso la patente in Ohio e tre settimane fa quella dell'Oregon.»

«Perfetto. Voleremo dritti da Los Angeles a Las Vegas. Va bene?»

Lettie scoppiò di nuovo a ridere. «Se mi va bene? È fantastico! Non vedo l'ora di diventare tua moglie!» Lo pensava sul serio. Era la famiglia che aveva cercato per tanto tempo.

Mentre Kenton telefonava per prenotare, Lettie andò in camera loro e aprì l'armadio che ora conteneva i suoi nuovi acquisti. Kenton aveva voluto a tutti i costi comprarle un vestito elegante. Tirò fuori l'abito color verde menta, nella confezione stile Diane von Furstenberg, e se lo appoggiò addosso guardandosi allo specchio. Anche se non era bianco, sarebbe andato benissimo. Però le servivano delle scarpe adatte. Al suo matrimonio non poteva certo indossare le robuste Oxford nere stringate che aveva appena acquistato.

Kenton entrò nella stanza. «Ti va bene metterti questo? Possiamo celebrare un matrimonio più sofisticato in un secondo tempo. Magari facciamo qualcosa per il nostro primo anniversario.»

«Non ho bisogno di un matrimonio sofisticato, Kenton. Voglio solo che tu sia felice.» Sollevò il vestito. «Questo sarà perfetto per le nozze. "Molto elegante" come hai detto anche tu.» Abbassò lo sguardo ai piedi nudi. «Ma mi serviranno delle scarpe nuove.»

«Tutto quello che desideri, amore mio» rispose lui, raggiante. La prese tra le braccia. «Non sai quanto mi hai reso felice. Così, quando sarò in Vietnam, avrò qualcuno per cui combattere, qualcuno da cui tornare.»

Lettie fece un passo indietro, allontanandosi, e lo guardò sconvolta. «È stata una vacanza così meravigliosa che avevo scacciato questo terribile pensiero.»

Kenton la guardò dispiaciuto. «Non posso farci niente. Devo partire. Ma sapere che sei mia moglie e che mi aspetti sarà di conforto nei momenti peggiori.»

Un brivido di paura la percorse e le si avvolse attorno come un pitone pronto a ingoiare entrambi.

«Tutto bene?» domandò Kenton, accarezzandole una guancia.

Annuì, ma ben sapeva che avrebbe patito le pene dell'inferno appena se ne fosse andato.

Quando atterrarono a Las Vegas all'Aeroporto

Internazionale McCarran, Lettie guardò con sollievo il paesaggio desertico al di là del finestrino, lieta di essere nuovamente sulla terraferma. Volare non le era piaciuto per niente. Anche se Kenton le aveva tenuto la mano per l'intera durata del breve volo, non aveva gradito l'idea di essere intrappolata per aria, a quella distanza dal suolo. Aveva fatto del suo meglio per non sembrare troppo spaventata. E quando l'aereo aveva incontrato dei vuoti d'aria, si era morsicata le labbra per non urlare.

Intravide alcune palme che interrompevano la distesa di terreno piatto e bruno. Cercava di vedere la città, in lontananza, ma l'aereo era posizionato in modo da rendere la cosa impossibile.

«Coraggio, andiamo» disse Kenton, togliendo dalla cappelliera la sua nuova, piccola valigia di pelle marrone. «Abbiamo parecchio da fare.»

Lo seguì impaziente giù dall'aereo e corse fuori dal terminal con lui.

Un taxi accostò al marciapiede. «Serve un passaggio?» domandò allegro l'autista.

«Certo! All'Hotel Flamingo» rispose Kenton, e la guardò con un sorriso malizioso.

Dopo che i bagagli furono caricati e loro ebbero preso posto sui sedili posteriori, il tassista lì osservò con un sorriso d'intesa. «Siete di fretta?»

Il volto di Kenton si illuminò con un entusiasmo che le toccò il cuore. «Sissignore. Ci dobbiamo sposare. Ho sentito dire che la Cappella delle Campane è un posto carino.»

«Già, c'è un mucchio di gente che va lì a sposarsi» rispose l'autista. «Anche se per voi credo sia più importante quello che state per fare che il posto in cui avrà luogo, eh?»

Lettie e Kenton si scambiarono sguardi divertiti.

«Direi che è proprio così» convenne il tassista, e fece una

risatina.

Più avanti, una enorme insegna rosa al neon, che rappresentava il ventaglio di piume della coda del fenicottero che dava il nome all'hotel, svettava sopra la strada come se fosse sostenuta dalle lunghe zampe dell'uccello stesso. La parola "Flamingo" in bianco attraversava l'insegna, invitandoli a entrare. Dall'altra parte della strada, altrettanto maestosa era la scritta del Caesar's Palace, sostenuta da due alte colonne dai capitelli dorati.

Lettie osservò con gli occhi spalancati la facciata dell'albergo, mentre l'autista accostava. La parete di pietra era ravvivata dalla ampia vetrata dell'ingresso. Tipi affascinanti entravano e uscivano dall'edificio dalle linee geometriche.

Il tassista si fermò e disse: «Vi prendo i bagagli.»

«Aspetti» gli rispose Kenton. «Ho un appuntamento alla gioielleria *Gabriel*. Ci può portare lì?»

L'autista alzò le spalle. «Certamente. Sono a vostra disposizione. Anche per l'intera giornata, se volete.»

«Perfetto» commentò Kenton e si voltò verso di lei. «Lettie, voglio prenderti un anello di diamanti.»

«Non mi serve niente di lussuoso, Kenton» rispose lei gentilmente, commossa dall'organizzazione che aveva progettato per quel viaggio inatteso.

«Fidati. Voglio che sia tutto perfetto» disse Kenton. «Solo il meglio, per te.»

Il suo entusiasmo era contagioso. «D'accordo. Come vuoi tu.» Non era raffinata come lui, e ne era consapevole.

«Pronti?» domandò il tassista. «Il negozio è sulla Quarta. Vi porterò lì e poi indietro in un batter d'occhio.»

Quando uscirono da *Gabriel*, Lettie era stordita. Kenton aveva insistito per regalarle un anello in oro giallo con un grosso solitario. La montatura lineare metteva in risalto le dimensioni e la qualità del diamante, che ora le luccicava sulla mano sinistra. L'anello che avevano scelto per la cerimonia era una semplice fede d'oro che si abbinava perfettamente al solitario.

«Vorrei che ci potessimo sposare in questo stesso istante» disse Lettie, mentre risaliva sul taxi. Sapeva che non avrebbe avuto pace finché la cerimonia non fosse terminata: finalmente avrebbe potuto godersi Kenton in tutta semplicità.

L'autista sentì le sue parole e le mandò un'occhiata dallo specchietto retrovisore. «Volete che vi porti direttamente alla Cappella delle Campane? Sono specializzati nel celebrare cerimonie intime e veloci.»

Kenton la guardò, interrogativo.

Ancora un po' sopraffatta da tutti quei frenetici avvenimenti, Lettie ci pensò un attimo e poi sorrise. «Abbiamo qui con noi tutti i bagagli. Possiamo cambiarci quando saremo là.»

«Bene! Poi potremo goderci Las Vegas e…» mosse su e giù le sopracciglia con fare scherzoso «la nostra reciproca vicinanza.»

Lettie rise. *Perfetto!*

Quando il tassista, che ora sapevano chiamarsi Vinnie Borelli, accostò davanti alla cappella, ebbe conferma che era appariscente e strabiliante come se l'era immaginata. Di fronte all'ingresso dell'edificio, dalla facciata in stucco bianco lucido, c'era un'imponente insegna, pure bianca, che nel timpano superiore aveva le tre campane dipinte di giallo brillante, e contornate da lampadine. Al di sotto delle campane, sopra uno sfondo azzurro a forma di arco, una scritta in bianco annunciava "Cappella delle Campane, Famosa in Tutto il Mondo". Più sotto, la parola "Matrimoni", sempre bianca sullo sfondo dello stesso azzurro. Tutte le lettere erano tempestate di lucine. Lettie non poté fare a meno di domandarsi che impressione potesse dare, una volta accesa.

Vinnie portò i bagagli all'ingresso principale. «Io vi aspetto qui fuori. Fate con calma.»

La prima cosa che Lettie notò quando entrarono nella cappella fu il pianoforte bianco a coda. Anche se luccicante come l'esterno, l'interno era più sobriamente decorato in tinte neutre. Sorrise a Kenton. Molto meglio.

Un signore li accolse. «Siete qui per sposarvi?»

«Si. Vorremmo qualcosa di semplice e veloce. C'è un posto dove possiamo cambiarci?»

Il signore le sorrise con calore. «Naturalmente. Occupiamoci delle scartoffie, e poi potremo organizzare la vostra cerimonia. L'officiante non è confessionale e può celebrare il rito da voi preferito. Possiamo provvedere anche alla musica, se volete. E se la signora lo desidera, abbiamo dei fiori per il bouquet della sposa.»

Kenton si voltò verso di lei. «Musica? Fiori?»

Il pensiero le fece piacere. «Sì, grazie, ma per favore scegli tu al mio posto per entrambe le cose. Per i fiori, quello che preferisci, ma non le violette.»

Ridacchiò. «Ci penso io.»

«Io vado a cambiarmi» aggiunse Lettie, a disagio all'idea di ascoltare gli aspetti economici.

Dopo aver raggiunto lo spogliatoio che le avevano indicato, appoggiò la valigia su una panca di velluto bianco e l'aprì. Quando tirò fuori il vestito fu sollevata nel vedere che non si era stropicciato troppo. E le scarpe col tacco che aveva preso in prestito dall'armadio a Malibu erano in buone condizioni. La sera prima, quando Kenton aveva chiamato l'amico di suo padre per chiederglielo, lui gli aveva detto non solo che Lettie poteva usare le scarpe, ma anche tenersele, se le faceva piacere.

Davanti al lavabo per sciacquarsi il viso, guardò la propria immagine allo specchio. Gli anni passati a Dayton, in Ohio, non sembravano risalire a pochi mesi prima, ma a decenni. La sua vita era drasticamente cambiata e doveva tutto ciò a Kenton. La sua carnagione chiara, ora leggermente abbronzata, risplendeva di felicità. I capelli, ancora ricci e selvaggi, erano del tutto adatti a Las Vegas, o alle spiagge californiane e persino alle passeggiate in campagna a Chandler Hill. In verità, il suo naso era pur sempre punteggiato di lentiggini, ma le sembravano più accettabili, perché Kenton aveva sussurrato che amava anche quelle.

Si rinfrescò il trucco, aggiunse del mascara nero e ombretto azzurro, che trasformarono i suoi occhi azzurro-verdi da interessanti a straordinari, e poi si raddrizzò. Aveva fatto il meglio che poteva.

L'abito verde avvolgeva il suo corpo come se fosse stato disegnato per lei. Sotto, indossava il reggiseno e le mutandine di pizzo che aveva comprato con Kenton. Si infilò ai lobi i grandi orecchini a cerchio, placcati d'oro. La sua madre affidataria li avrebbe giudicati troppo vistosi, ma Lettie li adorava.

Quando sentì bussare alla porta, Lettie corse ad aprire.

Kenton le sorrise raggiante. «Caspita! Sei bellissima!» Le porse un bouquet di rose color rosa pallido. «Ho scelto queste perché mi fanno pensare a te.»

Quando Lettie prese i fiori lui si chinò e le baciò le guance. «Sei pronta a farlo?»

Il suo cuore era colmo d'amore per quell'uomo. «Sì.»

Entrarono nella cappella tenendosi per mano.

Quella sera, al ristorante Il Manzo d'Oro, dove Vinnie aveva insistito che si recassero per la cena di nozze, Lettie era seduta in un separé di cuoio rosso, con lo sguardo fisso su suo marito, dall'altra parte del tavolo. A malapena si convinceva di essere una donna sposata. E, comunque, era così bello sapere di "appartenere" a qualcuno meraviglioso come Kenton.

La cerimonia l'aveva fatta sentire come se un'altra donna, una donna tanto diversa da come si era fino a quel momento considerata, avesse sviluppato un paio di ali e stesse per volare verso il futuro. Gli occhi di Kenton erano colmi di emozione quando lei aveva detto "Lo voglio" con un tono di squillante conferma.

La cameriera portò loro due coppe di champagne. «Mentre aspettate la cena, quel signore dall'altra parte della sala mi ha chiesto di portarvi questo. Da quanto siete sposati?»

«Più o meno tre ore» rispose Kenton sorridendo.

Lettie si girò per vedere a chi lui stesse facendo un cenno di ringraziamento. «Ma chi è, Elvis Presley?» domandò alla cameriera.

Sorridendo, la ragazza sollevò le spalle. «Non saprei. A volte viene qui, come altra gente tipo Frank Sinatra.»

Dopo che la cameriera se ne fu andata, Kenton alzò il bicchiere per un brindisi. «A noi, Lettie. Alla nostra futura, meravigliosa vita insieme!»

Fecero tintinnare le coppe.

Quando Lettie si portò il bicchiere alle labbra, le bollicine le solleticarono il naso. Fece una risatina, prese fiato e poi assaggiò il vino.

«Non so che tipo di champagne sia, ma è delizioso» osservò Kenton. «Senza dubbio è francese.»

«È buono» commentò Lettie, prendendone un altro sorso e osservando, in giro per la sala, tutti gli eleganti avventori.

Quando finalmente arrivarono le loro bistecche, e infilarono i coltelli nella carne tenera, al loro tavolo scese un silenzio soddisfatto. Lettie assaggiava per la prima volta la

Caesar salad, con la croccante lattuga romana, la salsa all'aglio e senape, le scaglie di parmigiano e le acciughe.

«Ti piace?» le domandò Kenton, sporgendosi premuroso verso di lei.

Lettie inghiottì e prese un'altra forchettata di lattuga. «Deliziosa.»

Rise. «Forse ancora non lo sai, ma sei una tipa sofisticata, come direbbe Frank Sinatra.»

«Oh, sei entrato a far parte del suo clan, adesso?» lo prese in giro lei.

Sorrise. «Non mi serve un clan. Mi basti tu.»

Più tardi, dopo aver fatto l'amore nella loro stanza in albergo, Lettie era sdraiata sulla schiena e guardava il soffitto, con un lieve sorriso sulle labbra. Essere sposata con Kenton rendeva ancora più speciale fare l'amore con lui perché sapeva di essere la persona con cui lui aveva scelto di trascorrere il resto della vita.

Sospirando appagata, rotolò su un fianco e si accoccolò contro il suo corpo possente. Il giorno seguente, decise, si sarebbero rilassati in piscina per un po' e poi avrebbero partecipato più attivamente alla vita di quella magica città, che di notte si trasformava in un luogo incantato di luci variopinte.

CAPITOLO NOVE

Lettie era persa in un sogno in cui guardava il cielo distesa in un prato fiorito, quando all'improvviso un insetto gigante si scagliava su di lei. Fece un gemito e cercò di scacciare la fastidiosa creatura.

«Ehi!» gridò Kenton, svegliandola.

Aprì gli occhi e sbatté le palpebre addormentate.

«Cercavo solo di baciarti» spiegò lui, portandosi al viso la mano di lei.

Lettie allungò le braccia per accoglierlo. «Scusa, stavo sognando.»

Kenton si rannicchiò contro il suo petto. «Credo che chiamerò mio padre. Non vedo l'ora di dirgli che ci siamo sposati. Lui pensa che tu sia speciale, lo sai.»

«E non ho ancora capito il perché.»

Appoggiato su un gomito, le accarezzò la guancia. «Davvero? Dice che sei una delle persone più genuine che conosca. È deliziato all'idea che tu adori Chandler Inn, e vuole che tu sia parte del suo sviluppo.»

«Mi piacerebbe proprio.»

Balzò fuori dal letto. «Lo chiamo subito.» Sollevò la cornetta, chiese alla centralinista di dargli la linea, e compose il numero della locanda.

Si girò verso Lettie. «Ho messo il vivavoce.»

Il telefono squillò e squillò ancora, e poi una voce senza fiato rispose: «Pronto?»

«Signora Morley?»

«Oh, santa pace! Sei tu, Kenton? Abbiamo provato a

raggiungerti. Dove sei? Tuo padre ha avuto un ictus ed è all'ospedale di Portland. Devi tornare a casa.»

«Un ictus? Quanto è grave? Si riprenderà?»

«Oh, tesoro! Non lo sappiamo ancora.»

«Quando è successo?»

«Ieri mattina. L'ho trovato io, nel letto.»

«Io e Lettie siamo a Las Vegas. Ci siamo appena sposati. Mi dia il tempo di sentire le linee aeree, e la richiamo. E, signora Morley, gli dica di tenere duro. Torniamo subito a casa.»

«D'accordo. Rafe verrà a prendervi in aeroporto. Lui e Maria si sono fidanzati, e si trasferiranno dopo le vacanze, ma non se ne andranno finché le cose non saranno sistemate. A presto. Corri qui.»

Kenton interruppe la chiamata e si girò verso Lettie, col viso terreo. «Non posso crederci! Mio padre non si ammala mai. E adesso?» Le lacrime riempivano quei grandi, bellissimi occhi che l'avevano sempre confortata.

Ora era lei a doverlo consolare. Lo abbracciò stretto. «Rex è un uomo forte. Combatterà anche questa volta.»

Lui la strinse e poi disse: «È meglio che ti vesta. Dobbiamo andarcene da qui il prima possibile.»

«Tu occupati delle prenotazioni. Io sistemo le nostre cose.» Lettie corse in bagno per una doccia veloce.

Mentre era sotto il getto di acqua calda, pensò a Rex Chandler. Un uomo imponente, bello e che dava l'impressione di essere stato segnato dagli eventi, ma che gli era sempre sembrato molto vitale. Il pensiero che giacesse indifeso in un letto le fece venire le lacrime agli occhi. Anche se non lo conosceva da molto tempo, poteva immaginare quanto potesse essere avvilente quella situazione, per una persona vigorosa e attiva come lui.

Ansiosa di tornare a casa a vederlo, affrettò la sua routine del mattino. E fece i bagagli per entrambi, mentre Kenton era sotto la doccia.

Sistemando nella valigia gli abiti piegati con cura, Lettie ripensò a tutti i momenti davvero speciali condivisi con Kenton il giorno precedente e si sentì un po' in colpa per avere trascorso delle ore così straordinarie proprio mentre Rex stava male. Guardò il bikini nero che Kenton le aveva comprato e scacciò la delusione per non aver potuto passare più tempo a Las Vegas. Come Kenton, non desiderava altro che essere a casa il più presto possibile.

Piegò i vestiti di Kenton e glieli mise nel bagaglio, domandandosi se la malattia di Rex avrebbe implicato il rinvio del suo arruolamento.

Kenton uscì dal bagno, con i capelli ancora umidi per la doccia. «Pronta?»

«Direi di sì. Faccio un secondo controllo nei cassetti e nell'armadio. Hai preso le tue cose dal bagno?»

«Sì.» Fece scattare la chiusura della valigia. «Andiamo.»

Portarono i bagagli nell'atrio dell'hotel, e Kenton pagò il conto.

All'esterno, il pulmino dell'albergo era in attesa per portarli al McCarran. Kenton si rivolse sbrigativo all'autista. «Dobbiamo arrivare in aeroporto al più presto. Emergenza familiare.»

«Sissignore.» L'autista aiutò Lettie a salire sul pulmino, prese le valigie e le sistemò nel retro della vettura e si affrettò a sedersi al volante.

Mentre percorrevano la Strip, Lettie guardò fuori dal finestrino. Di notte, la strada era inondata di colori. Ma adesso, alla luce del giorno, gli alberghi sembravano dei vecchi, fermi a poltrire lungo il marciapiede, smaltendo una sbornia.

Kenton allungò la mano a stringere la sua. «Mi spiace che la nostra luna di miele sia finita in questo modo. Prima o poi ci rifaremo.»

«Oh, tesoro, dispiace anche a me. Speriamo che tuo padre stia bene.»

Kenton strinse le labbra, incapace di trattenere le emozioni.

Rafe era in piedi nella sala d'attesa dell'aeroporto internazionale di Portland, dove arrivavano i passeggeri appena sbarcati. Vedendoli, corse verso di loro e strinse Kenton in un veloce abbraccio virile. «Mi spiace tanto per tuo padre.»

Poi si voltò verso Lettie. «Mi risulta che siano dovute a entrambi delle congratulazioni.»

«E anche a te e Maria. Complimenti!» rispose lei.

«Dov'è mio padre? All'ospedale di Providence?» chiese Kenton, afferrando le due valigie.

«Sì» confermò Rafe. «Vi porto subito lì. Per ora, sta tenendo duro.»

Lettie osservò che le rughe di preoccupazione sulla fronte di Kenton si erano distese visibilmente e gli strinse il braccio per incoraggiarlo. «È una buona cosa. Lui è forte, Kenton.»

Le fece un cenno con la testa, ma si affrettò verso l'uscita del terminal con Rafe, senza aspettarla. Lettie gli corse dietro per raggiungerlo.

Mentre si avvicinava, vide Rafe dare una pacca sulla schiena a Kenton e sentì che gli diceva: «Congratulazioni, Kenton. Lettie è una persona speciale.»

«Non dirlo a me» rispose Kenton. «La decisione migliore della mia vita.»

Lettie si affrettò ad affiancarlo, ma non diede segno di aver ascoltato.

Rafe li condusse alla Cadillac nera di Rex. «Salite. Guido io.»

Kenton aiutò Lettie a sistemarsi sul sedile posteriore di pelle nera e, dopo aver caricato le valigie, si sedette davanti, al fianco di Rafe.

Si fecero strada nel traffico, fino a raggiungere l'ingresso di un edificio in mattoni rossi. «Eccoci arrivati» disse Rafe, accostando.

Kenton spalancò la portiera e scese dall'auto. «Grazie, Rafe. Per favore, resta qui in zona, finché non sappiamo quali saranno i nostri programmi. D'accordo?»

«Certamente, era quello che avevo intenzione di fare.»

Lettie uscì dalla Cadillac e insieme entrarono nell'ospedale.

«Dobbiamo vedere Rex Chandler» disse Kenton alla donna dello sportello informazioni.

«Mi spiace, ma non può vedere nessuno, tranne i familiari più stretti» rispose l'impiegata, guardando Lettie.

«Sono suo figlio, e questa è mia moglie» spiegò Kenton, con una tale energia nelle parole che la donna sbatté le palpebre.

«Allora va bene. Il signor Chandler è al quarto piano. Gli ascensori sono in fondo al corridoio, sulla destra.»

«Grazie» rispose Kenton, ed entrambi corsero giù per il corridoio.

Al quarto piano, trovarono Rex disteso sulla schiena nel letto singolo di una camera privata. Dei cavi lo collegavano a una specie di monitor. La flebo pendeva da un sostegno vicino a lui. Aveva gli occhi chiusi. Lettie si allarmò, notando che un lato della faccia era scivolato verso il basso come cera fusa e le guance si erano infossate. Quello non era l'uomo pieno di energie che conosceva.

«Papà?» disse Kenton a bassa voce, piegandosi sopra il letto.

Rex aprì l'occhio destro. L'altro rimase chiuso. Sotto la coperta leggera, allungò la gamba destra. Le mani, posate sul lenzuolo che copriva il suo corpo, restarono immobili.

«Ciao, papà» ripeté Kenton, dandogli un colpetto sulla mano. «Siamo qui.»

Attraverso l'occhio aperto, lo sguardo di Rex si posò sul figlio e poi su Lettie. Per un momento, sembrò quasi che cercasse di sorridere.

«Siamo arrivati appena possibile. Papà, io e Lettie ci siamo sposati ieri.»

L'occhio destro di Rex si illuminò. «Brrrv.»

Lettie si avvicinò e prese la mano fredda di Rex tra le sue. Poi, con grande attenzione, gli diede un bacio sulla guancia sana. Guardandolo nell'occhio gli parlò, dal profondo del cuore. «Sono davvero fortunata, Rex. Amo suo figlio, e lui ama me. Essere parte della vostra famiglia è la cosa migliore che mi sia mai capitata. Prometto di comportarmi bene con entrambi.»

Rex mosse la testa. «Brrrv rrgzz.»

«Lettie resterà qui con te mentre io vado a cercare il dottore» disse Kenton. «Voglio accertarmi che facciano il meglio possibile per te.»

Rex fece un sospiro scoraggiato.

«Torno subito» aggiunse Kenton, scambiandosi un'occhiata preoccupata con Lettie.

Lettie spostò una sedia vicino al letto di Rex e si sedette. Gli accarezzò il braccio offeso, augurandosi che lo muovesse, ma era ovvio che l'intero lato sinistro del corpo era paralizzato. Lettie non sapeva molto sugli ictus, ma la situazione era seria. Anche i problemi con il linguaggio non prospettavano niente di buono.

Quando Kenton tornò, il suo volto preoccupato fece capire a Lettie che le notizie non erano buone. Lei si girò verso Rex, che adesso aveva gli occhi chiusi e respirava con fatica.

Kenton fece un gesto con la mano a Lettie in direzione del

corridoio. Lei uscì dalla stanza e aspettò che dicesse qualcosa.

Gli occhi di Kenton erano colmi di lacrime. «Il dottore ha detto che la situazione non è buona, perché quando è stato trovato era già trascorso del tempo, e non possono fare molto per ripristinare le funzioni cerebrali nell'area interessata. Servirà fare della riabilitazione per provare a riattivare qualche funzionalità nelle zone del corpo offese, ma ci vorrà tempo. Molto tempo.»

Lettie scosse tristemente la testa. «Rex non sopporterebbe di condurre una vita del genere, lo sai. È un uomo che vuole completa indipendenza e autonomia.»

Kenton abbassò la testa tra le mani, singhiozzando. Quando risollevò il viso per guardarla, era umido di lacrime e devastato dalla preoccupazione. «Non posso neanche pensarci. Che cosa possiamo fare? È impossibile lasciarlo qui a Portland, quando tutti noi siamo a Chandler Hill.»

«Potremmo prendere qualcuno che si occupi della sua riabilitazione a casa. Per lui sarebbe molto più comodo.»

«Forse sì. Adesso facciamo un saluto a mio padre, torniamo a casa, e ragioniamo sul da farsi. Potremmo trasformare la tua stanza a pianterreno nella sua camera. Tu dormirai comunque con me al piano di sopra.»

«Mi sembra una buona idea. Torniamo da lui.»

Un segnale improvviso d'allarme risuonò dall'interfono. «Emergenza! Codice blu! Codice blu! Stanza 406.»

Lettie si spostò mentre medici e infermiere si precipitavano nella camera di Rex. Kenton provò a seguirli, ma l'infermiera lo anticipò. «Aspettate qui. Lasciate che i sanitari si occupino di lui.»

Kenton si fermò.

Lettie gli prese la mano e lo fece spostare. «Restiamo qui.»

All'improvviso, tutto quel movimento e rumore cessarono.

Lettie provò un colpo al cuore. Guardò Kenton.

Lui si appoggiò alla parete e si coprì gli occhi.

Mentre il personale medico usciva dalla stanza, Kenton e Lettie entrarono.

In piedi, di fianco al letto, c'era un dottore.

«Mi spiace» disse. «Abbiamo fatto tutto il possibile. So che in questo momento non vi sarà di grande conforto, ma a volte è meglio che vada così. Un giorno forse potremo fare molto di più per le vittime di un ictus, ma ora non c'era molto che potessimo fare per aiutarlo. Non nel suo caso, dopo essere arrivato da noi così tardi.»

Gli occhi di Kenton erano colmi di lacrime. «Mio padre avrebbe odiato vivere in quel modo. Grazie per tutto quello che avete fatto.»

Si strinsero le mani.

L'espressione del dottore era triste. «Ho saputo da una delle infermiere che vi siete appena sposati. È una vera disgrazia cominciare una vita insieme in questo modo. Mi dispiace così tanto. Se possiamo aiutarvi in qualche modo, dal punto di vista organizzativo, fatecelo sapere. La mia infermiera sarà felice di darvi una mano.»

Se ne andò, e Kenton e Lettie si guardarono, stralunati. *E adesso, cosa dovevano fare?*

Un'infermiera entrò nella stanza. «Vi lascio qualche minuto da soli con il vostro caro, e poi vi accompagnerò giù nella cappella, dove potrete incontrare un terapista di supporto.»

Lettie annuì distratta, pensando alla stranezza di quella situazione. Il giorno prima si era felicemente sposata con Kenton in una cappella di Las Vegas. Ora, avrebbero condiviso il dolore per la perdita di suo padre nella cappella di un ospedale.

«Gli do un saluto, e poi ti lascio qui con lui» suggerì.

Più triste di come mai l'avesse visto, Kenton rispose:

«D'accordo.»

Lettie si avvicinò al letto di Rex e abbassò lo sguardo per osservarne il viso cereo, che indicava che lo spirito dell'uomo se n'era andato. Non lo conosceva da molto tempo, ma il legame immediato che si era creato tra loro era stato un dono più grande di quanto avrebbe potuto immaginare. Gli appoggiò gentilmente le labbra su una guancia e sussurrò: «Grazie di tutto, Rex Chandler. Riposa in pace.»

Combattendo contro le lacrime, si allontanò dal letto, abbracciò Kenton, e lasciò la stanza.

CAPITOLO DIECI

Kenton chiamò Lew Barnes, il legale di Rex, e le cose cominciarono a muoversi molto rapidamente. Rex aveva voluto che il suo corpo fosse cremato e le ceneri disperse o sepolte a Chandler Hill. Seguendo le istruzioni di Lew, Kenton si occupò di tutte le formalità, firmò i documenti necessari, e pagò i conti dell'ospedale. Quindi, Lettie e Kenton si diressero verso casa. Lew li avrebbe incontrati dopo pochi giorni.

Tetro in volto, Rafe li riaccompagnò a casa con la Fleetwood, e il suo silenzio testimoniava quanto, anche lui, avesse ammirato quell'uomo. Kenton era con Lettie sul sedile posteriore, e le stringeva forte la mano.

Stava ormai scendendo il buio, quando Lettie scorse la locanda che amava così tanto, appoggiata sopra il rilievo delle colline. Nuove lacrime le appannarono la vista. «Non posso credere che se ne sia andato» sussurrò.

Kenton continuò a guardare fuori dal finestrino. «Senza di lui, niente sarà più lo stesso.»

Rafe accostò la Cadillac davanti alla locanda e attese che Kenton facesse scendere Lettie dall'auto. «I bagagli li porto dentro io.»

Non erano ancora a metà del tragitto per entrare, che la signora Morley si precipitò fuori dalla casa. «Kenton! Kenton! Mi dispiace così tanto!» Allargò le braccia e Kenton vi si rifugiò.

Dopo qualche istante Kenton si raddrizzò e, col volto umido, circondò Lettie con un braccio. «Siamo entrambi riusciti a vedere mio padre, a parlare con lui e a dirgli che ci siamo sposati. Mi è sembrato davvero felice per noi. Vero, Lettie?»

«Sì. Ha detto "bravi" e poi mi ha detto...» si fermò per riprendere fiato. «Mi ha detto qualcosa del tipo "Brava ragazza".» Le lacrime che avevano riempito gli occhi di Lettie le scivolarono calde lungo le guance.

La signora Morley disse: «Che tu sia benedetta. Vieni qui.» La avvolse con le braccia e tutti e tre si strinsero l'uno all'altro.

Rafe portò le valigie in casa.

Dopo qualche secondo, la signora Morley si sciolse dall'abbraccio. «Andiamo dentro. Ha chiamato il signor Barnes per dire che lui e il commercialista di Rex arriveranno alla fine della settimana. Ho preparato le camere per loro. Ho capito che si fermeranno due notti.»

Mentre si avvicinavano all'ingresso, Rafe uscì dalla casa. «Ho messo le valigie nel salone principale. Non ero sicuro di dove le volevate mettere.»

La signora Morley sgranò gli occhi. «Santa pace! È vero. Lettie, dobbiamo spostarti nella stanza di Kenton.»

«Grazie di tutto, Rafe. Ci sentiamo domani» disse Kenton, in tono distaccato. Lettie gli prese la mano e sentì il tremito di dolore che lo attraversava.

«Certamente» rispose Rafe. «Sai che io e la mia famiglia siamo a tua disposizione per qualsiasi cosa.» Si diresse verso l'automobile. «Sposto la Fleetwood nel garage e me ne vado. A domani.»

Kenton e Lettie seguirono la signora Morley all'interno.

«Credo che porterò le valigie nella mia stanza» disse Kenton, guardandola con tristezza. «Oddio! Non riesco a credere che mio padre se ne sia andato!»

«Do una mano a Lettie a raccogliere le sue cose» disse la signora Morley, allontanandosi di fretta e lasciandoli in piedi davanti all'ingresso.

Kenton sospirò e la strinse a sé. «Non è così che mi ero immaginato il nostro ritorno a casa.» Si rivolse a lei con una smorfia triste. «Mi spiace.»

Quando si separarono, Lettie lo guardò negli occhi, sconvolta dal dolore. «L'importante è che siamo a casa, e insieme.»

«Hai ragione.» Fece un respiro profondo e buttò fuori l'aria lentamente. «Ti aspetto di sopra. Farò posto nell'armadio per le tue cose.»

Spalancò gli occhi. «Come facciamo per tutta la roba che abbiamo lasciato nella casa sulla spiaggia? E la macchina?»

«Ci pensiamo domani.»

Lettie scese al piano inferiore, dopo aver sistemato le sue poche cose nella camera di Kenton, con l'aiuto della signora Morley. Kenton era in biblioteca e sorseggiava un calice di vino rosso.

«Vieni a sederti» le disse, indicando la poltrona vuota dallo schienale alto di fronte a lui.

Lei fece come le aveva chiesto e, in silenzio, accettò il bicchiere di vino che le offriva. Tanti pensieri le turbinavano dentro la testa. *Che cosa sarebbe successo? Avrebbero dovuto vendere la locanda?* Con Kenton in partenza, non le sarebbe stato possibile occuparsi sia della locanda che del vigneto.

«Ho chiesto alla signora Morley di prepararci qualcosa di leggero per cena» disse Lettie. «Non so tu, ma io sono stanca morta. Forse, però, è il caso che le dia una mano.» Fece per alzarsi.

Kenton le fece un gesto perché si rimettesse a sedere. «No, Lettie, adesso non lavori più qui.»

«Ma...»

Sollevò una mano per fermarla. «Presto metteremo tutto a

posto. Mio padre mi aveva parlato di alcuni dei suoi progetti. Scopriremo nel dettaglio che cosa avesse messo in piedi, non appena Lew Barnes e il commercialista verranno qui.»

Mantenendo a fatica le emozioni sotto controllo, Lettie riuscì a dire «Va bene. Come vuoi tu.»

Un po' più tardi la signora Morley si presentò sulla soglia della biblioteca. «Ho un pasto caldo pronto per voi due. Ho pensato che la cucina fosse un po' più raccolta, ma se preferite che apparecchi in sala da pranzo, non è un problema.»

Kenton guardò Lettie. «Ti va bene?» Lei annuì. «La cucina andrà benissimo. Grazie, signora Morley.»

Lettie sedeva al tavolo della cucina ricordando a sé stessa che per la signora Morley andava bene servirla al tavolo, che era giusto così. Ma sapeva che ci sarebbe voluto un bel po' di tempo per convincersi che quello era l'ordine delle cose. Era sempre stata lei a servire gli altri.

Dopo che ebbero terminato il pasto, la signora Morley disse: «È meglio che torni a casa da Pat. Verrà a fare le condoglianze domani, Kenton. Credo che molte altre persone che lavorano qui e tanti amici che abitano in città vorranno venire per lo stesso motivo.»

«Grazie. Immagino che dovremo prepararci ad accoglierli in modo appropriato, ma parliamone in un altro momento, dopo che avremo incontrato il signor Barnes.»

«Certamente» rispose la signora Morley con gentilezza e gli mise una mano sulla spalla. «Ci vediamo domani. E, più avanti, organizzeremo un piccolo festeggiamento per voi due.» Guardò Lettie e poi si rivolse a Kenton. «Le mie felicitazioni a entrambi.»

Dopo che la signora Morley se ne fu andata, Kenton le chiese: «Sei pronta per andare a letto?»

Lettie si alzò, portò il suo bicchiere nel lavello, e lo seguì fuori dalla stanza.

Di sopra, nella camera che un tempo aveva il compito di pulire, si spogliò.

Prima che si infilasse il négligé che aveva comprato per la prima notte di nozze, Kenton le arrivò alle spalle. «Non farlo» sussurrò. «Voglio sentire la tua pelle contro la mia.»

Dopo essersi preparati, si infilarono sotto il caldo e soffice piumone, l'uno di fronte all'altra.

Kenton allungò una mano e le accarezzò la guancia, guardandola negli occhi con una tale tristezza che le si strinse il cuore.

«Sono così addolorata, Kenton. Lo sono davvero» disse, prima di baciarlo.

Le braccia di Kenton si strinsero attorno a lei. Il baciò durò parecchi secondi, una muta condivisione del lutto che fu più intima di qualsiasi altra cosa avessero mai provato.

Quando infine si allontanarono, Kenton disse: «Voglio solo stare sdraiato qui con te, per sentirmi vivo.»

Lettie ben comprese quello di cui aveva bisogno, e adattò il corpo alla forma del suo, accucciandosi contro di lui. Dopo pochi minuti, con la testa sul suo petto, Kenton si addormentò. A lei ci volle un po' di tempo per imitarlo. A distanza di pochi giorni aveva vissuto i suoi momenti migliori e ora i più tristi. Rex e Kenton l'avevano accolta nelle loro vite. Non avrebbe mai smesso di amarli.

La mattina seguente, Lettie si svegliò in un letto vuoto. Perplessa, restò in ascolto di segnali della presenza di Kenton, ma tutto era silenzioso. Scivolò fuori dal piumone e andò alla finestra. Lo vide seduto su una panca, nel piccolo giardino tra l'edificio principale e l'ala in cui era la sua camera.

In quella fredda giornata di dicembre, il suo fiato usciva in sbuffi di vapore mentre parlava da solo.

Curiosa, Lettie si infilò un paio di jeans e una felpa, e scese. Uscì da una porta laterale e andò in giardino.

Kenton sollevò la testa e le sorrise.

«Che cosa fai, tesoro?» gli chiese.

Lui rispose con un sorriso imbarazzato. «Stavo solo parlando con mio padre. C'erano così tante cose che avrei voluto dirgli.» Allungò una mano verso di lei. «Volevo dirgli quanto mi hai reso felice.»

Con nuove lacrime in arrivo, Lettie si avvicinò, gli prese la mano e si sedette accanto a lui, sulla panca da giardino in cemento. «Sei tu che mi hai reso felice.»

«Ti amo, Lettie» le sussurrò. «E mio padre l'aveva capito anche prima di te.»

«Anch'io ti amo, più di quanto potrai mai immaginare. Ma qui fuori fa troppo freddo per me. Vieni dentro. Preparerò una colazione veloce. Oggi sarà una giornata impegnativa.»

«D'accordo.» Si alzò e, sempre tenendola per mano, la seguì nella casa che, senza Rex, sembrava così vuota.

CAPITOLO UNDICI

Pochi giorni dopo, Lewis Barnes arrivò alla locanda. Invece dell'uomo alto e imponente che si aspettava, risultò essere sul metro e settanta, cicciottello e con radi capelli castano chiaro. Ma gli occhi grigi e intelligenti resero subito chiaro che non era uno sprovveduto. Appena gli fu presentata, la studiò con manifesta curiosità.

«E così, lei sarebbe Lettie, la donna che ha conquistato il cuore di Kenton, e anche di Rex» disse, sorprendendola.

«Sissignore, signor Barnes» replicò Lettie, non così sicura che fosse la risposta giusta.

Lui si liberò subito delle formalità. «Chiamami Lew. Non vedo l'ora di sapere qualcosa in più su di te.» Si voltò verso l'uomo che era al suo fianco. «E lui è Bernie Randolph, il commercialista di Rex.»

Lettie sorrise cortesemente. «Felice di conoscerti, Bernie. Kenton scenderà tra un momento. Si sta cambiando.»

«Dove preferisci che ci mettiamo?» chiese Bernie. «Ho bisogno di sparpagliare un po' di carte.»

Lettie lo osservò. Più o meno della stessa misura e forma fisica di Lew, non aveva la stessa esuberante sicurezza e parlava a bassa voce. Si ravviò i ricci castani con una mano e la guardò un po' timido con i suoi occhi scuri.

«Perché non usiamo l'ufficio di Rex, nell'ala nord della casa? Penso che starete comodi.» Lettie non era ancora del tutto a suo agio quando si muoveva nelle zone private della famiglia, ma voleva che fossero al riparo dagli sguardi dei vicini, amici e lavoratori del vigneto che si presentavano ogni momento con pentole di stufato e altro cibo.

Lettie condusse gli uomini nell'ufficio. Le pareti bianco avorio, le porte finestra che davano sul giardino e il semplice caminetto in pietra erano parte di un luminoso spazio senza muri divisori, in netto contrasto con la libreria scura che Rex aveva scelto per l'edificio principale. Un tappeto orientale blu con dettagli in rosso e oro era controbilanciato da delle poltroncine, poste ai lati di un divano. Erano ricoperte da un tessuto blu scuro a piccoli disegni, che ben si armonizzava con quello a quadretti bianchi e blu del divano, creando un ambiente dall'aspetto accogliente e allo stesso tempo maschile. Due sedie di pelle rossa erano accostate alla grande scrivania in legno dal ripiano in vetro che troneggiava al centro di una parete, di fronte all'ingresso.

«Qui va benissimo» disse Lew. «Dacci qualche minuto, e poi saremo pronti a spiegarvi tutto.»

«Possiamo portarvi del caffè, tè, acqua, oppure del vino o qualsiasi altra cosa?» chiese Lettie.

Lew guardò il suo grosso orologio d'oro. «È pomeriggio, e abbiamo pranzato qualche ora fa. Che ne dite di un bicchiere di vino?»

«Mi sembra una buona idea» convenne Bernie.

Arrivò Kenton e, mentre venivano fatte le presentazioni, Lettie sgattaiolò fuori dalla stanza per cercare la signora Morley. Era in cucina a parlare con Rita Lopez. Appena la videro, la conversazione si interruppe.

«Sì, che cosa c'è?» chiese la signora Morley.

«Gli uomini stanno per aprirsi una bottiglia di vino. Pensavo di offrir loro anche qualcosa da mangiare.» Lettie si fermò. Era escluso che le chiedesse di portarglielo.

«Certo, buona idea. Cosa ne dici di cracker e formaggio, e un vassoio di frutta fresca?»

«Sarebbe perfetto. Torno a prenderlo io più tardi, se le va

bene.» rispose Lettie.

«No, no» replicò la signora Morley. «Io e Kenton siamo d'accordo che, adesso che sei sua moglie, non ti occuperai più dei tuoi compiti del passato.»

Lettie strizzò gli occhi, sorpresa. «Ma è un mucchio di lavoro per lei, signora Morley. Certo che posso dare una mano.»

«Grazie, tesoro, ma penso sia meglio impiegare Paloma a tempo pieno.»

Lettie non aveva intenzione di discutere la cosa in presenza della madre di Rafe. «D'accordo. Ne parliamo in un altro momento.»

Ritornata nell'ufficio, si sedette di fianco a Kenton sul divano. «La signora Morley ci porterà i bicchieri e uno spuntino.»

Kenton si alzò in piedi. «Prenderò una delle migliori bottiglie di mio padre dalla cantina. Torno subito.»

Quando fu uscito, Lew prese la parola. «Ebbene, Lettie, ci sono un bel po' di novità per te. So che vivevi in una famiglia affidataria a Dayton, in Ohio. E scommetto che ti domandi come sia mai potuto accadere che ti ritrovassi qui, nella Willamette Valley.»

«A volte mi sembra di essere in un sogno» disse lei. «Ma quando ho visto la locanda e ammirato le colline dalla veranda, ho saputo di aver trovato la casa che cercavo da sempre. Ovviamente, non ho mai pensato di fare altro che la cameriera, ma non mi importava. La terra comunica con me, sai? Le viti mi sembrano soldati schierati...» Pensò a ciò che attendeva Kenton nel prossimo futuro, e tacque, chiuse gli occhi e si strinse le mani. Quando riaprì gli occhi, i due uomini la guardavano preoccupati. «Scusate» continuò. «A volte parlo troppo. O comunque, è quello che mi hanno sempre detto.»

Lew disse: «A Rex piaceva che tu fossi onesta con lui, e che amassi questi luoghi. Come ti sentiresti se la terra fosse venduta?»

Lettie deglutì. «Non... non saprei. Il terreno non è mio, ma ho sperato di poter restare e lavorare qui. Questo posto, queste terre significano molto per me.»

Lo sguardo degli occhi grigi di Lew la attraversò, e poi lui le sorrise.

Kenton e la signora Morley arrivarono insieme nella stanza. Lettie si alzò per aiutare la signora Morley a trovare posto per il cibo, ma lei la allontanò con un gesto, appoggiò il vassoio sul tavolo e se ne andò. Dopo che Kenton ebbe aperto il vino e riempito i quattro bicchieri, sollevò il calice e disse con voce tremante: «A Rex Chandler!»

«A Rex!» si aggiunse Lew.

Bernie e Lettie sollevarono i loro bicchieri e si unirono al coro di voci commosse.

Lew si schiarì la voce. «La lettura ufficiale del testamento di Rex è prevista un po' più avanti. Ma vorrei discutere in anticipo con voi di alcuni dettagli. È importante che li comprendiate con chiarezza.»

Kenton e Lettie si scambiarono degli sguardi preoccupati.

«Innanzitutto, Kenton, tuo padre mi ha detto di averti parlato del futuro di Chandler Hill prima di incontrarmi qualche settimana fa. La sua impressione era che tu avessi tutte le intenzioni di contribuire alla crescita e al successo della locanda e allo sviluppo dell'azienda vinicola. È corretto?»

«Sì» rispose Kenton. «Papà ha insistito molto su questo argomento, per essere sicuro che fossi favorevole.»

«E tu, Lettie, ora che hai sposato Kenton – cosa che Rex aveva, tra l'altro, previsto – cosa ne pensi di questi progetti? Stabilirsi nella valle e lavorare nella locanda e nei vigneti non è una vita così avvincente. Pensi che ti andrà bene?»

Lettie si strinse le mani. «Per me sarebbe un sogno che si avvera.»

Lew si sporse in avanti. «D'accordo, allora. Domanda successiva. E se succedesse qualcosa a Kenton? Vorresti portare avanti quello che Rex e Kenton desideravano e rimanere qui, a completare i loro progetti?»

Lettie si rivolse a Kenton e gli prese la mano tra le sue. «Prego che non gli accada mai niente.»

«Ma se accadesse?» insisté Lew.

«Non posso pensare di lasciare questi luoghi» rispose in tutta onestà. «È come se fossi destinata a stare qui. E quando le ceneri di Rex saranno disperse nella valle come ha chiesto, anche lui vorrebbe che rimanessi. Lo so che lo vorrebbe. Per molte sere durante l'estate e l'autunno passati, siamo stati seduti insieme nella veranda sul retro, a parlare di tante cose. Mi ha persino letto delle poesie ad alta voce, per mantenere in esercizio le corde vocali.»

Lew si appoggiò nuovamente allo schienale della sedia. Continuava a guardarla, e Lettie desiderò di essersi preparata meglio alla visita di quei due. Come Kenton, era stata così devastata dal dolore da pensare appena a come vestirsi o sistemarsi. Fece un lungo sospiro e fissò lo sguardo fuori dalla finestra. Era stata più onesta possibile. Lew e gli altri potevano crederle o no.

«Ma di che cosa stiamo parlando?» intervenne Kenton. «Il testamento è il testamento, no?»

«Certamente, ma dovevo essere sicuro che Rex, pur avendola conosciuta per così poco tempo, avesse ragione a volerla includere nella sua ragguardevole eredità. È stato lo stesso Rex a volere che anch'io fossi ugualmente convinto che voi due sarete in grado di portare avanti i suoi progetti per Chandler Hill.»

«E adesso?» lo incalzò Kenton.

«E adesso so che Rex aveva ragione. Tu e Lettie resterete a prendervi cura delle terre. Poiché Rex aveva smesso di lavorare da un po', la gran parte dei suoi fondi sono investiti in questa attività. Col tempo, ha odiato sempre più lo stile di Hollywood e non gli è mai piaciuta l'idea di lasciare dietro di sé del denaro che potesse essere sperperato in folli spese. Il suo stesso matrimonio gli ha insegnato quanto possa essere avida la gente, e avventata nel gestire il denaro altrui.»

«Già» disse Kenton, in tono beffardo. «Mia madre.» Si irrigidì. «Non avrà un soldo di tutto questo, vero?»

Lew scosse la testa. «Non ha alcun diritto legale. E ora, passerò la parola a Bernie.»

Bernie tolse dalla valigetta un raccoglitore ad anelli. «Qui con me ho i piani completi per Chandler Hill Inn, inclusi i progetti per due ulteriori ampliamenti. Rex aveva sperato di poterveli illustrare lui stesso. Il suo obiettivo era passare da sei a trenta camere per gli ospiti, una dimensione adeguata e gestibile per una proprietà di fascia alta. Qui incluse troverete anche le sue idee per la costruzione di un capannone per la degustazione, da proporre agli ospiti in visita alla casa vinicola come straordinaria esperienza enologica. Rex aveva ben presente quanto Napa e Sonoma si stessero sviluppando e ambiva a fare lo stesso nella Willamette Valley. Abbiamo investito il suo denaro in modo che, nel corso di parecchi anni, questi suoi piani potessero essere realizzati.»

Kenton e Lettie si avvicinarono alla scrivania, e rimasero in piedi a fianco di Bernie. Lui aprì il suo quaderno e si mostrarono ai loro occhi, come se stesse scartando un regalo di Natale, tutti i progetti di quanto Rex aveva immaginato. Il cuore di Lettie palpitava dall'eccitazione nel rendersi conto dell'enorme mole di lavoro che aveva riguardato le fasi di pianificazione, sia dal punto di vista progettuale che finanziario. La Chandler Hill Enterprises – quello il nome della nuova società – era un'impresa davvero ambiziosa.

Il solo pensiero di doverla mai gestire da sola le diede una sensazione di acido allo stomaco.

Bernie le appoggiò una mano sul braccio. «Non preoccuparti. Il ruolo mio e di Lew è proprio quello di darvi supporto e guida durante lo sviluppo del progetto, quando sarà necessario.»

«Bella idea» commentò Kenton, studiando le carte. «La produzione vinicola mi ha sempre interessato, ma non la gestione di una locanda.» Si rivolse a Lettie. «Pensi di poterti occupare tu di quello, oltre a imparare la coltivazione delle viti?»

Lettie fece di sì con la testa, con maggior convinzione di quanta ne provasse in realtà. Se Rex aveva avuto fiducia in lei, avrebbe fatto la sua parte, qualsiasi cosa significasse.

«Possiamo vedere i dettagli più avanti» continuò Bernie. «Di fatto, serviranno parecchie ore per approfondire tutto questo, prima che tu parta per il corso di addestramento. Per ora, direi che è sufficiente.»

«Sono d'accordo» convenne Lew. «Ho chiesto a José Lopez e alla signora Morley di unirsi a noi a breve, per la lettura ufficiale del testamento.»

«È meglio che prenda un'altra bottiglia di vino» disse Kenton.

«E io vado a riempire il vassoio del cibo» aggiunse Lettie, che aveva bisogno di un momento tranquillo con il marito. Tutto succedeva così velocemente che era frastornata.

Fuori dall'ufficio, prese la mano di Kenton. «Tutto bene? So quanto sei triste.»

«Mio padre era una fucina di idee. Vorrei solo che fosse ancora qui per condividerle con noi.» Sollevò le sopracciglia, preoccupato. «Sei d'accordo su come le cose sono state definite? Sono parecchie responsabilità da gestire: questo posto, i piani da portare avanti, tutto quanto.»

«Finché ci sei tu ad aiutarmi, possiamo farcela.»

Uno sguardo triste attraversò il volto di Kenton, toccandole il cuore. «E se non ci fossi?» sussurrò.

Gli gettò le braccia al collo e lo abbracciò. Forse, se lo teneva abbastanza stretto, lui non l'avrebbe mai lasciata. All'improvviso, rabbrividì. Nessuna donna vuole che il suo uomo vada in guerra.

Videro la signora Morley e Joe Lopez arrivare verso di loro dal corridoio. «Ah, gli sposini!» esclamò Joe, squadrandoli.

Lettie sentì che arrossiva, ma sorrise coraggiosamente.

«Esatto. Anche in questo momento triste, non dobbiamo dimenticarci che ha avuto luogo un evento felice» disse la signora Morley.

«Molto felice.» Kenton mise un braccio intorno alle spalle di Lettie e le diede un rapido bacio. Poi si voltò verso gli altri sorridendo. «Torno tra poco. Vado a prendere un'altra bottiglia di vino. Credo che ci farà piacere.»

«E io mi procuro altri due bicchieri» aggiunse Lettie velocemente.

Più tardi, dopo la lettura del testamento, Kenton riempì i bicchieri con il vino portato per l'occasione.

La signora Morley era seduta e si asciugava gli occhi. «Non posso credere che il signor Rex abbia predisposto un fondo pensione per me e Pat.» Si rivolse a Joe. «O che ti abbia lasciato la terra e la casa che hai avuto in affitto per anni. Che uomo meraviglioso era!»

«Ha sempre avuto grande fiducia in voi» disse Lew. «Sperava che poteste continuare a lavorare a Chandler Hill, se gli fosse successo qualcosa.»

Un doloroso pensiero attraversò la mente di Lettie.

«Oddio! Credete che sapesse quello che gli stava per capitare? Sembra quasi che avesse in testa un piano per ciascuno di noi.»

Lew scosse tristemente il capo. «Non lo sapremo mai davvero, ma posso dirvi che sembrava sentire l'urgenza di mettere ordine nel suo testamento. Ma non è una cosa insolita.»

A quell'idea, lo stomaco di Lettie si strinse. Guardò fisso Kenton. Appena fosse rimasta un attimo sola con Lew, gli avrebbe chiesto se poteva muovere qualche conoscenza per escludere Kenton dall'essere mandato in guerra in Vietnam.

La signora Morley si alzò. «Vado a preparare la cena. E non penso che il signor Rex se ne avrà a male se facciamo un sobrio festeggiamento per il matrimonio di Kenton e Lettie.»

«Perché non chiede a suo marito e a Rita Lopez di unirsi a noi, per mangiare qualcosa tutti insieme?» suggerì Lettie.

La signora Morley la guardò dubbiosa. «Non so se è del tutto appropriato.»

«Siete tutti amici di mio padre, signora Morley» rispose Kenton, con sufficiente autorità da convincerla ad acconsentire.

La signora Morley preparò un paio di polli arrosto e approntò un menù degno di un banchetto festivo. Purè di patate, sugo di carne e ripieno per accompagnare il pollame, uno stufato di bacon e fagiolini, e una fresca insalata verde con mirtilli e pistacchi, oltre alla sua famosa torta di mele.

«Eccellente» esclamò Lew, appoggiandosi allo schienale della sedia e accarezzando il ventre rotondo. «Rex lo diceva sempre che lei aveva talento per la cucina. Se questo è un esempio, aveva assolutamente ragione.»

«Sì, grazie mille davvero, signora Morley» aggiunse Lettie, commossa dall'impegno che aveva messo nel preparare il pasto. Aveva anche risistemato i fiori che avevano ricevuto a casa, perché fossero un perfetto centrotavola invernale di nozze.

Dopo cena, mentre i commensali si alzavano, Lettie rimase per dare una mano a sparecchiare.

La signora Morley le appoggiò una mano sul braccio. «No, Lettie, tu non lavori più qui.»

Facendo leva su una forza che non sapeva di avere, Lettie le lanciò un'occhiata decisa. «Signora Morley, dovremo lavorare tutti insieme per fare le cose per bene, in onore di Rex. E quel *tutti* include me.»

«Va bene» concesse la signora Morley. «Hai ragione. Ma sono ancora convinta di chiedere a Paloma di lavorare qui a tempo pieno.»

«Sono d'accordo. Ho tante cose da imparare e non sarò in grado di fare tutto quello che facevo prima.»

Si osservarono per un momento. Poi la signora Morley disse: «Sei una brava ragazza, Lettie. Anche Rex ne era convinto.»

Nuove lacrime inondarono gli occhi di Lettie.

CAPITOLO DODICI

Quel Natale fu il più tetro che Lettie avesse mai trascorso. Fuori, una pioggia fredda batteva incessante contro le finestre della casa, come fossero le lacrime che tratteneva dentro di sé. Sapere che Kenton l'avrebbe presto lasciata rendeva ancora più arduo il tentativo di infondere un po' di allegria in quelle vacanze. Ma il desiderio del marito era che quell'inizio di vita insieme fosse piacevole, e lei faceva del suo meglio per renderlo un bel ricordo.

L'unico festeggiamento del periodo delle vacanze che ricordasse, nella sua famiglia affidataria, era la preparazione dei biscotti di Natale. In quella casa, i regali erano considerati uno spreco di denaro, né erano permesse sciocche canzoncine tipiche delle festività, ma le attività manuali dedicate al benessere altrui non erano solo permesse, ma incoraggiate.

Mentre Kenton stava ancora dormendo, Lettie incartò un barattolo con dei biscotti che aveva tenuto da parte, per regalarglielo. Inoltre, mettendo in ordine alcune delle cose di Rex, lei e Kenton avevano trovato una fotografia con padre e figlio, che ridevano insieme. Senza farsi accorgere da Kenton, l'aveva presa e nascosta. Adesso, era in una bella cornice di cuoio marrone, ben incartata e sistemata sotto il piccolo albero che avevano finalmente addobbato, vicino a un nuovo portafoglio e a un paio di guanti da lavoro di cui Kenton le aveva detto di aver bisogno.

Lettie era seduta in vestaglia nella cucina, e sorseggiava il caffè pensando alle vacanze, e a come non sembrassero mai andare come la gente si aspettava. Per quanto la riguardava, aveva imparato da tempo che la magia che sentivano gli altri, per lei, non esisteva proprio. Non ne era amareggiata, sapeva solo che era vero.

Kenton scese le scale con indosso i jeans e un maglione natalizio che entrambi avevano convenuto essere davvero orribile. Ma gliel'aveva regalato la signora Morley e lui le aveva promesso di metterlo il giorno di Natale.

«Mi prendo un caffè e poi vado a fare una commissione veloce. Torno subito.» Le fece un sorrisetto furbo.

«Vuoi che venga con te?»

«Decisamente no» rispose lui, ridacchiando.

Lettie sentì che un sorriso le illuminava il volto. «Qualcosa che riguarda il Natale?»

«Decisamente sì» confermò Kenton, ridendo più forte.

La prese tra le braccia. «Ah, il mio angioletto di Natale. Sono così felice che tu sia qui con me. Non so cosa farei senza di te. Tu rendi ogni cosa migliore.»

Le labbra di Kenton premettero sulle sue in un dolce e tenero bacio che era il miglior regalo cui potesse pensare. Quando si separarono, si sorrisero semplicemente, contenti di condividere quel momento.

«Meglio che vada» disse lui, allontanandosi. «Ho promesso a Joe Lopez di vederlo stamattina, come prima cosa.» Versò del caffè, ne prese un paio di sorsi, e appoggiò la tazza sul bancone. «Torno presto, lo prometto.»

Dopo che Kenton se ne fu andato, Lettie salì di sopra a farsi una doccia. Entrando nella camera da letto che ora condividevano, osservò l'ambiente. L'ampia stanza era più simile a un mini-appartamento, con una zona salotto separata che guardava sul giardino del retro e sulla vallata circostante.

Lettie corse in bagno per fare la doccia e prepararsi per la giornata.

Più tardi, mentre mescolava la pastella per i pancake, sentì un'automobile che risaliva lungo il vialetto d'accesso. Appoggiò il cucchiaio e corse alla finestra sul davanti della casa. Guardò attraverso il vetro e scorse una vettura gialla sconosciuta. Non aspettavano nessun ospite.

Kenton scese dall'auto e corse lungo il sentiero, tenendo qualcosa sotto il cappotto.

Lettie gli andò incontro, all'ingresso. «Che succede?»

Gli occhi di Kenton brillavano di eccitazione. Aprì il cappotto e sollevò davanti a lei un cucciolo nero che si dimenava tra le sue mani.

Lettie prese la cagnolina tra le braccia e rise quando la sua linguetta rosa le riempì le guance di caldi, umidi baci. «Oh, cucciolotta! Sei la cosa più dolce che abbia mai visto!» Guardò Kenton. «È per me? Davvero?»

«Buon Natale, tesoro!» rispose lui, raggiante.

Lei provò ad abbracciarlo, ma non era facile con la cucciola in mezzo a loro. La appoggiò a terra e circondò Kenton con le braccia. «Grazie. È il migliore e più meraviglioso regalo di Natale che abbia mai ricevuto.»

Al suono di un ringhio sommesso, abbassò lo sguardo. La cucciola aveva preso le stringhe delle sue scarpe tra i dentini e le strattonava a più non posso.

«Ma guardala, che birboncella!» cantilenò Lettie, prendendola in braccio. «Potremmo chiamarti proprio così. Birba.»

Kenton rise. «Certo. Perché no? O più semplicemente Bi.»

«Oh, mi piace.» Lettie si mise in ginocchio e batté le mani. «Ciao, Bi! Vieni!»

La cucciola la guardò, con la lingua rosa che le penzolava fuori dalla bocca. Poi trotterellò lungo il corridoio, verso la cucina, si accovacciò e fece pipì.

«Credo di dover imparare un bel po' di cose sui cuccioli» commentò Lettie. «E comunque, Kenton, grazie davvero.»

«Ho pensato che ti avrebbe fatto piacere avere qualcuno che ti proteggesse mentre sarò via» disse a bassa voce. «È una brava labradorina, e proviene da un allevatore molto serio. Ha solo dieci settimane e crescerà piuttosto in fretta, fino a 35 chili, o anche di più.»

Parte dell'entusiasmo di Lettie scomparve. Avrebbe fatto volentieri a meno del cucciolo, se avesse potuto tenersi Kenton.

«Andiamo a mangiare?» chiese.

«Non vuoi vedere la tua nuova automobile?» le domandò Kenton.

Lettie sgranò gli occhi, incredula. «Nuova automobile? Stai scherzando?»

La cucciola le corse incontro e lei la prese in braccio.

«Su, muoviti» disse Kenton. «Ti ho preso una Volkswagen Squareback. Sai guidare con il cambio manuale, vero?»

«Certo,» rispose Lettie «ma è un po' che non lo uso.» Guardò fuori, nell'area parcheggio, dove c'era la vettura gialla. Le emozioni la attraversavano a una tale velocità che non riusciva a fare altro che guardare fissa l'automobile.

«Va tutto bene?» chiese Kenton.

«Mi hai comprato una macchina?» disse Lettie, battendo le mani, senza riuscire a nascondere lo stupore. Pensò alle mattine di Natale del passato, in cui aveva sperato di ricevere qualcosa che sembrasse almeno un po' personale.

Le labbra di Kenton si sollevarono in un sorriso di felicità. «Ti comprerei la luna, se solo potessi. La cosa migliore che mi è venuta in mente è stata questa automobile gialla. Mi ricorda come sei tu, calda e solare.» Spalancò la porta di casa. «Andiamo a dare un'occhiata.»

Lettie gli diede Bi da tenere. Appena messo un piede fuori dalla porta, si mise a correre e a strillare. Da quando aveva sposato Kenton, l'intero mondo in cui viveva si era trasformato, da grigio e vuoto che era, in un'esistenza variopinta e colma di gentilezza e amore.

«Che cosa ne pensi?» domandò Kenton avvicinandosi, mentre lei tracciava con le dita il profilo dell'automobile, per sentire sulla pelle il metallo freddo e provare se fosse realtà o illusione. Cose come quella succedevano solo agli altri.

«Coraggio, entra, e andiamo a farci un giro.» Le diede le chiavi.

Lettie sorrise. «D'accordo. Salta su.»

Si mise dietro al volante e aspettò che Kenton e Bi si sistemassero sul sedile del passeggero.

Girò la chiave e il motore si accese immediatamente.

«Vai fino al fienile e poi indietro» suggerì Kenton.

Mentre cercava di coordinare il piede tra la frizione e l'acceleratore, l'automobile fece un balzo in avanti, e poi si spense.

«Prova di nuovo» la incoraggiò Kenton. «Vedrai che ce la fai.»

Al terzo tentativo, l'incantesimo riuscì. Lettie guidò fino al fienile e ritorno con ritrovata fiducia.

Dopo che ebbe parcheggiato, Lettie diede una pacca sul volante. «Quest'auto è fantastica. Non ci credo ancora che sia per me.» Si voltò verso Kenton. «Grazie davvero! Non riuscirò mai a dirti quanto significhi per me tutto questo. È molto di più della macchina in sé. È l'idea di tutte le cose meravigliose che fai per me.»

Kenton le rivolse un sorriso soddisfatto. «Sapevo che ti sarebbe piaciuta. E adesso, che ne dici di fare colazione? Muoio di fame.»

Lettie si sporse e lo baciò. «Ti seguo.»

Mentre camminavano verso casa, Bi correva in cerchio intorno a loro. Lettie prese Kenton per mano, pensando che la vita non era mai stata così bella.

###

I giorni che portavano al nuovo anno si riempirono di risate, con Bi che colmava la casa della sua giocosità, anche se dormire una notte intera era diventato impossibile. Nonostante i determinati tentativi di Bi di infilarsi nel letto con loro, Kenton impedì a Lettie di soccombere alle richieste. L'avevano messo in guardia sulla necessità di mettere bene in chiaro la sua autorità con la cagnolina in modo gentile, ma fermo.

Desiderosi di tener lontani il più a lungo possibile la tristezza e la preoccupazione, Lettie e Kenton decisero di astenersi dal riordinare i vestiti e gli oggetti personali di Rex fino a dopo Capodanno. Kenton, in compenso, chiese a Lettie di accompagnarlo a Portland.

«Credo che ti servano nuovi e migliori vestiti» le spiegò, un po' a disagio. «Perché non cerchiamo una giacca e altre cose che potrebbero esserti utili...»

Ben consapevole della modestia del suo guardaroba, Lettie nascose il suo imbarazzo. Benché Kenton non si fosse espresso in tal senso, si rendeva conto che, ora che anche lei era proprietaria della locanda, doveva essere più presentabile quando incontrava i clienti.

Il giorno successivo, Lettie e Kenton lasciarono Bi con la signora Morley e si diressero a Portland.

«Ho fatto una lista, come mi hai suggerito» disse Lettie, un po' timidamente. Non si era ancora abituata all'idea di poter comprare senza problemi tutto quello di cui aveva bisogno.

«Bene!» rispose Kenton, al volante della propria auto. Avevano pagato un autista per riportarla dalla California a Chandler Hill, insieme a tutti i loro effetti personali. «Dopo aver fatto spese, vorrei andare a pranzo con te in uno dei miei ristoranti preferiti.» Il suo sguardò cambiò, riempiendosi di tristezza. «Io e mio padre ci andavamo a mangiare ogni volta che era possibile.»

Lettie allungò una mano per stringere la sua. «Penso gli farebbe piacere sapere che portiamo avanti la tradizione.»

«Esatto, e dovremmo anche inaugurarne qualcuna nostra» rispose Kenton. Il suo sorriso non nascondeva del tutto la tristezza nella voce.

«Bi sta già rivoluzionando le abitudini alla locanda» disse Lettie con allegria. «Tutti la adorano.»

«Dovremo fare attenzione nel farla familiarizzare con gli ospiti. Non tutti sono contenti di avere attorno un cagnolone esuberante come lei.»

Kenton parcheggiò nel centro di Portland, e continuarono a piedi. Meier & Frank fu la prima sosta, dove Lettie in breve trovò una giacca a doppio petto di velluto a coste marrone, con cintura. Con il suo incoraggiamento comprò anche un abito nero semplice, una gonna blu scuro e pantaloni grigi eleganti. Mentre la guidava verso scelte tradizionali, Lettie cominciò a capire che le mode vanno e vengono, mentre l'abbigliamento classico di alta qualità dura a lungo e ha uno stile intramontabile.

Scelse maglie e camicette che le sembravano adatte a quello che aveva preso fino a quel momento, e ottenne l'ulteriore approvazione di Kenton.

«Andiamo a pranzo» disse lui, dopo che lei ebbe completato l'ultimo acquisto. «Il ristorante Huber's non è lontano, e non vedo l'ora di mangiarmi il loro sformato di tacchino.»

Depositati nel bagagliaio dell'auto tutti sacchetti con i vestiti, percorsero a piedi i pochi isolati che li separavano dal ristorante. Il sole invitante della mattina era ormai nascosto dietro le nuvole. L'aria pungente non dispiaceva a Lettie, che si godeva il tepore della sua giacca nuova.

La scritta dorata sulla vetrina annunciava che erano arrivati da Huber, fondato nel 1879. Passarono sotto la tenda scura all'ingresso ed entrarono nel ristorante, che era animato dalle vivaci conversazioni dei tavoli affollati. Kenton chiese al direttore di sala di farli accomodare nella zona del bar e, mentre venivano accompagnati nella sala sul retro, Lettie poté studiare ogni dettaglio del locale.

Nel bar, dei pannelli di legno rivestivano le pareti fino a metà altezza. Ma furono le vetrate colorate dei lucernari a volta ad attrarre e catturare la sua attenzione. Chiese informazioni al maître, che sorrise. «Ah sì, restano sempre tutti incuriositi. Questi lucernari di colore giallo e ambra furono prodotti nei laboratori dei Povey Brothers. E guardate i pavimenti in marmo italiano, dello stesso periodo. Parliamo di quasi cento anni fa.»

Il cameriere li fece sedere a un tavolo proprio al centro della sala, così Lettie ebbe la possibilità di guardarsi attorno. Osservando come tutta la gente fosse vestita in modo classico, fu felice che Kenton l'avesse aiutata a scegliere i suoi nuovi abiti. Si rendeva conto solo in quel momento di quanto fosse stata isolata dal mondo, e di quanto poco raffinata fosse ancora.

«Il tacchino è una delle loro specialità. Così come il celebre *Spanish Coffee*, con rum e panna montata. Purtroppo per te, sei troppo giovane per ordinarlo.» Kenton le lanciò un sorrisetto tentatore. «Però, se lo ordino io, potrei fartelo assaggiare.»

Lettie rise. «D'accordo, allora. Facciamo così.»

Più tardi, mentre lasciavano il ristorante, le sembrò allettante la prospettiva di tornare a Chandler Hill.

«Sicura che non vuoi rimanere in città ancora un po'?» domandò Kenton, mettendole un braccio intorno alle spalle.

Lei lo guardò divertita. «Sono pronta per andare a casa.»

Un sorriso gli illuminò il volto. Le diede un bacio veloce sulla guancia. «Chi l'avrebbe detto che mi sarei innamorato di una pantofolaia?»

«Sei deluso? Non voglio privarti di nessun tipo di piacere.»

«Scherzi? Sei tu il genere di piacere che preferisco. A dire il vero sono un tipo abbastanza tranquillo. La signora Morley sostiene che sono uno all'antica. Per niente hippie.»

A Lettie era proprio quello che piaceva di lui. Forse era anche lei una all'antica.

Tornati a casa, mentre si coccolavano sul divano, Kenton le dimostrò che non era antico per niente. E, a quanto pareva, nemmeno lei.

CAPITOLO TREDICI

Le giornate che seguirono le vacanze furono tranquille per la locanda, ma piene di movimento dal punto di vista familiare. Rafe e Maria partirono per la California, Lettie e la signora Morley fecero dei pacchi coi vestiti e gli effetti personali di Rex che Kenton donò in beneficienza, e lui stesso si occupò con Bernie Randolph di sistemare l'ufficio del padre, riordinando le carte, distruggendo quelle ormai inutili e obsolete, e organizzando un sistema di archiviazione che Lettie e Kenton potessero utilizzare con facilità.

In seguito, Bernie, Lettie e Kenton ripresero i progetti lasciati incompleti da Rex e concordarono un calendario operativo delle attività da svolgere. La prima cosa sulla lista fu l'aggiunta di una nuova ala alla locanda. Se il progetto fosse cominciato in primavera, stimarono che la costruzione non sarebbe stata completata prima di sei mesi, e per quel periodo speravano di avere una vendemmia sufficientemente buona da poterla vendere a una delle cantine della zona.

Con i proventi della locanda, avrebbero loro stessi potuto avviare una piccola azienda vinicola entro un anno. E quindi cominciare a produrre vino da soli, utilizzando la vendemmia dell'anno successivo.

«Ci sono parecchie variabili da tener presente» osservò Bernie, guardandoli pensieroso. «La cosa migliore è considerare le varie alternative ragionevoli, in modo da avere più opzioni a disposizione, e poi procedere un passo per volta.» Fissò gli occhi su Kenton. «Molto dipende dalla tua sopravvivenza.»

Kenton diresse lo sguardo a Bernie e poi lo spostò rapidamente, concentrandosi su qualche punto indefinito fuori in giardino.

A Lettie si seccò la bocca. Sapeva quello che tutti pensavano del servizio militare di Kenton.

La partenza di Bernie, due giorni dopo il suo arrivo a inizio anno, portò il silenzio nella locanda. Il clima invernale, freddo e piovoso, si sommava alla tristezza che regnava all'interno. Pochi giorni ancora e Kenton avrebbe dovuto presentarsi per la visita medica al centro per l'arruolamento di Portland. Lettie cercava di non pensarci troppo, ma né lei né Kenton potevano fare a meno di essere preoccupati.

Il momento tanto temuto arrivò troppo presto. Come ordinato, Kenton riempì una borsa in preparazione della visita presso il centro di arruolamento a Portland. Lì avrebbero eseguito i test fisici e sarebbe stato giudicato abile al servizio. Poi si aspettava di essere mandato in California, a Fort Ord, per il corso base di addestramento e in seguito, probabilmente, all'addestramento avanzato di fanteria.

Anche se i suoi nervi pulsavano ansiosamente attraverso tutto il corpo mentre accompagnava Kenton a Portland, Lettie faceva del suo meglio per mostrare una facciata coraggiosa.

«Ricorda tutto quello che io e Bernie ti abbiamo spiegato» disse Kenton. «E se ti serve supporto legale, Lew è pronto a intervenire. I piani sono stati attentamente definiti. Serve solo seguirli.» Il tono inquieto della voce di Kenton le scatenava ondate di preoccupazione, e si sentiva come un coniglio spaventato. Di solito lui era così calmo, così sicuro di sé.

Fuori dall'edificio dove doveva presentarsi, Lettie cercò di mettere nel loro bacio ogni singolo frammento dell'amore che provava per lui.

Kenton si sottrasse bruscamente. Gli luccicavano gli occhi.

«Credo che sia meglio che entri.»

Uscì dall'auto, aprì la portiera posteriore per recuperare la borsa, e si diresse verso l'edificio, con i suoi passi che risuonavano determinati sul selciato.

Le lacrime che Lettie aveva trattenuto le appannavano la vista mentre si immetteva nel traffico del suo ritorno solitario verso casa.

Una parte di lei aveva sperato che Kenton smuovesse ogni sua conoscenza per essere escluso dal servizio. Ma aveva imparato che era il tipo di uomo attaccato ai suoi principi e al senso del dovere. Dopo due discussioni sull'argomento, in momenti diversi, avevano convenuto di non parlarne più.

Tornata alla locanda, Bi la accolse con dei guaiti eccitati e scodinzolò con tale foga da non controllare le zampe posteriori. Ridendo, Lettie abbracciò la cucciola e accolse volentieri la sua lingua tiepida che le leccava le guance.

«Com'è andata?» chiese la signora Morley quando Lettie entrò in casa.

«È andata» rispose, con poco entusiasmo.

«Beh, se può essere di conforto, c'è la possibilità che non venga destinato al Vietnam, se durante i test scoprono che può essere assegnato a delle attività specifiche. Il ragazzo degli Hartman ha finito per rimanere in California a insegnare in una scuola militare.»

«La ringrazio per il suo tentativo di tirarmi su il morale» disse Lettie. «Vedremo.» Non aveva alcuna speranza che succedesse. Kenton era il genere di persona che vuole fare per il suo paese quello che fanno gli altri.

Quella sera, sola in casa, a Lettie fece piacere avere la compagnia di Bi. La cagnolina, anche se era ancora piccola, sentiva la sua solitudine e le stava appiccicata al fianco.

Quando squillò il telefono, Lettie saltò in piedi per la sorpresa, e corse a rispondere.

«Lettie? Sono Kenton. Non posso parlare a lungo. Volevo solo farti sapere che sto per partire per Fort Ord e potrei non riuscire a farmi vivo per un po'. Caspita! Già mi manchi.»

«Anche tu a me» rispose Lettie, cercando di sembrare coraggiosa.

«Qui è abbastanza un caos, ma mi hanno detto che, dopo l'addestramento di base, le cose dovrebbero chiarirsi un po'».

Lettie sentì delle grida in sottofondo e la comunicazione si interruppe.

Dopo sei lunghe e solitarie settimane, Lettie ricevette una telefonata da Lew Barnes. Si scambiarono i soliti convenevoli e poi Lew disse: «Ho trovato una persona che può farti da consulente. È una giovane donna, laureata alla facoltà di Amministrazione Alberghiera dell'Università di Las Vegas, Nevada ed è figlia di un mio socio. Adesso che la locanda è vuota, potrebbe essere il periodo giusto per farla venire per un po' a insegnarti come si gestisce una locanda o un piccolo albergo. Che ne dici?»

«L'idea mi piace. Se vogliamo fare un buon lavoro per Rex e Kenton, ci serve tutto l'aiuto possibile. Ed è anche un periodo in cui il vigneto non dà troppo da fare.»

«Bene» disse Lew. «Sono contento che tu veda le cose in questo modo. La sua famiglia è nel business alberghiero da un bel po', e anche lei vuole entrare nel settore. Nel frattempo, ci sono molte informazioni che può condividere con te.»

«Come si chiama questa persona?»

«Il suo nome è Abigail Wilkins.»

Lettie sgranò gli occhi. «È una parente di Adelaide Wilkins?» A San Francisco Lettie aveva guardato una trasmissione alla televisione dedicata alla proprietaria della catena di hotel Bradley Wilkins. Soprannominata la Leona

Helmsley[2] della costa dell'ovest, era la donna che tutti odiavano.

«Mi risulta che sia la nipote acquisita, figlia di un fratello per niente prediletto del marito di Adelaide. Quindi, non c'è grande affetto né frequentazione tra le due.»

«Benissimo» disse Lettie, ragionando velocemente. «Con la locanda vuota, perché non la facciamo stare qui da noi per qualche giorno?»

«Perfetto. La sento e ti faccio sapere. E il resto come va?»

«Kenton è ancora al centro di addestramento, per cui è tutto molto tranquillo, qui. Ma verrà a casa in licenza fra due settimane e poi tornerà a Fort Ord per il corso avanzato di fanteria. La signora Morley pensa di andare in pensione. Cercherò qualcuno che prenda il suo posto. In questo momento non ce n'è ancora bisogno, perché non abbiamo prenotazioni.»

«Va bene, teniamoci in contatto. Ci sentiamo più avanti.»

Dopo che Lettie ebbe messo giù la cornetta, uscì nella veranda sul retro per guardare il paesaggio sottostante. I rilievi delle colline erano spolverati di neve, come zucchero su delle torte. Alcuni degli anziani della valle sostenevano che fosse un inverno insolitamente freddo e nevoso. Ma, sebbene ci fosse parecchia umidità nell'aria fredda, a Lettie non sembrava che la stagione fosse così rigida, rispetto a com'era stato in Ohio. O, forse, la locanda era un luogo così caldo e confortevole da trasmetterle quella sensazione.

Quando Lettie tornò dentro, andò nell'ufficio che era stato di Rex e si sedette alla scrivania, pensando alle responsabilità che aveva sulle spalle. Suonò il telefono.

---

[2] Multimiliardaria del settore immobiliare e alberghiero, definita dalla stampa "The Queen of Mean" (La regina del male) a causa dei suoi comportamenti spregiudicati e controversi. NdT

Lettie rispose. «Pronto?»

«È Lettie Chandler?» chiese una voce roca di donna.

«Sì.»

«Sono Abby Wilkins. Mi ha detto il signor Barnes che sarebbe interessata ad assumermi come consulente per la locanda di cui è proprietaria. Corretto?»

«Sì» disse Lettie, incuriosita da quella voce e la sicurezza di sé che trasmetteva.

«Io sono disponibile. Mi domandavo se potesse essere un buon momento per venire a fare un sopralluogo.»

«Sì, lo è. In questo periodo dell'anno non siamo particolarmente impegnati. Il tempo non è buono e non c'è molto da fare nemmeno nei vigneti.»

«Perfetto. Ho degli appuntamenti a Portland domani. Dopodiché, potrei venire lì da lei. Siete appena fuori McMinnville, se non sbaglio.»

«Esatto. Quando arriva in città, chieda di Chandler Hill, e le sapranno di certo dare indicazioni.»

Il pomeriggio seguente, Lettie camminava avanti e indietro nel soggiorno della locanda, da cui poteva tenere d'occhio attraverso le vetrate se qualcuno stesse arrivando. Dopo aver trascorso tante notti da sola in quella grande casa, l'idea di avere qualcuno come Abigail Wilkins a soggiornare nella locanda era una piacevole novità.

Finalmente, Lettie scorse una piccola automobile nera che risaliva lungo la strada.

«Eccola che arriva, Bi!» disse Lettie al cane, che abbaiò scodinzolando.

Quando la macchina si fermò nel parcheggio, Lettie corse fuori ad accogliere l'ospite.

Si avvicinò e poi attese che Abigail uscisse dalla vettura. Pochi secondi dopo, l'alta figura della donna era in piedi accanto a lei.

«Salve! Benvenuta a Chandler Hill» disse Lettie, esaminando quella bellezza slanciata, dai capelli scuri. I lineamenti del viso erano caratterizzati da zigomi alti, occhi color marrone dorato e un'ampia bocca tendente al sorriso.

«Sono Abby Wilkins. E tu devi essere Lettie.» Abby allungò una mano e Lettie la strinse, facendo una smorfia alla presa decisa di Abby.

«Oh, mi spiace» disse Abby. «Sono abituata ad avere a che fare con gli uomini, che mettono un bel po' di energia nella stretta. A quanto pare, per loro è importante.» Restando accanto all'auto, guardò con attenzione la facciata della locanda. «Splendida» mormorò.

«Lascia che ti prenda le valigie» disse Lettie, cercando di tenere a bada Bi. «Questa peste di cucciola è Bi. Ha appena compiuto cinque mesi e la stiamo ancora educando.»

«Ma che carina!» esclamò Abbie, dando a Bi una pacca sulla testa che le fece ondeggiare tutto il corpo.

Mentre si avviavano al portone della locanda, Lettie esaminò i pantaloni a zampa d'elefante di Abby e il blazer a doppio petto. Su di lei, il completo in tweed non era affatto mascolino, ma le dava un aspetto da donna d'affari che apprezzò molto.

Dopo essere entrate, la portò al piano superiore in una delle stanze degli ospiti che preferiva, e che dava sulla linea delle colline e sulla valle sottostante.

Abby si guardò intorno. «Davvero bella. Non mi aspettavo qualcosa di così alto livello.»

«Rex voleva che gli ospiti si sentissero viziati.»

«Bene» disse Abby, annuendo soddisfatta. «Possiamo usarlo nella campagna pubblicitaria. Lew Barnes mi ha detto che lavoreremo a un piano a lungo termine per lo sviluppo degli affari.»

«Sì, è esattamente ciò che speriamo di fare» confermò Lettie. «Ti saremo grati per qualsiasi aiuto potrai darci.»

Abby fece un passo indietro e osservò Lettie. «Sono felice che il signor Barnes mi abbia chiamata. Non lo conosco molto bene, ma lui e mio padre talvolta giocano a golf insieme.»

«Adesso ti do il tempo di metterti a tuo agio» disse Lettie. «Siamo piuttosto informali, qui. Non serve vestirsi bene.» A questa timida ammissione, arrossì. «Ma adoro il tailleur pantalone che indossi.»

«È il mio completo da donna di potere.»

Al piano inferiore, Lettie approntò un vassoio di cracker e formaggio e prese una bottiglia dalla rastrelliera nel mobiletto dei vini.

Abbie arrivò in cucina. «Posso fare qualcosa?»

Lettie scosse la testa. «Non sono una gran cuoca. La signora Morley ci ha lasciato dello stufato.»

«Affare fatto! Non preoccuparti di dover cucinare mentre sono qui. Il cognome da nubile di mia madre è Agnolli, e sia lei che nonna Agnolli si sono preoccupate di insegnarmi a cucinare. Mi hanno detto che non avrei mai trovato un uomo se non fossi stata in grado di riempirgli lo stomaco con del buon cibo italiano. Anche se sono certa che Gloria Steinem non approverebbe.» Rise, e Lettie si unì a lei.

Lettie accese il fuoco nel camino della biblioteca, e le due donne vi si accomodarono davanti, a goderne i bagliori.

Abby era una compagnia gradevole, e rispondeva alle domande di Lettie sulla sua vita con aneddoti divertenti.

Sentendola parlare in modo così competente e sicuro, Lettie si ripromise di ascoltare con attenzione ogni sua parola. Non aveva mai incontrato nessuno così a proprio agio con se stesso o così esperto nell'avere a che fare con gli uomini negli affari.

Quando si misero a tavola, fu colpita dalla sua disinvoltura in cucina mentre aggiustava di sale e pepe il suo piatto e parlava della piccata di pollo che preparava nella sua casa di Los Angeles.

«Da quanto tempo conosci Kenton?» le chiese. «Una mia amica usciva con lui un paio d'anni fa. Non ha funzionato, ma dice che è un tipo a posto.»

«L'ho incontrato a giugno. Mi ha preparato un sandwich e poi mi ha offerto un lavoro qui a Chandler Hill.»

«Caspita! Vi siete mossi in fretta!» Abby le lanciò un'occhiata di approvazione. «Ma capisco perché sia stato così attratto da te. Dopo aver conosciuto le ragazze di Los Angeles, devi essergli sembrata una ventata di aria fresca.»

«A volte non riesco ancora a crederci, che siamo sposati. È successo così in fretta.» Il ricordo delle loro nozze nella cappella di Las Vegas la fece sorridere. «Però, sono contenta.»

«Allora, parlami un po' delle tue origini.» Abby si tamponò le labbra con il tovagliolo e si accomodò meglio sulla sedia.

Lettie le raccontò della famiglia che l'aveva cresciuta, del suo desiderio di andarsene via dall'Ohio, e di quali fossero state le sue reazioni quando aveva visto per la prima volta la locanda e le colline circostanti.

«Gestire una locanda richiede tanto duro lavoro, ma mi sembra che tu ti sia già abituata» commentò Abby. «Meglio così. Come te la cavi con i numeri e la matematica?»

Lettie si strinse nelle spalle. «Bene, direi.»

«D'accordo, allora. Domani cominceremo con i principi fondamentali della gestione di una locanda, poi passeremo alla parte finanziaria. So che Bernie Randolph sarà il tuo commercialista, ma è necessario che anche tu comprenda i numeri. Cosa te ne pare?»

«Così, a occhio, mi fa un po' paura» ammise Lettie. Sapeva che lei e Kenton erano stati fortunati a ereditare la locanda e i vigneti, ma voleva dire rimanervi legata per tutto il resto della vita; un pensiero che a volte la preoccupava. Ma non voleva deludere Rex o Kenton.

CAPITOLO QUATTORDICI

Per i dieci giorni successivi, a Lettie sembrò di essere tornata a scuola. Abby era piena di energia e le piacevano i ritmi serrati. Ogni tanto Lettie annunciava di avere bisogno di una pausa, e allora andavano a fare una passeggiata sulle colline. In quelle occasioni, era il suo turno di spiegare a Abby quello che aveva imparato da Rex, Joe e gli altri sulla coltivazione della vite.

In quel periodo dell'anno, Joe e il nipote Rico si recavano nei vigneti per verificare eventuali danni alle viti, e, se necessario, per aggiungere terriccio alla base delle piante e proteggerle dal gelo.

Quando per Abby arrivò il momento di partire, Lettie era dispiaciuta, ma anche sollevata. Dispiaciuta perché le sarebbe mancata quella giovane donna che sapeva così tante cose e condivideva volentieri sia la conoscenza che l'amicizia. Ma Lettie era anche sopraffatta, sfiancata e a volte nauseata dalla responsabilità della locanda, dei vigneti e, in aggiunta, dalla preoccupazione per Kenton.

Dopo che Abby se ne fu andata, Lettie pulì la sua stanza e passò in rivista la casa e la locanda rimettendo tutto in ordine. Come le aveva detto Abby, occorreva essere pronti ad accogliere gli ospiti in ogni momento.

Ma la cosa più importante era che Kenton sarebbe tornato a casa in licenza! Purtroppo sarebbe rimasto solo per un breve periodo. L'amministrazione di Washington aveva richiesto un'estensione a due anni del servizio militare obbligatorio, e le probabilità che Kenton evitasse di essere mandato in

Vietnam erano vicine allo zero. Servivano più uomini.

Lettie spuntava i giorni sul calendario in cucina con eccitazione crescente. Non vedeva l'ora di essere di nuovo tra le braccia di Kenton.

Il giorno in cui lasciò il centro di addestramento reclute, lui le telefonò subito dalla California. «Ciao, tesoro! Sto arrivando! Un amico che abita fuori Seattle mi dà un passaggio. Ci daremo il cambio alla guida, così da arrivare più velocemente possibile.»

«Siate prudenti» rispose Lettie. «Non vedo l'ora di riabbracciarti!»

«A presto. Ti amo!»

«Ti amo anch'io!» Sorridendo, Lettie appoggiò la cornetta e tornò al lavoro, con il cuore che martellava per l'eccitazione.

Aveva appena finito di riordinare, quando la signora Morley chiamò. «Hai bisogno di qualcosa? Io e Pat andiamo a trovare nostra figlia a Seattle per qualche giorno. Pat ha sentito che c'è una tempesta di neve in arrivo. È meglio che tu faccia provviste di cibo.»

«Grazie, oggi vado a fare un po' di spesa, in previsione dell'arrivo di Kenton. Divertitevi, tu e la tua famiglia.»

«Anche voi. Goditi il tuo bel marito, adesso che sarà a casa per un po'.»

Terminata la telefonata, Lettie prese carta e penna dal cassetto della scrivania. Passò in rivista la dispensa e il frigorifero, aggiungendo man mano il necessario all'elenco degli acquisti da fare. Poi salì al piano superiore per vedere se in bagno mancasse qualcosa.

Solo quando cercò nel mobiletto sotto il lavandino si rese conto che non le erano serviti gli assorbenti igienici da un bel po'.

Senza fiato per lo sconcerto si sedette sul bordo della vasca e cominciò a contare a ritroso. Erano trascorsi quasi tre mesi.

Oddio!

Chiuse gli occhi e fece un lungo, tremante sospiro. Che sciocca era stata a non prestare attenzione a quello che stava accadendo. Aveva creduto che i capezzoli doloranti fossero dovuti alla gioiosa vita amorosa che condivideva con Kenton, e attribuito qualche sporadico attacco di nausea alle preoccupazioni che aveva per lui. Incrociò le braccia cercando di combattere le lacrime. Non voleva un bambino. Non in quel momento. Magari più avanti, quando la vita fosse stata un po' più stabile.

Quasi rispondendo a quei pensieri indesiderati, le si rivoltò lo stomaco, e rigettò nel water. Dopo un po', seduta sui talloni mentre si tamponava la bocca, Lettie non riuscì a contenere il flusso di lacrime che le scorse giù per il viso. Al momento, il pensiero di doversi occupare di un neonato, in aggiunta alla locanda e alle vigne, era al di sopra delle sue possibilità. E se Kenton non si fosse sentito pronto per diventare padre?

Più tardi, mentre era intenta a riporre la spesa, suonò il telefono. Con cautela sollevò il ricevitore.

«Pronto?»

«Ciao, Lettie. Sono Rico. Joe mi ha chiesto di avvertirti che dormirò nel capanno per un paio di notti. Hanno diramato un'allerta per la bufera di neve in arrivo, e mi ha chiesto di occuparmi degli animali al posto suo. Voleva solo che tu lo sapessi per tempo.»

«Grazie davvero» disse Lettie riconoscente. Con Kenton finalmente di ritorno a casa, l'ultima cosa che voleva era doversi occupare degli animali. Un conto era dare il becchime alle galline, ma il pensiero di nutrire e mungere le mucche la preoccupava.

La sera, mentre cenava da sola in cucina, Lettie ripercorse con la mente quello che Abby le aveva insegnato sulla domanda e l'offerta, le previsioni finanziarie, e su come distinguersi dagli altri. I pensieri le turbinavano ancora in testa quando sentì il rumore di un'automobile che risaliva il vialetto d'ingresso.

Corse alla finestra. Una vettura sconosciuta si stava fermando davanti alla locanda.

Fu solo quando andò alla porta e guardò fuori che vide la sirena sul tetto dell'auto. Perché mai la polizia avrebbe dovuto presentarsi alla locanda? Quando l'agente si diresse verso di lei, afferrò lo stipite della porta con le dita intirizzite.

«Signora Lettie Chandler?» chiese il poliziotto.

«Sì. Le serve qualcosa?» riuscì a dire, con la bocca già asciutta.

L'uomo la prese per un braccio. «Lasci che l'aiuti, qui fa freddo.» La fece entrare, conducendola fino a uno dei divani del salotto.

«Si tratta di Kenton?» chiese Lettie, sentendo già un nodo allo stomaco.

«Mi spiace davvero, signora Chandler. C'è stato un incidente poco più a sud di qui e la macchina su cui viaggiava suo marito è uscita di strada. Né lui né l'uomo alla guida sono sopravvissuti.»

Lettie si lasciò cadere sul divano e cominciò a singhiozzare. «No! No! Kenton stava tornando a casa da me.» Sollevò il volto rigato di lacrime verso l'agente. «Dovevamo essere insieme. Gli avrei detto del nostro bambino.»

Il poliziotto prese una delle sedie al lato del divano e la guardò con compassione. «C'è qualcuno che posso chiamare per lei?»

Lettie scosse la testa. Non avrebbe potuto sopportare di vedere nessun altro. Altrimenti avrebbe dovuto spiegare tutto, e la verità di quello che era successo a Kenton sarebbe diventata troppo reale.

«Non credo sia una buona idea lasciarla qui da sola, in un momento come questo» disse l'uomo, che all'apparenza era poco più vecchio di lei.

«Un nostro dipendente è sistemato in un capanno poco distante. Se avrò bisogno di qualcosa, verrà qui. Ma in questo momento, ho bisogno di rimanere sola.»

L'agente si alzò in piedi. «Le faccio le mie più sincere condoglianze. Una collega la chiamerà domani dalla nostra sede centrale. La aiuterà per tutti gli aspetti organizzativi.»

Sconvolta e con la sensazione di vivere in un incubo, Lettie lo accompagnò alla porta e lo osservò stordita mentre si allontanava. Piangendo sommessamente, chiuse a chiave la porta dietro di lui, desiderando di poter chiudere fuori altrettanto semplicemente la verità che quell'uomo aveva avuto il compito di portarle.

Incespicando, ritornò verso il divano e vi si gettò sopra: piangeva così forte che non riusciva quasi a riprendere fiato.

Seduta ai suoi piedi, Bi sollevò la testa nera e pelosa e ululò. In un primo momento, Lettie non capì che la cucciola ripeteva solo le sue urla di angoscia.

Un po' più tardi, con gli occhi gonfi e pesanti per le infinite lacrime, si alzò dal divano e si diresse intontita al piano di sopra, nella camera che aveva gioiosamente diviso con Kenton.

Prese la vestaglia di Kenton dall'armadio e, senza cambiarsi i vestiti, si infilò sotto le coperte. Girata su un fianco, si portò la sua vestaglia al viso e ne annusò il persistente profumo, che era inconfondibile.

No-o-o-o! urlava la sua mente. *Non può essere vero! Non mi avrebbe mai abbandonato. Aveva promesso di amarmi e proteggermi ogni giorno della mia vita.*

«Perché? Perché? Perché?» gridò, spaventando a morte Bi, che si rifugiò sotto il letto.

Un penoso silenzio la circondava.

Prese a pugni il cuscino, furiosa con Kenton per non averla raggiunta. Poi ricominciò a piangere al pensiero che avesse sofferto.

Esausta, si sdraiò nuovamente tra i cuscini. Il vento era aumentato e il nevischio ghiacciato tamburellava contro i vetri, come le dita dai lunghi artigli di un mostro che cercasse di entrare.

Troppo stanca perfino per chiudere le tende, diede le spalle alla finestra e si tirò il piumone fin sopra la testa. *Magari,* pensò disperata, *magari morirò adesso, in questo letto, e non dovrò affrontare un futuro senza Kenton.*

CAPITOLO QUINDICI

La mattina seguente, Lettie sentì bussare alla porta, ma non fu in grado di alzarsi dal letto per andare a rispondere.

Poi le arrivarono dei rumori dalla cucina. *Paloma!*

Si obbligò a mettersi in piedi e si trascinò fino alla porta della camera. Aprì la bocca per chiamarla, ma Paloma stava già correndo su per le scale per raggiungerla.

«Lettie! Lettie! Ho appena saputo! Lo sanno tutti in città. Mi spiace così tanto!» Le braccia di Paloma la circondarono.

Lettie si arrese al dolore che le faceva desiderare che il suo cuore si fermasse e si abbandonò in quell'abbraccio, dando nuovamente sfogo alle lacrime.

Nei giorni successivi, Paloma fu sempre con lei, ad ascoltare Lettie che se la prendeva con l'esercito, il destino e qualsiasi altra entità cui poter dare la colpa. Fu lei a rimanere al suo fianco e a sostenerla negli strazianti momenti in cui il personale e i concittadini si presentarono a porgere le condoglianze.

Anche la signora Morley era sempre nelle vicinanze, pronta a intervenire quando necessario.

Successivamente, quando non fece più troppo freddo, Lettie portò un badile nella zona del boschetto dove erano state disperse le ceneri di Rex, e vi seppellì l'urna che conteneva i resti di Kenton.

«Qui Kenton potrà riposare vicino a suo padre» disse a Paloma e alla signora Morley. Era la cosa giusta da fare, che i due ritornassero alla terra che avevano amato così tanto.

Mentre la gravidanza procedeva, Lettie si recava spesso al

boschetto per parlare a Kenton e a Rex del carico di responsabilità che stava affrontando, come aveva loro promesso.

In giugno, secondo i piani prestabiliti, cominciarono gli scavi per la costruzione dell'ala aggiuntiva della locanda. E, se per gli altri si trattava di una eccitante circostanza, per Lettie era solo un impegno ulteriore.

Quando, in agosto, arrivò il momento di dare alla luce il bambino che Kenton non avrebbe mai visto, Lettie dovette attingere a nuove forze interiori per superare l'ennesima prova.

Paloma era con lei durante il travaglio. «Puoi farcela, Lettie.»

«Non ce la faccio, invece» protestò lei. «Dovrebbe esserci Kenton, qui con me.»

«Signora Chandler, un'altra spinta, coraggio» le ordinò l'ostetrica.

Ci fu un pianto improvviso e dopo pochi secondi la neonata fu appoggiata sopra di lei.

«Una splendida bambina» gridò Paloma. «Un'amichetta per Isabel.»

La gioia che avrebbe dovuto provare però mancava, quando l'infermiera sollevò la neonata perché Lettie potesse vederla meglio. Era percorsa da sentimenti contrastanti. Quella era la figlia di Kenton. Eppure, non riusciva a scacciare il pensiero che negli ultimi mesi la vita le avesse portato via tutti quelli che amava. E che, forse, sarebbe stato meglio non affezionarsi troppo a quella piccolina. Forse sarebbe stata davvero la scelta migliore.

Più tardi, mentre accarezzava i capelli lisci e scuri di sua figlia e contava le dieci dita dei suoi piedini, Lettie si domandò come avrebbe fatto a portare avanti il progetto di sviluppo della locanda e allo stesso tempo cercare di essere una brava madre. Era solo una giovane, inesperta diciannovenne, con troppe cose di cui occuparsi.

Un giorno di agosto Lettie aveva in braccio la bambina e avrebbe voluto sapere cosa fare perché si calmasse. La piccola Autumn Ann Chandler sembrava consapevole di fare parte di una serie di eventi infelici. Chiudeva a pugno le manine e strillava, anche se Lettie cercava di confortarla. L'aveva chiamata Autumn perché l'autunno era stato il periodo più felice della sua vita. Ma quella piccola capricciosa non sembrava fare onore alle motivazioni di tale scelta.

«Su, coraggio» disse Paloma, prendendo Autumn dalle braccia di Lettie. Avendo due figli, Paloma sembrava sapere esattamente come comportarsi con la bambina urlante, e in pochi secondi Autumn smise di strillare e si abbandonò nella sua stretta, guardandola con interesse.

Lettie lasciò uscire un sospiro di frustrazione. «Non sono un granché come madre. Credo che Autumn sappia che non ero pronta per avere un figlio, soprattutto senza la presenza di Kenton.» Sospirò di nuovo. «Mi sento così smarrita, e stanca. Così incapace. Ho paura che non sarò mai in grado di fare un buon lavoro con questa nostra piccolina.» Le labbra di Lettie tremavano.

«Ce la farai, eccome.» Paloma le sorrise, comprensiva. «In questo momento hai un mucchio di cose in ballo. Ma tra qualche tempo, quando tutto sarà avviato, per voi due sarà più facile.»

«Ho messo un biberon a scaldare in cucina» disse Lettie, rassegnata. Anche l'allattamento non andava molto bene. «Potresti darglielo tu? Devo incontrare quelli dell'impresa di costruzioni per fare il punto della situazione.»

«Certo, capisco.» Paloma cullò la bambina tra le braccia, cercando di zittirla dolcemente mentre uscivano dalla stanza.

Rimasta sola nella camera da letto in cui si era trasferita dopo la morte di Kenton, Lettie si alzò in piedi e guardò fuori dalla finestra i filari delle viti, disposti in righe regolari lungo le colline. Ora il respiro le si era fatto più pacato, e ripensò ai mesi di disperazione cui era a malapena sopravvissuta. La signora Morley, Paloma e Lew Barnes avevano lavorato insieme per sottrarla alla depressione, obbligandola a dedicarsi ai piani di Rex per l'espansione di Chandler Hill.

Adesso la signora Morley era andata in pensione, Paloma aveva preso il suo posto e Lew la chiamava periodicamente per controllare i progressi della costruzione della nuova ala della casa.

Da piccola non aveva mai avuto molte amiche, e quindi Lettie considerava davvero preziosa la sua relazione con Paloma. Era la madre, la sorella e l'amica che aveva sempre voluto. In cambio, Paloma era grata di avere la possibilità di esprimere la propria capacità e creatività come persona, e non essere solo la moglie e madre che gli altri si aspettavano che fosse.

Lettie appoggiò la mano su uno dei vetri della finestra, quasi potesse toccare il boschetto di alberi in lontananza. «Ho una confessione da farti, Kenton. Non sono un granché come madre. Sono molto più a mio agio con la locanda e il vigneto, che nei miei tentativi di allevare una neonata. Ci provo. Davvero. Ma non sembra funzionare.» Prese fiato e lo buttò fuori. «Ma le vigne vanno bene. Abbiamo venduto la vendemmia a un produttore giù nella valle. E procediamo con le ventiquattro nuove camere della locanda, come volevate voi. Credo che piaceranno a entrambi.»

«A chi piacerà cosa?» domandò Paloma, rientrando in camera. La bambina dormiva tra le sue braccia.

Lettie si sentì avvampare. «Penso che a Rex e Kenton piacerà l'ala aggiuntiva. Sta venendo bene.»

Paloma sorrise. «Lo penso anch'io.»

Le persone che lavoravano alla locanda erano tutte d'accordo che Lettie fosse la responsabile. Ma convincere la squadra che si occupava della costruzione era completamente un'altra cosa. Aveva avuto più di uno scontro con il capocantiere, uno spilungone che si chiamava Bert Hillman, e che insisteva a guardarla dall'alto in basso con una smorfia tra il canzonatorio e il lascivo.

In quel particolare giorno, Lettie scoprì che Bert aveva di sua iniziativa modificato la disposizione delle pareti, per cui una piccola nicchia in ogni stanza, destinata ad accogliere delle scaffalature, era stata murata anziché lasciata a giorno.

«Bert, lei lo sa che questo lavoro va fatto come da progetto» gli disse Lettie. «Questa zona va rifatta, in modo da poter alloggiare i ripiani che abbiamo previsto.»

Bert si tirò su i calzoni e agitò un dito nella sua direzione. «Ascolti, costruisco case da queste parti da parecchi anni, e le sto dicendo che è uno spreco di spazio.»

«Uno spazio che useremo nel migliore dei modi» rispose Lettie di rimando, intenzionata a tenergli testa. «Fa parte del progetto approvato. Mentre io non ho approvato la sua modifica, quindi mi faccia il piacere di demolire e ricostruire secondo specifica.»

Sentì una tensione ai seni che le era familiare e capì che le stava arrivando il latte. Invece di rimanere e provare l'umiliazione di una eventuale perdita disse seccamente: «Lo faccia e basta.»

Mentre se ne andava, sentì uno degli operai che commentava: «Mi sa che la piccoletta non te le ha mandate a dire, Bert.»

Era quel genere di frase che rendeva le cose ancora più complicate. Ma tutte le volte che pensava di lasciar perdere una discussione, si ricordava della fiducia che Rex e Kenton avevano riposto in lei, e difendeva le sue opinioni.

Settimane più avanti, quando la nuova ala fu finalmente completata, fu contenta di essersi impegnata per rimanere inflessibile con la squadra. Il nuovo edificio era, in ogni dettaglio, fantastico come l'aveva immaginato Rex.

Le camere erano luminose e ampie, ogni spazio utilizzato al meglio. E, soprattutto, le stanze avevano uno splendido panorama sulle colline retrostanti o, se erano sul davanti, guardavano sulla campagna e sulla lunga strada a tornanti che portava alla locanda.

Lettie era davanti all'ingresso principale della locanda per accogliere il primo degli ospiti speciali che avrebbero soggiornato nella nuova ala per celebrare il weekend del Ringraziamento.

«Lew, sono così felice che tu ed Emily ce l'abbiate fatta» disse Lettie con estrema cortesia. «Questa inaugurazione non sarebbe la stessa senza di voi.» Considerava davvero preziosa la sua relazione con l'avvocato. Era stato di grande supporto e l'aveva sempre incoraggiata.

«Grazie. Bernie e sua moglie Debbie stanno arrivando» rispose Lew. «E ho sentito che ci sarà anche Abby Wilkins.»

«Esatto.» Bernie continuava a essere il suo commercialista e, quando Lettie aveva parlato con la moglie al telefono, le era sembrata simpatica. E che dire di Abby? Non vedeva l'ora che arrivasse.

«Abby mi è stata di enorme aiuto per la campagna pubblicitaria. Senza di lei, non so se avremmo avuto dei clienti.»

«È molto competente» disse Lew. «Sono contento che la sua consulenza abbia funzionato bene.»

«Signora Chandler?»

Lettie si voltò e si trovò davanti una donna sconosciuta.

«Sono Susan Connell, del quotidiano *The Oregonian*.» Una signora di mezza età con i capelli grigi e intelligenti occhi azzurri le porse la mano. «Sono felice di essere qui. È stata un'ottima idea invitare qualcuno della stampa come me, per far girare la voce su questa nuova iniziativa nella valle. Lo sviluppo in corso è straordinario. Dovete essere contenti di farne parte.»

«Certamente. Mio suocero sentiva che Chandler Hill sarebbe stato il primo di molti altri posti simili.»

«È straordinario che sia tutto nelle sue mani, ora. Come mi ha ricordato Abby Wilkins, questo è un caso a sé. Una storia che mi piacerebbe raccontare. Non sono molte le donne che prendono le redini di un'attività.»

«Ho una squadra di persone che mi supporta, mi creda.» Lettie non aveva intenzione di far sapere a Susan o a chiunque altro che a volte sognava di potere abbandonare la supervisione della locanda, e che erano le vigne a interessarla davvero. Non era quasi mai stata disponibile durante la raccolta e per sovraintendere alla vendemmia. E poi c'era il senso di colpa di non passare abbastanza tempo con la sua bambina.

Proprio in quel momento, arrivò Abby con un'amica. «Mi scusi, possiamo continuare più tardi?» disse Lettie alla giornalista, e corse da lei.

«Ciao, Abby! Sono così contenta di vederti. Finora, tutti quelli che hanno prenotato una stanza sono arrivati. Sarà un weekend impegnativo.»

«Ecco perché mi sono portata Terri» Abby rispose all'abbraccio di Lettie e si girò verso l'amica con un sorriso. «Lettie Chandler, ti presento Terri Hadley. Un'amica *molto* speciale.»

Lettie osservò la giovane donna che stava appiccicata a

Abby. Di altezza media e corporatura sottile, Terri colpiva per i suoi corti capelli castani, i lineamenti eleganti e gli occhi scuri che brillavano di allegria. Abby e Terri si sorridevano.

Ah, stanno così le cose? pensò Lettie, dando un abbraccio di benvenuto a Terri.

«Vi ho sistemato nella stanza dell'edificio principale, quella dove sei stata l'ultima volta» spiegò Lettie. «Spero che non ti dispiaccia.»

«Perfetto. Ho parlato a Terri del Chandler Hill Inn, e sono certa che le piacerà tanto quanto a me. Tra l'altro, intende darmi una mano in cucina, come promesso.»

«Sicura che non sia un problema? Paloma era preoccupata di dover gestire tutta questa folla e, quando le ho detto che ti eri offerta di aiutare, è stato un sollievo per lei.»

«Sono sicura, tranquilla. E se tutto va come deve, ho qualche altra idea per la locanda.» Abbi le lanciò un sorriso scherzoso che le strappò una risata.

«Benissimo.»

«Dov'è la tua dolce bambina?» domandò Abby. «Ho parlato anche di lei a Terri.»

«È con la tata, ma sono sicura che durante il fine settimana avrete occasione di vederla spesso. E anche Bi. La cagnolina sta sempre dov'è Autumn. È carina.»

Dopo aver mostrato la stanza a Abby e a Terri, Lettie scese in cucina.

«Come va?» chiese a Paloma.

«Ho predisposto biscotti, formaggio, cracker e frutta fresca in sala da pranzo e nell'area di ricevimento del nuovo edificio. Gli ospiti possono servirsi quando lo desiderano.»

«Bene. È arrivata Abby con la sua amica. Mi sembrano entusiaste all'idea di aiutarti a preparare il pranzo del Ringraziamento.»

«Ne sono felice» rispose Paloma. «Elisa fa un buon lavoro

con le pulizie, ma in cucina non è di nessun aiuto.»

Lettie e Paloma si scambiarono dei sorrisi. Amiche fin dalle elementari, quelle due erano diversissime tra loro. Paloma era una lavoratrice instancabile e organizzata. Elisa tendeva a essere volubile e alternava esplosioni di energia a fasi di inerzia.

La mattina del Ringraziamento Lettie si alzò e si vestì con calma, desiderosa di godersi qualche momento da sola prima che prendessero il via le necessità della giornata e degli ospiti.

Uscì all'aria frizzante e si lasciò invadere dalla sua freschezza, mentre osservava il cielo. Aveva una bellissima sfumatura di azzurro che sarebbe diventata più intensa con il procedere della giornata. Si diresse verso il boschetto dove erano sepolte le ceneri di Rex e Kenton, con Bi che correva davanti a lei e poi tornava indietro ad assicurarsi che la seguisse. Ormai il cane si era abituato alle usuali visite mattutine di Lettie al boschetto, che a volte includevano anche Autumn. Qualcuno avrebbe potuto considerarla un po' folle, ma a Lettie piacevano le sue "chiacchierate" con Rex e Kenton. Era convinta che quelle conversazioni le fornissero una visione più chiara di quanto occorreva fare per rendere la locanda e i vigneti le imprese di successo che si erano immaginati.

Quando tornò alla casa, molti degli ospiti erano già a far colazione in sala da pranzo. Salutò ciascuno di loro e poi andò in cucina per prendere un caffè, prima di andare a vedere come stesse la bambina. La madre di Paloma, Dolores, era stata assoldata come tata a tempo pieno.

«Tutto bene, qui?» chiese Lettie, osservando Paloma, Abby e Terri che preparavano le colazioni.

«Ti servirà una cucina più grande» disse Abby, aggirando con cautela Paloma che era davanti al lavello.

«Ne ho già parlato a Bernie e Lew» rispose Lettie. «Pensavamo di usare la camera e il bagno sul retro per aggiungere spazio alla cucina.»

«Ottima idea. I prossimi mesi saranno tranquilli. Il momento giusto per fare il grosso dei lavori» disse Abby.

«Infatti.» A Lettie faceva piacere che Abby fosse così coinvolta nel far funzionare al meglio la locanda. «Ma non credo di ampliare la sala da pranzo. Faremo dei turni o aggiungeremo altri tavoli quando serve. Come oggi.»

«È emozionante vedere così tante persone qui» disse Paloma.

«È un posto delizioso» osservò Terri. «Da lontano si direbbe che la nuova ala sia sempre stata parte della casa. Molto ben progettata.»

«Grazie» rispose Lettie. «È proprio come la immaginava Rex. E, col tempo, ci saranno ulteriori aggiunte alla proprietà.»

«E il capanno?» chiese Abby, voltandosi verso di loro.

«Stiamo ancora ragionando su quale possa essere la migliore destinazione.»

«Io avrei un'idea. Parliamone più tardi» disse Abby.

«Va bene» convenne subito Lettie. «E adesso, se mi scusate, vorrei essere sicura che ci sia abbastanza da mangiare per tutti.»

«Altre uova strapazzate e pancetta in arrivo.» Terri seguì Lettie fuori dalla stanza portando un vassoio di cibo.

Mentre Lettie continuava a chiacchierare con gli ospiti, a riempire tazze di caffè e assicurarsi che Elisa e la sua nuova squadra per le pulizie fossero pronte per mettersi al lavoro, ebbe la piena consapevolezza del fatto che l'incremento del numero di camere richiedeva molto più lavoro. Passare da sei a trenta stanze cambiava tutto. Doveva sedersi con calma insieme a Paloma e trattare l'argomento. E mentre Abby era alla locanda, voleva parlarle di parecchi temi, compreso il personale. Fece un profondo respiro. In momenti come quello, Lettie si sentiva come se l'avessero buttata in un torrente in piena, e che la sua sopravvivenza fosse parimenti legata al caso e alla propria determinazione.

Quel pomeriggio, era sulla porta della sala da pranzo e osservava l'allegro e variegato gruppo di ospiti.

«Vi ringrazio molto di essere qui a Chandler Hill per il primo evento annuale del Ringraziamento. È una tradizione che spero di mantenere per molti e molti anni. Buona Festa del Ringraziamento a tutti voi.» Lettie sorrise spavalda. Un anno prima, era una ingenua ragazzina single che doveva ancora innamorarsi del marito per cui ora era in lutto. Adesso aveva una bimbetta e lottava per portare a termine i progetti che le erano stati affidati, insieme al suo ruolo di madre.

Più tardi, nel suo appartamento privato, Lettie mise Autumn sopra una coperta sul tappeto e la guardò scalciare. A tre mesi, Autumn era meno capricciosa del primo periodo di vita. Ma Lettie ancora faticava a stabilire un legame solido e naturale con lei. Dolores sosteneva che fosse per via delle sue preoccupazioni sull'essere una brava madre, ma Lettie sapeva che era in parte a causa dei suoi sensi di colpa per non avere desiderato la bambina, e in parte perché aveva paura di attaccarsi a qualcuno che amava e che avrebbe potuto perdere. O forse, a diciannove anni, era ancora sopraffatta da tutto quello che le era capitato nel giro di pochi mesi.

Bussarono alla porta e lei andò ad aprire.

Erano Abby e Terri. «Ciao, possiamo entrare?»

«Certo» rispose Lettie. «Sto solo cercando di preparare Autumn per la notte.»

Autumn cominciò a piangere.

«Accidenti.» Terri si precipitò dalla bambina. «Posso prenderla in braccio? Sono abbastanza brava con i neonati.»

Lettie annuì e Terri sollevò la piccola e le massaggiò la schiena.

Quando un robusto ruttino echeggiò nella stanza, tutte scoppiarono a ridere.

«Prego, sedetevi.» Lettie indicò un divanetto e due poltroncine nel salottino adiacente alla camera da letto.

Quando furono sedute, Abby si schiarì la gola. «Sai già quanto io ami questa locanda. E adesso che è diventata un piccolo hotel, penso di poterti essere molto utile.» Con un cenno del capo indicò Terri. «Entrambe possiamo esserlo.»

Lettie guardo l'una e poi l'altra. Erano state un meraviglioso complemento alla squadra speciale per quel periodo festivo.

«Cosa ne dici di assumerci a tempo pieno? Io ti aiuterei con gli affari e Terri con la cucina. Come già sai è una cuoca straordinaria. Ed è proprio così che ci siamo incontrate.»

«In un ristorante italiano.» Terri sorrise ad Abby.

«Non sono sicura di quanto potrei permettermi di pagarvi.» Lettie era affascinata all'idea.

«Beh, io posso continuare con le mie consulenze e ogni tanto aiutarti con i tuoi affari.»

«E io aiuterò Paloma con la cucina» disse Terri. «Mi ha detto che non è abituata a fare da mangiare per molte persone. Ma io sì.»

«Penso che si possa mettere in piedi un gran bel ristorante qui» commentò Abby. «Non ci sono molti locali raffinati qua in giro, e la popolazione sta aumentando. Avere buon cibo ti aiuterà ad avere più stanze occupate.» Sorrise. «Se ci lasci dormire nel capanno, contribuirà un bel po' alla retribuzione del nostro lavoro. Stiamo cercando un modo per andare via da San Francisco. Vivere e lavorare qui ci darà il genere di vita e di privacy che cerchiamo.»

La mente di Lettie cominciò felicemente a elaborare l'idea

di avere Abby e Terri ad aiutare nella proprietà. Paloma avrebbe potuto occuparsi meglio della gestione quotidiana della locanda, supervisionando le attività di Elisa e del resto della squadra. E Lettie avrebbe avuto tempo per dare seguito ai piani che aveva Rex per lei, imparare la coltivazione della vite e la produzione del vino.

«Adoro questa idea!» disse Lettie. «Parliamo a Paloma domani e organizziamo il tutto. Dobbiamo vedere le migliorie necessarie al capanno e metterle in atto.»

«Ottimo!» Abby saltò in piedi e diede un abbraccio a Lettie.

Si alzò anche Terri e le diede la bambina. «Non sai come ci hai reso felici. Prometto che non te ne pentirai.»

Lettie sorrise. Era del tutto sicura che fosse un'ottima mossa.

CAPITOLO SEDICI

L'arrivo di Abbi e Terry, in aggiunta alla pubblicità che seguì all'articolo di Susan Connell su *The Oregonian,* che parlava della meravigliosa nuova locanda e della giovane donna coraggiosa che ne era la proprietaria e la gerente, catapultò la locanda in una nuova era. Quando vide la sua fotografia sul giornale e lesse le parole che la riguardavano, Lettie si imbarazzò. Ma Abby era elettrizzata da tutta quella pubblicità e glielo disse.

Mentre la valle si popolava di nuove persone intenzionate a cimentarsi con la produzione del vino, cresceva anche la richiesta di locali di qualità in cui mangiare e bei posti in cui dormire. Invece di essere semplicemente un luogo in cui passare la notte, il Chandler Hill Inn divenne una destinazione di successo. Famosa per l'eccellente cucina, la locanda si sviluppò fino a divenire un rifugio per coloro che desideravano fuggire dalla loro vita frenetica e trascorrere qualche giorno in quella splendida campagna, staccando la spina dalla routine quotidiana.

Per molti anni a seguire, Lettie lavorò duramente alla locanda, sovrintese alla creazione e all'avvio della produzione vinicola e fece del suo meglio con una figlia che sembrava non essere mai soddisfatta delle attenzioni che le dedicava. Nelle sere in cui aveva la possibilità di passare del tempo con Autumn, era felice di rendersi conto di quanto sua figlia fosse intelligente, determinata e divertente. Il tempo più piacevole era quello speso leggendole delle storie, raggomitolata nel letto con lei. Lettie aveva sempre utilizzato i libri come un modo per scappare, ma ora erano il mezzo che usava per creare a sua figlia dei ricordi sulla casa e i luoghi in cui viveva.

Una sera Autumn la fece scoppiare a ridere quando le chiese, con gli occhi spalancati: «Ma noi viviamo in un castello?»

«No-o-o. Viviamo in una locanda, il che è come vivere in una casa molto grande.»

«Ma allora, perché tutti mi chiamano "Principessa"?» obiettò Autumn.

Lettie circondò la figlia con un braccio. «Perché ti vogliono un sacco di bene.»

«Ho capito. Allora dovresti chiamarmi "Principessa" anche tu.»

Lettie rise. Autumn sembrava non essere mai soddisfatta delle attenzioni che riceveva.

Alla locanda, le cose continuavano a cambiare e svilupparsi mentre Lettie metteva a punto e realizzava i suoi progetti. Nell'edificio principale, ampliò la cucina e vi aggiunse una sala colazioni separata, mentre aprì la biblioteca sul soggiorno, per offrire agli ospiti vino, birra, bibite e stuzzichini la sera. Costruì un centro per gli eventi speciali, separato dall'edificio principale, in cui ospitare funzioni e incontri privati, inclusi i ricevimenti di nozze. L'aggiunta di pergolati con piante fiorite, un gazebo ed eleganti panchine creò delle zone incantevoli per scattare le fotografie dei matrimoni.

Infine, nel 1979, quando Autumn aveva otto anni, ci fu un blind test[3] tra il Pinot Nero americano e il Borgogna francese: in quell'occasione, il Pinot Nero Eyrie South Block Reserve del '75 della cantina David Lett ottenne il secondo posto, appena dietro il Chambolle-Musigny del '59 del famoso produttore di

---

[3] Assaggio di prodotti alimentari privati dell'etichetta per evitare agli assaggiatori di farsi influenzare dal marchio di produzione. NdT

Borgogna Joseph Drouhin. Nella valle, tutto andò assolutamente fuori controllo. Nessuno voleva rimanere escluso dalla corsa alla coltivazione della vite e ogni singolo pezzo incolto dell'argilloso terreno della Willamette Valley venne accaparrato. Gli allevamenti di tacchini scomparvero per lasciar posto alle vigne. I noccioleti acquistarono importanza. E un certo Rod Mitchell comprò 50 acri di terra confinante con Chandler Hill.

Due anni più tardi, con il beneplacito di Lew e Bernie, Lettie diede il via alla costruzione del capannone per la degustazione, concepito da Rex.

Abby, sempre in viaggio per le sue attività di consulenza, accettò di occuparsi della struttura, una volta pronta. La loro idea era di non dedicarla semplicemente all'assaggio dei vini. Doveva essere un punto vendita per qualsiasi prodotto collegato all'enologia, inclusi bicchieri e bottiglie, attrezzature per la mescita e lo stoccaggio, artigianato, abbigliamento e articoli da regalo di ogni genere.

Il giorno in cui dovevano essere gettate le fondamenta, Lettie era presente con Abby, Terri, Paloma e Autumn, tutte quante intente a osservare la betoniera che versava il carico di cemento.

«Voglio aiutare Zia Abby con il negozio» annunciò Autumn. «Lo so fare.»

«Certo che sì.» Terri scoppiò a ridere. «Non credo esista qualcosa che tu non sia in grado di fare.»

«Tranne tenere in ordine la sua stanza» disse Lettie, sollevando un sopracciglio in direzione di sua figlia.

«Ma dai, mamma! Abbiamo le domestiche, per quello» replicò Autumn.

Lettie scosse la testa. A dieci anni, lei già cucinava e faceva le pulizie per la sua famiglia affidataria.

Abby scompigliò i capelli castano rossicci di Autumn. «Ci si aspetta che tu dia una mano. Chiaro?»

Il broncio di Autumn scomparve. «D'accordo.»

Si voltarono in direzione di un uomo dai capelli grigi che si avvicinava. «Sembra proprio che avremo un capannone per la degustazione, eh?»

Lettie sorrise a Ben Kurey, l'uomo della Napa Valley che Rex aveva coinvolto, anni prima, come consulente per aiutare con l'avviamento dei vigneti. Quando, più avanti, le attività di viticultura in Oregon erano diventate sempre più diffuse, Ben aveva lasciato la California per dare supporto a parecchie altre imprese. Ma era sempre rimasto fedele a Lettie. Ormai erano Lettie e Scott, nipote di Ben, i viticultori di Chandler Hill.

Lettie scorse Rod Mitchell, in jeans e camicia di flanella, dirigersi verso di loro. Vedendolo, il suo battito accelerò. Alto e di bell'aspetto, aveva lineamenti marcati, ma eleganti, occhi azzurri, naso importante e mascella volitiva. Riusciva a farla sentire attraente solo rivolgendole un semplice sorriso.

«Ciao, Rod!» strillò Autumn, correndogli incontro. «Vieni a vedere. Questo capannone sarà mio. Aiuterò Zia Abby a gestirlo.»

«Mi sembra una bella idea» rispose Rod, con una piega divertita dello sguardo.

«Per te, Autumn, è il signor Mitchell. E per il resto, vedremo.» Lettie mise un braccio intorno alle spalle di Autumn e lanciò un'occhiata di scuse a Rod.

L'uomo le fece segno di non preoccuparsi. «È una buona cosa avere delle ambizioni, quando si è ragazzi» rispose, con tranquillità. «A proposito, spero di riuscire a trascinarti via da qui per portarti a cena. È passato un bel po' di tempo, dall'ultima volta.»

«Posso venire anch'io?» chiese Autumn speranzosa.

Rod scosse la testa. «Magari un'altra volta.» Si voltò verso

Lettie. «Che ne dici?»

«A cena, volentieri» rispose Lettie. «Non c'è molto movimento alla locanda, per i prossimi uno o due giorni.» Anche se pronunciava lentamente le parole, aveva il battito accelerato per l'attesa. Aveva già deciso che, quando Rod le avesse chiesto di andare a casa sua per un ultimo drink, gli avrebbe finalmente detto di sì. Era un bel po' che uscivano insieme.

Il sorriso che illuminò il volto di Rod gli fece brillare gli occhi azzurri. Era un uomo vicino ai cinquanta, imprenditore di successo che si era arricchito nell'industria elettronica e abituato a ottenere quello che voleva. Ma Lettie non si faceva impressionare dalla sua insistenza. Rod le ricordava Rex nell'aspetto e Kenton nella sua determinazione ad averla vinta con lei. Lettie pensò che era lusingata dal suo corteggiamento.

Dopo che Rod se ne fu andato, Terri le diede una gomitata. «Allora esci con il signor Fantastico, eh?»

Lettie rise. «Vedremo se è fantastico per davvero. E comunque, mi farà bene uscire dalla solita routine.»

«Visto che la tua solita routine è lavorare ventiquattr'ore al giorno e ignorare tutti quelli che osano provarci con te» la prese in giro Terri.

«Ma dai, lo sai che sono stata troppo impegnata a far partire questa attività e a cercare di mettere a punto la produzione del vino, per prendere in considerazione di vedermi con qualcuno.» O di passare un po' di tempo con mia figlia, pensò, in un attacco di sensi di colpa.

«Sì, ma sei troppo giovane per abbandonare l'idea di avere una vita amorosa. Sono passati dieci anni da quando Kenton se n'è andato. Io e Abby siamo contente di vedere che ti interessa uscire di casa un po' di più. E sarà meglio anche per Autumn. È circondata da donne e c'è bisogno di una figura maschile nella sua vita.»

«Vedremo» rispose Lettie.

Più tardi quella mattina, Lettie considerò la situazione nella locanda. Lei, Abby, Terri e Paloma erano ormai un gruppo consolidato, che sovrintendeva a tutte le attività di Chandler Hill. Sapeva che nella zona le chiamavano "La Sorellanza" e facevano anche delle battutacce su di loro, ma non le importava. Però, come diceva Terri, sarebbe stato salutare introdurre un uomo in quel disegno. Ma, ancora una volta, che tipo di uomo avrebbe voluto lavorare con loro?

Entro sera, Lettie si era convinta di aver voglia di rilassarsi e divertirsi con Rod. Sarebbe stata una svolta salutare, sia per lei che per sua figlia.

Mentre si vestiva Autumn arrivò nella stanza e si gettò per traverso sul suo letto. «Ma devi proprio uscire, stasera? Voglio che resti a casa.»

«Le madri hanno bisogno di uscire, ogni tanto, e fare qualcosa per proprio conto» rispose Lettie, scacciando il senso di colpa che minacciava di prosciugare tutta la sua esaltazione precedente. Si domandò se tutte le madri ricevessero le stesse richieste, o se fosse una sua esclusiva, in quanto dedicava alla figlia troppo poco tempo.

«Tu piaci al signor Mitchell, mamma. Ma vorrei piacergli anch'io.»

Lettie guardò sua figlia, incerta su come risponderle. Le rivolse un sorriso rassicurante e disse: «Il signor Mitchell è sempre felice di vederti.»

«Può darsi. Ma allora dovrebbe portare fuori a cena anche me.»

«Un giorno, avrai un mucchio di uomini che ti chiederanno di uscire a cena» continuò Lettie, indossando un paio di orecchini. «Ma parliamo dei compiti. Li hai finiti?»

«Uff, sei la solita noia» annunciò Autumn prima di lasciare la stanza con una falcata teatrale.

Lettie osservò la figlia uscire e si domandò perché loro due non riuscissero mai ad andare d'accordo. Aveva sentito parlare di altre madri e figlie che discutevano. Magari era normale.

Si voltò verso lo specchio ed esaminò il semplice abito beige che aveva scelto per la serata. Mica male, pensò, lisciando il tessuto che fasciava le seducenti curve dei suoi fianchi. Fece scorrere le dita tra i capelli. La moda richiedeva acconciature vaporose, e i suoi riccioli biondo fragola erano più che felici di assecondarla. Curva in avanti, Lettie si avvicinò allo specchio per controllare il trucco degli occhi. Il mascara ne accentuava la forma rotonda, e l'ombretto verde faceva risaltare il colore turchese. Soddisfatta di avere fatto il meglio che poteva, si raddrizzò.

Rod la squadrò raggiante quando la vide entrare nel salotto della locanda. «Sei incantevole.»

«Grazie.» Lettie sentì le guance infiammarsi. La guardava come se volesse prenderne un boccone.

«Pensavo di andare da *Nick's* per cena e poi a casa mia» disse Rod aiutandola a indossare il cappotto.

«Per me va bene» rispose Lettie, mentre si diceva che era ormai arrivato il momento di capire in che direzione potesse andare quel rapporto.

Nella cittadina di McMinnville le vie non erano affollate. Di solito, i giorni di metà settimana erano abbastanza tranquilli. Rod parcheggiò l'automobile e andarono a piedi al ristorante italiano, che era sempre uno dei suoi preferiti.

All'interno, li accolsero dei profumini deliziosi. C'era qualcosa nell'aroma di aglio, pane e pomodoro che stimolava immancabilmente l'appetito di Lettie.

Rod scelse un tavolo che guardava sull'ingresso e, come lei si aspettava, salutò chiamando per nome la maggior parte delle persone che vide entrare. Era in città solo da due anni, ma conosceva già molta più gente di lei. Un'altra ragione, si disse, per uscire un po' più spesso.

Dopo aver cenato, Rod la aiutò a salire in macchina, una Ford Thunderbird, e si diressero verso casa sua.

Mentre Lettie guardava fuori dal finestrino la campagna nascosta nell'oscurità, un brivido di preoccupazione le scosse le spalle. Erano più di dieci anni che non era in intimità con un uomo e, pur essendo ancora giovane, si sentiva vecchia e logora. E parecchio intimidita.

Quasi accorgendosi del suo nervosismo, Rod allungò una mano e strinse la sua. «Ci rilassiamo davanti al fuoco, beviamo un altro calice di vino, e godiamo semplicemente dello stare insieme.»

Lettie restò in silenzio. Se non ricordava male, qualcuno aveva detto che fare sesso era come andare in bicicletta: una volta che hai imparato, non lo dimentichi più.

La casa di Rod era una versione moderna della tipica casa colonica d'epoca Vittoriana, con davanti un'ampia veranda che sovrastava le colline della vallata. Le pareti esterne erano rivestite di legno dipinto in una piacevole sfumatura di grigio, su cui risaltava il portone d'ingresso rosso brillante. Finiture color bianco avorio orlavano le finestre ad arco e le doppie portefinestre che conducevano al portico a vetrate. Una torre cilindrica si ergeva dall'angolo estremo della casa, come un faro che accogliesse i visitatori.

L'interno della casa era così aperto e luminoso da risultare molto gradevole. Anche se, osservandolo nuovamente, Lettie si ricordò perché non era stata a suo agio con i precedenti approcci di Rod. Infatti, benché amasse la spaziosità degli ambienti, quella mancanza di pareti divisorie le toglieva la privacy di cui aveva bisogno durante le fasi preliminari.

Seguì Rod in cucina e rimase lì impalata mentre lui stappava una bottiglia di vino e versava il liquido rosso rubino in due calici a stelo.

«Prego, si tolga il cappotto, si fermi per un po'» scherzò lui, accorgendosi che era ancora infagottata.

Lettie rise, sentendosi un po' sciocca. «Non le dispiace?» Si tolse lo strato esterno e lo appoggiò su una sedia.

In salotto, Rod accese la legna che aveva preparato nel camino e si sedette di fianco a lei sul lungo divano grigio davanti al fuoco. Abbassò la luce dei faretti incassati nel soffitto, rendendo più romantica l'atmosfera.

«Che ne dici di un po' di musica?» chiese.

Lettie rispose al suo sorriso. «Va bene.»

Rod si alzò e, dopo avere armeggiato un po' con lo stereo, dagli altoparlanti delle casse ai lati del camino si sprigionò il suono sommesso di una musica jazz.

«Ecco fatto» disse, tornando da lei sul divano. «Adesso va meglio.»

Lettie emise un lungo sospiro soddisfatto. Dopo tutto il tempo trascorso a occuparsi costantemente dei bisogni e dei desideri degli altri, era una bella sensazione potersi sedere e rilassare. Non si era resa conto di quanto le mancasse avere del tempo per sé o condividerlo con una persona come Rod.

Lui si voltò a guardarla. «Ti hanno detto di recente che sei bellissima?» Ravviò un ricciolo che le scendeva su una guancia. I suoi occhi fissi su di lei provocarono un fremito di eccitazione attraverso il suo corpo. Sapeva che la voleva baciare. Resistendo al desiderio di allontanarsi, si curvò in avanti.

Le labbra tiepide di Rod accarezzarono le sue in un bacio che divenne più esigente. Lei si rese disponibile alla sua lingua e sentì che nuove sensazioni le si riversavano dentro. Le mani di Rod si spostarono a catturarle i seni.

Quando fece un gemito sommesso, lui la sollevò appoggiandosela in grembo e la strinse a sé.

Lettie si appoggiò contro il suo petto ampio, perché le piaceva la forza di quella stretta.

«Vogliamo andare di sopra?» La voce gli uscì in un rantolo sexy che le avvolse la spina dorsale in un vortice di brividi. «Sei pronta?»

«Sì» mormorò Lettie. Era fuggita via troppo a lungo dalle emozioni che provava per gli altri.

La aiutò ad alzarsi dal divano, la prese per mano, e la condusse su per le scale alla camera da letto principale.

Lettie si concesse un attimo per guardarsi in giro. Attraverso un lucernario si vedevano le stelle luccicare nel cielo scuro, come desideri in attesa di essere esauditi.

«Bello, vero?» disse Rod e si mise dietro di lei, avvolgendo le braccia intorno al suo corpo. «Ho sognato molte volte di fare l'amore con te sotto queste stelle.»

Lettie si girò verso di lui.

La baciò a lungo, finché entrambi non vollero di più.

Senza altre parole, Rod la sollevò tra le braccia e la portò fino al letto matrimoniale, dove la appoggiò di nuovo a terra.

«Togliamo questo vestito» sussurrò con voce roca.

Lettie si sfilò il vestito e lo guardò scivolare a terra, esponendo il suo corpo. Fu contenta di aver indossato le mutandine rosa di pizzo e il reggiseno coordinato, che per capriccio si era comprata di recente.

Rod si tolse camicia e pantaloni, e infine i boxer, rendendo evidente quanto fosse pronto per lei.

«Sei un po' troppo vestita» disse, rivolgendole un sorriso scherzoso. La aiutò a sfilarsi il reggiseno e le fece scivolare le mutandine giù per le gambe.

Lettie prese fiato, scacciando l'idea che le sue sottili smagliature fossero un problema. Dal sorriso che illuminava il volto di Rod, capì che non se ne preoccupava minimamente.

«Ah, Lettie, sei meravigliosa esattamente come mi aspettavo» mormorò, avvolgendola nel proprio abbraccio. La assalirono alcuni ricordi di quando aveva fatto l'amore con Kenton e si obbligò a concentrarsi su Rod.

«Vieni» disse lui. Le porse una mano, e lei la prese.

Sopra il letto, si distesero insieme, abituandosi l'uno all'altra con delicatezza e buon gusto.

«Pronta?» le sussurrò Rod nell'orecchio.

Quando Lettie annuì, lui entrò dentro di lei e si mossero all'unisono, in una danza antica come il tempo.

Più tardi, mentre Rod dormiva al suo fianco, Lettie alzò lo sguardo verso le stelle. Fare l'amore con Rod era stato appagante, ma era sopraffatta dai sensi di colpa. Dopo Kenton, non era stata con nessun uomo. Pensando a lui, si domandò cosa sarebbe stata la sua vita se non fosse stato ucciso. La sua morte in così giovane età sembrava senza senso, adesso come allora.

Silenziosamente si alzò dal letto e andò in bagno a rinfrescarsi.

Rod si stiracchiò e, quando si accorse che Lettie si rivestiva, le chiese: «Non ti puoi fermare?»

Lei scosse il capo. A prescindere da quanto le sarebbe piaciuto passare la notte con lui, lei non voleva... non poteva. Autumn era una bambina sensibile e Lettie non voleva che si mettesse in mente che sua madre era una che faceva sesso in giro.

Se la relazione tra lei e Rod si fosse sviluppata in qualcosa di più durevole, doveva essere qualcosa per cui sua figlia potesse provare rispetto.

CAPITOLO DICIASSETTE

Da quando aveva permesso a Rod di entrare nella sua vita, le giornate di Lettie erano divenute più dense e più felici. Era uscita con altri, in precedenza, ma non era mai andata oltre un paio di cene informali. Con Rod, stava vivendo un nuovo senso di libertà. Fare l'amore con lui non aveva la passione selvaggia di quando era stata con Rafe, né la dolce tenerezza con Kenton, ma le piaceva molto. Non aveva idea di dove tutto ciò l'avrebbe condotta ed era contenta – per la prima volta nella vita – di prendere le cose come venivano, invece di seguire un piano predisposto per lei da qualcun altro.

Poiché Rod era molto estroverso, aveva cominciato a conoscere molte nuove persone della valle. Parecchie venivano dalla California, sperando di avviare la produzione di Pinot Nero, che stava avendo ottimi riscontri sul mercato. Lettie sapeva per esperienza quanto l'uva fosse sensibile e instabile. Ma dopo aver lavorato con Scott per parecchi anni, avevano cominciato a produrre del Pinot straordinario: fruttato, morbido e con un buon corpo.

Lettie era lusingata dall'interesse dimostrato da Rod per la produzione vinicola di Chandler Hill. Aveva persino suggerito che introducesse nel suo mix alcune uve dalle sue vigne, cosa che lei aveva gentilmente declinato. Non desiderava intrusioni altrui nel suo processo produttivo.

Il suo vigneto aveva ora quattro appezzamenti o blocchi, ciascuno con delle qualità distintive. Chandler Hill Reserve era ancora il cavallo di battaglia, ma la varietà Chandler Hill Kenton era particolarmente ricercata.

Lettie amava il processo di produzione del vino e stava diventando nota per il suo palato. Così come era stata in grado di identificare le diverse componenti del vino, la prima volta che l'aveva assaggiato con Rafe e Kenton, così sapeva distinguere quando e come i diversi grappoli del vigneto fossero pronti per la pigiatura. Nessuno la uguagliava nella capacità di determinare quando il contenuto zuccherino degli acini era perfetto per la raccolta.

La produzione vinicola andava bene, ma la locanda si comportava anche meglio. Avevano aggiunto alla proprietà una piscina e una piccola spa, rendendola ancora più appetibile. Paloma continuava ad aiutare nella gestione della locanda. Lettie sospettava che le lunghe ore che trascorreva al lavoro fossero un modo per stare alla larga dal marito, che era tornato dal Vietnam arrabbiato ed emotivamente segnato. Lettie, Abby e Terri avevano provato a parlare a Paloma dei lividi che avevano notato su di lei, ma Paloma aveva rifiutato ogni proposta d'aiuto, sostenendo che non fosse niente di che.

Dopo il germogliamento di aprile, osservarono attentamente le gemme che crescevano. Quando in giugno ci fu la fioritura, cominciò il periodo più intenso di lavoro sulla parete di fogliame, per assicurare che ci fosse sufficiente spazio e nessuna foglia coprisse le altre.

Un giorno, Paloma arrivò alla locanda più presto del solito, con entrambi i figli al seguito. Lettie diede un'occhiata al suo volto malconcio e subito chiamò Terri che era in cucina, perché venisse in salotto.

Parlando con tutta la calma possibile le chiese: «Potresti portare Mikey e Isabel in cucina a far colazione? Io e Paloma arriviamo tra poco. E puoi assicurarti anche che vadano a scuola, per favore?»

Con gli occhi sgranati, Terri guardò Paloma e poi Lettie.

«Certamente. Venite ragazzi, prepariamo qualcosa di speciale per colazione.»

Con i bambini fuori dalla stanza, Paloma si lasciò cadere sul divano e cominciò a piangere. «Non ce la faccio più. Ho creduto che Manny stesse per ammazzarmi. Voleva farlo. Pensava che fossi un tizio nella giungla pronto a ucciderlo. Voglio bene a Manny, ma la persona che conoscevo se n'è andata da tempo. L'uomo con cui vivo adesso è un mostro.»

«Gli serve aiuto, e anche a te» disse Lettie, sedendosi vicino a lei e mettendole un braccio attorno alle spalle. «Adesso ti porto all'ospedale di Salem. Hai bisogno che diano un'occhiata alla tua faccia. Sei ferita da qualche altra parte?»

Paloma si arrotolò le maniche della camicia. I lividi che le deturpavano le braccia cominciavano a gonfiarsi. «Ho cercato di difendermi. Mikey ha persino provato a fermarlo, ma Manny era perso in uno dei suoi incubi.»

«D'accordo, andiamo. Tu vai alla mia automobile, io parlo a Terri e ai ragazzi.»

«Mia madre può tenerli» disse Paloma. «L'ha fatto altre volte.»

Con un attacco di nausea, Lettie andò in cucina. Mickey aveva tredici anni e Isabel undici: erano grandi abbastanza per aver visto e sentito cose traumatizzanti.

Sulla porta della cucina chiamò Terri con un gesto e le spiegò a bassa voce quello che Paloma aveva detto. Poi si rivolse ai ragazzi. «Adesso porto vostra madre a Salem dal dottore. Appena so qualcosa vi chiamo. Verrà la nonna per portarvi a casa con sé.»

Gli occhi di Isabel erano gonfi di lacrime. «Il papà ha fatto male alla mamma.»

«Sì, lo so» rispose Lettie. «Faremo in modo che lei guarisca e che il papà venga aiutato.»

Mikey era in piedi, con i pugni contro i fianchi e uno

sguardo di angoscia negli occhi. «Ho provato a fermarlo.»

Lettie gli appoggiò una mano sulla spalla e lo guardò negli occhi. «Non potevi. Nessuno avrebbe potuto. Non è colpa tua. Faremo in modo che qualcuno aiuti voi e lui.»

All'ospedale, chiamarono la polizia per interrogare Paloma. Presero fotografie del suo viso, delle braccia e del busto. Sarebbero state usate in futuro come prova, per obbligare il marito a entrare in un programma di riabilitazione. La sindrome post-traumatica da stress colpiva molti soldati al rientro a casa. A suo modo, era una battaglia difficile quanto quelle che avevano combattuto nel sud-est asiatico.

Il naso di Paloma era fratturato e aveva perso un dente, ma per fortuna la mandibola non era rotta. Ci sarebbero volute comunque molte settimane per far scomparire i segni delle violenze. Lettie osservava l'amica, seduta di fianco a lei nell'auto, sapendo di dover fare qualcosa.

«Cosa ne dici di trasferirti alla locanda con i ragazzi? Pensavo di costruire una piccola dependance nella proprietà, per me e Autumn. Quando sarà completata, sarei felice di cederti il mio appartamento privato. Nel frattempo, potete stare in una delle suite grandi. Tu e i bambini avrete tutta la tranquillità e il riserbo necessari. E sono sicura che Autumn sarà felice di avere compagnia.

Negli occhi di Paloma spuntarono calde lacrime, che presto le rigarono le guance segnate dai lividi. «Faresti questo per me?»

«Certamente» rispose Lettie senza esitazione. «Paloma, sei la mia migliore amica. Tu e Abby e Terri siete tutto per me.»

Paloma abbassò il capo e cominciò a piangere sommessamente. «Abbiamo già ricevuto un ordine di sfratto per la casa che abbiamo in affitto. Con Manny disoccupato, non siamo riusciti a stare dietro ai pagamenti.»

«Perché non me l'hai detto?» Lettie le prese la mano. «Potevamo sistemare le cose.»

«Non ce l'ho fatta.» A Paloma tremavano le labbra. «Non avevo il coraggio di dire a nessuno com'era tremenda la situazione a casa. Quanto mi sentivo minacciata, com'ero spaventata. Dovevo mantenere una facciata coraggiosa per i ragazzi.»

«Adesso conoscono la situazione» rispose Lettie. «E penso sia un'altra buona ragione per restare alla locanda con me. Tra un po' finiranno le scuole, e lì potranno tenersi occupati.»

«Ti ricordi il primo Ringraziamento che hai trascorso qui? Quando ti ho conosciuto eri una dolce ragazzina. Ma, Lettie, sei diventata una donna meravigliosa. Vorrei che Rex e Kenton potessero vedere che progressi incredibili hai fatto, come hai trasformato la locanda, tutto quanto.»

«Da allora sono successe tante cose» disse Lettie. «E, comunque, mi sei subito piaciuta.»

Paloma le rivolse un sorriso storto che la fece trasalire. «Anche tu a me.»

La fine della primavera balzò nell'estate come un bambino che salti dalla gioia. La locanda era affollata come sempre, e gli ospiti arrivavano a vedere con i loro occhi tutte le novità nella valle. Con Paloma e i ragazzi sul posto, tutto prese a scorrere secondo ritmi più tranquilli. Isabel e Autumn diventarono ottime amiche, Mikey cominciò ad andare dietro a Scott che controllava il fogliame delle viti, e la presenza di Paloma diede a Lettie più tempo per occuparsi della sua nuova casa.

Come le capitava spesso quando doveva prendere delle decisioni importanti, passò parecchio tempo nel boschetto. Seduta su una panca di pietra che aveva sistemato tra i pini, all'ombra delle fronde, le veniva più facile esprimere ad alta voce i suoi pensieri e ragionare sulle diverse alternative. Era un modo per schiarirsi le idee e pianificare il futuro come avrebbero fatto insieme, se avessero potuto.

Lettie decise che voleva costruire qualcosa di dimensioni contenute e nascosto alla vista dalla locanda, con uno stile contemporaneo. Il tempo trascorso con Rod l'aveva convinta a optare per spazi aperti e luminosi, e linee pulite. E lucernari.

Lavorando con l'architetto che aveva disegnato parecchi progetti per la locanda, arrivarono presto a definire la soluzione che rispondeva ai suoi bisogni e desideri. Essendo cresciuta in un ambiente instabile, la costruzione di una nuova abitazione era molto importante per lei.

Lettie trascorreva un po' di tempo ogni giorno a controllare i progressi della casa che aveva già cominciato ad amare. Per la prima volta, un progetto per quella proprietà non era sviluppato sulla base delle idee di Rex. Lui non aveva mai pensato a un'abitazione privata per lei, ma era certa che gli sarebbe piaciuto quello che lei stava facendo.

Rod la incontrava spesso in cantiere. Quando cominciò a fare commenti sulle cose che non gli piacevano, Lettie fece del suo meglio per ignorarlo. Era il suo progetto, non quello di Rod.

Ma un pomeriggio, quando lui suggerì di prolungare il viale d'accesso fino a casa sua, in modo da poter unire le due proprietà, sentì un colpo al cuore. Ebbe l'inquietante sensazione che i terreni fossero il suo interesse fin dal principio.

«Cosa stai dicendo, Rod?» gli chiese, con voce falsamente tranquilla.

«Immaginavo che, quando fossi riuscito a convincerti a sposarmi, avremmo unito le due attività» rispose lui, ammiccando.

«E chi avrebbe dovuto gestire l'insieme delle proprietà?» domandò, ogni parola raggelata dalla costernazione.

«Beh, sono stato un uomo d'affari di grande successo. Non c'è ragione per cui non possa occuparmi di entrambe le attività.»

A Lettie si serrò lo stomaco. «È stato questo il tuo piano, fin dall'inizio? È per questo che volevi metterti con me? Per Chandler Hill?»

Mentre aspettava la risposta, avvolse le braccia intorno a sé, nel vano tentativo di tenere a bada il dolore.

Rod avvampò. Distolse lo sguardo e poi si voltò nuovamente verso di lei. «All'inizio, sapere che Chandler Hill era tua può avermi spinto a iniziare una relazione, ma lo sai quanto tengo a te. Che c'è di sbagliato se un uomo vuole prendersi cura della sua donna?»

La rabbia cresceva dentro Lettie come un leone pronto ad attaccare. Si raddrizzò in tutto il suo metro e sessanta. «Per prima cosa, non mi considero affatto "la tua donna". E non abbiamo nemmeno mai parlato di matrimonio, maledizione! Probabilmente perché già sapevi quale sarebbe stata la mia risposta. Non potrei mai lasciare Chandler Hill né lasciare che la gestisca qualcun altro. Mai e poi mai. Lo devo a Rex e a Kenton. È mio dovere rispettare il loro volere, riguardo a questa proprietà.»

«Suvvia, Lettie» disse Rod, con una sfumatura sgradevole nella voce. «Se ne sono andati entrambi da tempo, e fino a oggi hai fatto tutto quello che hanno chiesto. Non è l'ora che tu abbia una vita normale, con un marito vivente e una famiglia?»

Lettie appoggiò i pugni sui fianchi e lo gelò con lo sguardo. «E tu? Dovrei essere la terza della tua sfilza di mogli? No, grazie. In quanto a famiglia, ho già la mia.»

«La tua? Intendi, tutte quelle donne che vivono assieme,

facendo Dio sa che cosa?»

Quelle parole la colpirono con un livore che non credeva Rod possedesse. Appoggiò una mano alla guancia e fece un passo indietro. «Esci immediatamente dalla mia proprietà. Non voglio vederti mai più.»

«Te ne pentirai. Noi due insieme avremmo potuto fare grandi cose con questo posto.»

«È l'ambizione che abbiamo tutti» rispose Lettie. «Ora vattene.»

Rod la guardò, strizzando gli occhi. «Pensavo che fossi più sveglia. Pensavo che sapessi riconoscere un affare, quando lo vedevi. Un giorno, ti accorgerai che avevo ragione.»

«Oggi, so di avere ragione» disse Lettie. «Mi spiace solo di averci messo tutto questo tempo a capire che tipo sei.»

Borbottando sulle donne che pensano di essere più intelligenti di quello che sono, Rod si diresse a lunghe falcate verso il suo camioncino, saltò su e se ne andò in un rombo di motore.

Lettie lo guardò andarsene e entrò nella casa. Si sedette su una pila di assi di legno e si coprì la faccia con le mani. Si sentiva così... stupida! Com'era possibile non aver visto, al di là dei complimenti di Rod, le sue reali intenzioni, l'uomo che era davvero?

Decise di parlare a Joe Lopez il giorno seguente perché si occupasse di mettere una recinzione al confine tra la proprietà di Rod e la sua. Aveva la sensazione che i problemi tra loro non fossero affatto risolti.

Si alzò in piedi, con nuove energie e determinazione.

Mentre superava la collina che conduceva alla locanda, si prese un attimo per contemplare la scena che aveva di fronte. La locanda era ancor più imponente e magnifica della prima volta che l'aveva vista. Adesso la casa era solo il cuore della locanda, che si estendeva da entrambi i lati. Dietro la casa erano stati aggiunti la piscina, la veranda e degli edifici di servizio. Da una parte c'era il nuovo capannone per la degustazione, dove gli ospiti venivano accolti dalla promessa degli ottimi prodotti all'interno. Al fienile per gli animali, che serviva soprattutto a conservare il concime organico per le vigne, era stato aggiunto un garage per il riparo del trattore e delle automobili sue e dei dipendenti. Il capanno ristrutturato dove vivevano Abby e Terri era riparato da un boschetto.

Lettie sapeva molto bene che straordinario risultato aveva ottenuto, grazie ai progetti originali di Rex e alla propria determinazione nel realizzarli. Nessuno gliel'avrebbe portato via.

CAPITOLO DICIOTTO

Lettie continuò a profondere le sue energie per la crescita e il successo della locanda. Avere una propria casa dove potersi sottrarre alle pressioni quotidiane era per lei una vera benedizione. C'erano volte in cui aveva un bisogno disperato di sfuggire alle responsabilità del suo lavoro. Altre volte, invece, seduta per conto suo nella casa, dopo che Autumn era andata a dormire, le sembrava di morire di solitudine. Solo in quei momenti, ammetteva con se stessa il desiderio di avere qualcuno con cui dividere la sua vita.

Mentre gli anni passavano, la sua principale preoccupazione era sua figlia Autumn. Era sempre stata una ragazza schietta e testarda. Da adolescente, divenne quasi impossibile tenerla sotto controllo, e Lettie si attribuiva la colpa di tutto ciò. Non era mai stata in grado di darle tutta l'attenzione che meritava. Ma anche se quel pensiero la riempiva di rimorsi e la faceva sentire inadeguata, nel profondo era convinta di aver cercato di fare del suo meglio, viste le circostanze. Ma quello non migliorava la situazione.

L'anno in cui Autumn compì sedici anni, fu sospesa da scuola per aver fatto uso di droga.

Quando Lettie fece sedere la figlia sul divano per cercare di parlarne, Autumn le rispose in modo sprezzante. «Non era mica eroina. Solo un po' d'erba. Sono settimane che mi stai addosso, e trovi sempre qualcosa che non va in quello che faccio. Sei solo gelosa perché Rod Mitchell mi considera attraente. Lo so perché me l'ha detto.»

Lettie impallidì. «Quando gli hai parlato? E perché

dovrebbe averti detto una cosa simile? Sei solo una ragazzina.»

«No, madre. Guardami. Sono una giovane donna. Chiedi ai miei amici di scuola. Sei troppo presa con questa locanda sperduta per riuscire ad accorgertene.»

Lettie guardò la figlia. Con i jeans e il top di maglia che esaltava i seni generosi, Autumn non era più una ragazzina, ma stava per divenire una donna. E, all'apparenza, non le dispiaceva mettere in mostra le sue curve. Si domandò come non l'avesse notato fino a quel momento, proprio come l'accusava Autumn.

«Per favore, Autumn... Lo sai quanto mi impegna il mio lavoro... quanto mi do da fare per te.»

«Tu lavori per te, non per me!» Autumn balzò in piedi. «Ho intenzione di trasferirmi da Abby e Terri. Loro capiscono cosa vuol dire per me essere tua figlia.»

Furiosa, Lettie si alzò. «Di questa cosa dobbiamo discutere. Non puoi ignorare tutte le regole. Devi essere responsabile. Un giorno, Chandler Hill sarà tua e dovrai essere pronta.»

«Non mi importa un accidente di Chandler Hill. Non me ne è mai importato e mai mi importerà.»

«Ma...»

«Me ne vado.»

Sbalordita, Lettie guardò la figlia precipitarsi fuori dalla casa. Quando finalmente si calmò, si chiese se Autumn non avesse ragione, e se non fosse lei a essere bloccata nel passato, a ubbidire a due uomini morti da lungo tempo. Anche Rod gliel'aveva detto a chiare lettere. Aveva trentacinque anni, e per gli ultimi sedici aveva dovuto crescere in fretta e prendersi la responsabilità di essere la sola – in così giovane età – a dover badare a Chandler Hill. A volte si sentiva intrappolata all'idea di non essere stata in grado di andarsene, ma come avrebbe potuto? Aveva promesso a Rex e Kenton che avrebbe onorato le loro volontà. Lei, una nullità proveniente da Dayton nell'Ohio, aveva avuto in dono la loro accoglienza, l'amore e un lascito generoso. Non avrebbe mai fatto nulla per rompere quella promessa, anche se a volte avrebbe voluto lasciarsi tutto alle spalle.

Dopo aver cercato più volte di ragionare con Autumn durante il secondo trimestre, alla fine Lettie si rivolse alle amiche per avere aiuto e consiglio. Sia Abbi che Terri suggerirono che fosse spostata in un istituto privato con regole più severe. Conoscevano un'amica che insegnava in una piccola scuola in California e pensavano di poter mettere una buona parola perché venisse accettata.

Alla fine dell'estate, e presi tutti gli accordi perché cominciasse in autunno nella nuova scuola, sedettero tutte e tre con Autumn per convincerla a fare un tentativo. Non ne avevano parlato prima perché temevano che rifiutasse, ma il periodo estivo l'aveva placata un po'.

«Che cos'hai da perdere?» domandò Abby ad Autumn, seduta sul divano davanti a loro, con le braccia conserte.

«La mia amica che insegna lì è davvero simpatica. Ti piacerà, e mi ha anche detto che i tuoi nuovi compagni sono fantastici» aggiunse Terri, sorridendo.

«Credo che sarai più felice, in questo modo» disse Lettie, con voce tranquilla. Anche se Autumn faceva finta che tutto andasse bene, sapeva che non era vero. Le sue vecchie amiche, come Isabel, non volevano avere più niente a che fare con la ragazza insopportabile che lei era diventata, e per Autumn era sempre più difficile nascondere quanto la cosa le facesse male.

«Va bene, facciamo un tentativo» convenne Autumn. «Odio vivere qui.»

Lettie si trattenne dal sollevare gli occhi al cielo e pregò che fosse una buona mossa per tutte loro. Cercare di tenere d'occhio sua figlia e combattere con lei ogni giorno era diventato logorante.

Con la partenza di Autumn, la vita a Chandler Hill si assestò secondo una routine più tranquilla. Lettie poteva dormire tutta la notte senza preoccuparsi che la figlia osservasse il coprifuoco o arrivasse a casa ubriaca o strafatta. Però, essersi liberata dalle preoccupazioni enfatizzava ancora di più la sua solitudine.

Abbi e Terri vivevano e lavoravano ancora nella proprietà, ma avevano bisogno di passare del tempo insieme. Paloma, che ora era vedova, era impegnata con i figli e una nuova fiamma. Il resto dello staff era o più giovane, o impegnato con la propria famiglia.

Disperata, Lettie accettò un invito a cena da Scott Kurey. Ma, anche se le piaceva lavorare con lui, si accorsero entrambi che non c'era alcuna scintilla romantica tra loro. Seguirono altri appuntamenti, ma Lettie si stancò presto di cercare di provare dei sentimenti che non c'erano.

Quando Autumn tornò a casa per le vacanze invernali, la abbracciò d'impeto con gioia sincera. «Sono così felice di averti a casa, Autumn! Non vedo l'ora di mostrarti le decorazioni natalizie! Sarà divertente averti qui per le vacanze. Mi sei mancata così tanto!»

Autumn si sottrasse all'abbraccio e la guardò imbarazzata. «Mamma, spero che non ti dispiaccia, ma ho promesso a Tiffany, la mia compagna di stanza, di andare a sciare con lei a Vail subito dopo Natale. Lo so che avrei dovuto chiedertelo prima, ma sapevo che saresti stata occupata con la locanda. Suo padre ti chiamerà per i dettagli.»

«Davvero?» Lettie dovette combattere per nascondere la delusione. «È stata carina a invitarti. Sarà divertente, immagino.»

«Sì, beh, i ragazzi della mia età che ci sono qui sono noiosi. Gran parte delle mie amiche di scuola sono state in Europa parecchie volte e hanno delle vite che qui non se le sognano nemmeno.»

«Anche se qualcuno non ha i soldi per viaggiare, questo non lo rende automaticamente noioso» ribatté Lettie. Poi si morse la lingua, vedendo che Autumn alzava gli occhi al cielo. Sperò che col tempo sua figlia diventasse più gentile, più disponibile a mollare quel muro di superiorità che si era recentemente costruita attorno. Intanto, la priorità di Lettie era cercare di rendere quelle vacanze il più gradevoli possibile. Autumn era sua figlia e, anche se a volte non le piaceva il suo modo di fare, le voleva bene.

La mattina di Natale, Lettie si alzò presto. Quello era l'unico giorno dell'anno in cui la locanda era chiusa, ed era tradizione che Lettie preparasse la colazione a Abbi e Terry. Di solito serviva loro dei cocktail mimosa con uova alla Benedict e i muffin alla nocciola che erano la specialità della locanda.

Lettie non vedeva l'ora che Abby e Terri arrivassero con i pacchetti che lei e le amiche avevano acquistato per Autumn.

Svegliata dal trambusto del loro arrivo, la figlia assonnata arrivò in cucina a lenti passi, ancora in pigiama.

«Buon Natale!» Abby le gettò le braccia al collo.

Terri abbracciò entrambe. «Buon Natale!»

In piedi un po' distante, Lettie si sentì esclusa, finché Terri non fece un gesto perché si unisse al gruppo.

Si strinsero tutte e quattro assieme finché, ridendo, Autumn disse: «Smettetela! Non riesco a respirare!»

Ma, anche solo per qualche secondo, una pace tranquilla si era stabilita tra loro, un momento prezioso, che Lettie sapeva che avrebbe sempre conservato con sé. E quando, più tardi,

Autumn aprì i pacchetti e vide i pantaloni da sci, il maglione, il cappello e i guanti per la vacanza a Vail, lacrime di gratitudine le riempirono gli occhi.

«Grazie davvero» disse con affetto. «Sono così emozionata all'idea di questa vacanza, e questi regali sono perfetti.»

«È tua madre che ha organizzato tutto» rispose Terri.

Autumn si girò verso Lettie. «Grazie, mamma.»

«Prego, tesoro» disse Lettie, accettando con piacere il breve abbraccio della figlia.

Con la locanda piena di gente che voleva passare l'ultimo dell'anno nella regione vinicola, Lettie non ebbe molto tempo per pensare al viaggio di Autumn, oltre ad augurarsi che stesse passando delle belle giornate. Il padre della sua compagna di stanza lavorava nell'industria del cinema, e aveva promesso alle ragazze che si sarebbero divertite.

La sera del 31 dicembre, Lettie si stava preparando per la cena quando suonò il telefono. Vedendo la chiamata extraurbana si agitò. Solo un pugno di persone aveva il suo numero di casa. Il cuore le batteva all'impazzata quando sollevò la cornetta. «Pro-pronto?» La voce era incrinata dalla preoccupazione.

«Parlo con Lettie Chandler? La madre di Autumn Chandler?»

«Sì» rispose, sentendo che il cuore le si fermava nel petto e poi riprendeva, irregolare. Era un altro caso in cui avrebbe perso qualcuno che amava?

«Mi spiace informarla che sua figlia ha avuto un incidente sugli sci. È ricoverata presso il centro sanitario di Vail Valley.»

«Oh, mio Dio! Come sta? Si riprenderà?» chiese Lettie, senza fiato.

«Si è rotta la gamba sinistra. Ci serve la sua autorizzazione per procedere con l'intervento e risistemarla, appena avremo ridotto il gonfiore. Il dottor Johnstone è un chirurgo ortopedico molto esperto e non prevede alcuna complicazione.»

«Sì, certo, fate tutto quello che è necessario. È possibile parlare con Autumn?»

«È sotto sedativi in questo momento, ma cercheremo di farla chiamare appena possibile. E, ovviamente, può chiamare lo studio del dottor Johnstone per parlare con loro. Il signor Bellinger e la figlia sono con lei, in questo momento.»

«Grazie.» La mente di Lettie vorticava, quando chiuse la telefonata. Era escluso che lasciasse che operassero Autumn in sua assenza. Ripensò alla sua paura di volare e, all'idea di prendere l'aereo, le venne la nausea. Chiamò Abbi, le spiegò la situazione, e accettò volentieri la sua offerta di chiamare la linea aerea al suo posto.

In aeroporto, Lettie inghiottì la pillola che le diede Abby.

«Questa ti aiuterà a tenere a bada l'ansia. Ti potrebbe dare sonnolenza, quindi stai attenta. Sicura che non vuoi che venga con te?»

«Tu servi qui alla locanda. Vorrei fare cambio con te, ma Autumn non me lo perdonerebbe mai, se non andassi.»

«Vedrai che il volo sarà più tranquillo di come ti aspetti» disse Abbi, accarezzandole un braccio.

Lettie sorrise amabilmente, anche se sapeva che niente le avrebbe potuto rendere tranquillo qualsiasi volo. L'unica cosa buona era che non sarebbe stata per aria per un lungo periodo di tempo. In tal caso, sapeva che non ce l'avrebbe fatta.

Intontita dal tranquillante, Lettie soffocò un urlo e si aggrappò ai braccioli del suo posto a sedere, mentre il piccolo aereo scendeva verso l'asfalto dell'aeroporto regionale della

Eagle County. Scorgendo la terraferma dal finestrino, gli occhi le si riempirono di lacrime di gratitudine. Si sentiva come se avesse attraversato molti continenti per arrivare fino a lì mentre, in realtà, aveva volato da Portland a Denver e poi fino a quel piccolo aeroporto.

L'assistente di volo la gratificò di un sorriso mentre Lettie si preparava a lasciare il velivolo. «Tutto a posto adesso, cara?» le chiese la hostess. «In genere è d'aiuto respirare nel sacchetto di carta che mettiamo a disposizione.»

«Grazie, ma l'unica cosa che può essermi d'aiuto è sentire i piedi nuovamente poggiati a terra» rispose Lettie.

La navetta dell'albergo la trasportò all'hotel in stile bavarese dove avrebbe soggiornato. Quello e la pittoresca località sciistica in cui era le ricordarono duramente quanto si fosse isolata a Chandler Hill. A casa, un viaggio in automobile a Portland era un evento.

Sentendosi meglio, fece l'accettazione in albergo e si fece portare i bagagli in camera. Poi, dopo essersi rinfrescata, scese a cercare un taxi per andare a vedere sua figlia. Il centro medico, anche se piccolo, era un luogo frenetico. All'apparenza, gli incidenti connessi alla pratica degli sport invernali tenevano molto occupate le persone come il dottor Johnstone, pensò Lettie mentre andava al banco informazioni.

Dopo aver ricevuto indicazioni sulla stanza di Autumn, Lettie corse da lei.

Quando Autumn la vide, scoppiò a piangere. «Avevo detto a tutti che non saresti venuta.»

«Tesoro, come hai potuto pensarlo?» chiese Lettie, genuinamente ferita.

Gli occhi ambrati di Autumn continuavano a luccicare di lacrime. «Perché è l'ultimo dell'anno, e la locanda è aperta. Ho detto a tutti che non avresti mai lasciato il lavoro in un periodo così impegnativo. Non per me.»

«Oh, cuore mio» sospirò Lettie. «Mi giudichi davvero con durezza. Sei mia figlia, e ti voglio bene. Certo che sono qui per te. Sono venuta appena ho potuto. Abby mi ha dato una mano.»

Autumn tirò su col naso. «Mi devono operare alla gamba. Mi sento così stupida. Tutti sciavano sulle piste difficili, mentre io ero su quella per principianti. Anche così, sono riuscita a fare casino.»

«Non hai fatto casino. Queste cose possono capitare, quando stai imparando a fare qualcosa di nuovo.»

«Davvero? Scommetto che a te non sarebbe successo.»

Lettie la abbracciò. «Tu non hai idea di quanto io sia maldestra.»

«Allora, tu pensi che io sia maldestra?» si lamentò Autumn.

Lettie fece un respiro e si disse di rimanere calma. «Non ho detto questo, e neppure lo penso.» Le mise una mano sulla fronte. «Quand'è che hai mangiato, l'ultima volta?»

«Non posso mangiare. Non prima dell'operazione.»

Lettie si voltò mentre un signore dall'aspetto distinto, con i capelli grigi, entrava nella stanza. «Buongiorno. Lei deve essere Lettie. Io sono il padre di Tiffany, Lyle Bellinger.»

Sorridendo, Lettie gli strinse la mano. «È un piacere incontrarla. Siete stati gentili, lei e sua moglie, a invitare Autumn a venire con voi.»

Apparentemente a disagio, Lyle disse: «Io e mia moglie siamo divorziati, ma anche lei era d'accordo per questa vacanza.»

«Quando ci siamo parlati prima di Natale, mi ha confermato che sarebbe stato con le ragazze sia sulle piste che alla sera.»

«Sì, hanno ancora un'età in cui è importante esserci. E, fino a oggi, era andato tutto davvero bene.» Indicò Autumn con un cenno del capo. «È davvero un peccato che sia successo. Era sulla buona strada per diventare un'ottima sciatrice.»

«Non credo che scierò mai più» disse Autumn tristemente.

Una ragazza bionda e alta entrò nella camera, con addosso dei jeans e uno spesso maglione bianco da sci. Sorrise a Lettie e le porse la mano. «Buongiorno, signora Chandler. Sono Tiffany. Mi spiace tanto per l'incidente di Autumn.»

«Grazie. Spiace anche a me. Ma sono felice di conoscerti. Per me è importante che abbia una compagna di stanza così simpatica.»

«Autumn è la migliore» rispose Tiffany, sorridendo all'amica.

Un uomo con un camice bianco entrò nella camera e si presentò come dottor Johnstone. Basso, un po' sovrappeso, e con la faccia da bambino, sembrava più un ragazzo che il rinomato dottore che era. Ma quando cominciò a parlare di come avrebbe condotto l'intervento per la riduzione della frattura alla tibia, attraverso l'uso di apposite viti, Lettie si convinse che non era il ragazzetto che lei pensava.

«Non si preoccupi.» La sua voce era affabile. «Rimetteremo a posto sua figlia, come se fosse nuova.»

«Quanto ci vorrà perché la gamba guarisca?»

«Penso che ci vorranno fra i tre e i sei mesi.» Fece un sorriso incoraggiante ad Autumn. «Con una ragazza giovane e in salute come lei, andrà tutto a posto perfettamente.»

Passò un portablocco a Lettie. «Se mi mette una firma, andiamo subito in scena. D'accordo, Autumn?»

«Sì, se significa che dopo mi darete qualcosa da mangiare.» Autumn gli sorrise dolcemente.

Tutti risero, inclusa Lettie.

Arrivò un'infermiera e somministrò a Autumn un farmaco

attraverso la flebo collegata al braccio.

«Bene, è meglio che andiamo e vi lasciamo un po' tra di voi. Saremo nella sala d'attesa della chirurgia» disse Lyle, dirigendosi verso la porta.

Lettie fu grata di essere lasciata da sola con la figlia.

Gli occhi di Autumn cominciavano a chiudersi.

Lettie si sporse sopra il letto e le sussurrò in un orecchio: «Sarò qui ad aspettarti. Ti voglio bene.»

Autumn borbottò qualcosa che suonò tipo "anch'io, mamma" e poi Lettie si allontanò, così che l'infermiera e un aiutante potessero metterla su una lettiga e trasportarla fuori dalla camera.

Rimasta sola, Lettie andò alla finestra e osservò le montagne ricoperte di neve. Poi, d'impulso, guardò la cartella clinica di Autumn che per errore era rimasta sul comodino quando l'infermiera aveva aiutato a spostarla sulla lettiga. Diede una scorsa alle varie informazioni riportate, peso, statura, pressione, e poi le cadde l'occhio sul gruppo sanguigno. Tipo O positivo. Lettie si acciglià. Lei era A positivo, e la cartella medica dell'esercito indicava che Kenton era di tipo AB.

Tornò alle reminiscenze del corso di biologia e le tremarono le ginocchia. Aveva fatto una tesina sui gruppi sanguigni. A positivo e AB positivo non potevano portare a un figlio O positivo. Cercò di ricordare se avesse mai visto il gruppo di Autumn prima, ma non si ricordava né un momento né un motivo per cui fosse potuto succedere. Autumn era sempre stata in buona salute.

Con il cuore che le batteva forte, Lettie riprese in mano la cartella clinica. Eccolo lì. O positivo.

La stanza le cominciò a girare intorno.

Oh, mio Dio!

Erano stati assieme solo due volte, lei e Rafe, e avevano

fatto un bambino? Se non era Kenton il padre, allora doveva essere Rafe.

Lettie corse in bagno, sentendosi come se il mondo intero le girasse intorno senza controllo, in cerchi stomachevoli.

CAPITOLO DICIANNOVE

A Lettie sembrò di muoversi al rallentatore mentre passava i giorni successivi a controllare i progressi di Autumn, in attesa che fosse pronta per volare a casa. Si era chiesta se non fosse più facile ritornare in automobile, ma il dottor Johnstone aveva spiegato che per Autumn la cosa migliore sarebbe stata essere a casa il prima possibile.

Ancora una volta, con l'aiuto dei calmanti forniti da Abby, Lettie fu in grado di salire sui voli per il rientro. La compagnia aerea fu di supporto nel prendersi cura di Autumn.

Però, appena fu nuovamente all'aeroporto di Portland, tutta la paura che Lettie aveva congelato dentro di sé tornò a mostrarsi con una nausea incontrollabile. Fece una corsa verso il bagno delle signore, dove liberò lo stomaco da tutto quello che aveva mangiato.

Quando tornò da Autumn, lei la guardò preoccupata. «Va tutto bene?»

Lettie scosse la testa. «Non starò bene finché non saremo a casa.»

Mentre Abby guidava lungo la collina che portava alla locanda, il paesaggio portò un po' di pace allo stomaco di Lettie. Poi ripensò al boschetto e a Kenton, e la nausea ritornò. Si girò a guardare Autumn, come aveva già fatto molte volte, per controllare se i suoi lineamenti richiamassero quelli di Rafe. Gli occhi erano ambrati, non azzurri come i suoi o quelli di Kenton. Lettie non se n'era mai preoccupata, perché non aveva idea di quale fosse l'aspetto dei suoi genitori e come avesse potuto influire su sua figlia.

I capelli di Autumn erano castano scuro con striature di rosso naturale, che le donavano bellissimi riflessi ramati. Adesso notava che le linee del viso avevano qualcosa di Rafe: il naso diritto, la fronte ampia, la fossetta del mento erano le stesse di sua figlia.

Lettie guardò fuori dal finestrino chiedendosi come avesse potuto trascurare tutti gli indizi che adesso le sembravano così ovvi. Trattenne un sospiro e scacciò le lacrime che le facevano bruciare gli occhi. Le serviva del tempo per mettere ordine nei suoi sentimenti prima di parlare della cosa con altri.

Autumn fu spostata in una camera della locanda a pian terreno, così da avere tutte le attenzioni e l'aiuto che desiderava e di cui aveva bisogno. Con Lettie fuori casa tutto il giorno, era la soluzione più sensata. E, in tutta onestà, Lettie fu contenta di avere qualche momento da sola, mentre era alle prese con le scelte e le conseguenze dell'avere scoperto chi fosse il vero padre di Autumn.

Lettie riuscì a reggere fino a quando venne il momento per Autumn di tornare a scuola.

In piedi nel vialetto, mentre Abby aiutava Autumn a salire in macchina, Lettie prese le mani di sua figlia. Non le aveva detto niente sul fatto che Rafe fosse suo padre. Il pensiero era così nuovo e scioccante che non riusciva a risolversi a farlo.

«Non ti spiace se ti accompagnano Abby e Terri?» le domandò. «Non vedono l'ora di incontrare la loro vecchia amica che insegna nella tua scuola.»

Autumn fece spallucce. «Non mi fa nessuna differenza. Voglio solo andarmene dalla locanda. Non so come tu possa sopportare di stare qui. Non c'è niente da fare.»

«Spero che un giorno sarai tu a gestire la locanda» disse Lettie, ma si fermò quando un dolore acuto la attraversò. Era giusto che fosse lei a ereditare quel posto?

Autumn la guardò preoccupata. «Tutto bene?»

Lettie sapeva di non stare affatto bene, e forse non lo sarebbe mai stata di nuovo. Diede un ultimo abbraccio ad Autumn. «Arrivederci, tesoro. Ci sentiamo presto. Saluta Tiffany da parte mia.»

Mentre il veicolo se ne andava, Lettie restò a lungo sul vialetto a guardare la station wagon di Abby, fino a quando non fu che un puntino blu che percorreva la valle. Non riuscì a trattenere le lacrime. Autumn, così preziosa per lei, sembrava il simbolo di quanto lei fosse stata sciocca e ingenua, a una età non molto maggiore di quella di sua figlia ora. Non aveva avuto il tempo di dire a Kenton di essere incinta e quella cosa, che l'aveva così addolorata in passato, sembrava ora quasi un regalo del destino, perché le aveva impedito di ingannarlo.

Paloma uscì dalla locanda e si fermò di fianco a lei. «È triste vederla andare, eh?»

Lettie annuì, faticando a trattenere le emozioni.

Paloma le mise un braccio sulla spalla. «Mi vuoi dire cosa c'è che non va? È da quando sei tornata da Vail che vedo quanto sei in pena. Lo sai che sono qui per aiutarti, in qualsiasi modo possibile.»

Quando Lettie si voltò, i suoi occhi erano inondati di lacrime. «Sei la mia migliore amica, e ho bisogno di parlarti.»

«D'accordo. Lascia che avverta quelli che sono dentro che mi allontano, e poi andremo a casa tua, dove possiamo stare più tranquille.»

Paloma tornò e diede a Lettie la giacca. «Andiamo a piedi. Lo so quanto ti piace farlo.»

«Sì, mi aiuta molto» rispose Lettie.

Mentre camminavano verso la casa, Lettie buttò un'occhiata verso il boschetto, che rappresentava il suo amore per gli uomini della famiglia Chandler. Non c'era ancora stata, dopo il rientro da Vail, perché non avrebbe saputo che cosa dire, una volta lì.

A casa, Lettie preparò del caffè fresco e fece sedere Paloma al tavolo della cucina. A pensarci bene, la cucina era il posto migliore per una chiacchierata tra donne, e quella sarebbe stata una chiacchierata difficile.

Dopo aver dato a Paloma una bella tazza di caffè, fatto proprio come piaceva a lei, Lettie le sedette di fronte.

«Quello che ho da dirti, per favore, tienilo solamente per te» cominciò. «Ma ho bisogno del tuo aiuto per provare a decidere come gestirlo al meglio.»

«Hai la mia parola.» Paloma si allungò e strinse la mano di Lettie per confortarla. «Noi due ci conosciamo dal primo giorno che sei arrivata qui.»

«C'è anche un'altra ragione per cui non voglio parlarne a nessun altro» continuò Lettie. «Tu sai quanto ero ingenua e semplice.»

«Sì» rispose semplicemente Paloma.

«Ho scoperto delle cose molto destabilizzanti, e non so come muovermi. Quando sono stata a Vail, ho scoperto che il gruppo sanguigno di Autumn è O positivo.»

«E quindi?» domandò Paloma, confusa.

Le lacrime cominciarono a sgorgare dagli occhi di Lettie. Nascose il viso tra le mani e diede sfogo al suo dolore.

Paloma si alzò dalla sedia e le andò vicino. La abbracciò, lasciandola piangere fino a quando non ebbe più lacrime.

Quando infine Paloma tornò a sedersi, si guardarono in silenzio.

«Adesso ho capito dove vuoi andare a parare» disse poi Paloma, a bassa voce. «Vuoi parlarne?»

Lettie fece un respiro profondo. «D'accordo. Kenton era AB positivo e io sono A positivo. Insieme, non è possibile che abbiamo una figlia O positivo. E c'è solo un altro che può essere il padre.»

«Rafe» disse Paloma. «Vi ho visti com'eravate. I suoi genitori avevano paura che vi metteste insieme. Ecco perché si è fidanzato con Maria in quattro e quattr'otto. Perché lo volevano le loro famiglie.»

«Ma io amavo Kenton. Davvero» continuò Lettie, così emozionata che la sua voce tremò.

«Nessuno ne dubita. Eravate preziosi l'uno per l'altra» disse Paloma. Le sorrise ironica. «Ero un po' gelosa, a dire il vero.»

«E adesso cosa faccio? Lo dico a Rafe? Credi che tutto questo possa impedire a Autumn di ereditare la proprietà? E cosa dico a mia figlia?»

Paloma prese un sorso di caffè e appoggiò nuovamente la tazza. «Perché non lasci che le cose seguano il loro corso naturale? Rafe e Maria sono tuttora sposati, ma non sono una coppia felice. Rafe ha comprato del terreno qui e vuole cominciare a coltivare la vite nella valle, ma Maria non intende lasciare la California.»

«Hanno dei figli?» Lettie si accorse in quel momento che era strano che nessuno parlasse più di Rafe o Maria. Forse il loro matrimonio era stato un errore.

«No, non hanno figli. Credo che prima o poi torneranno a vivere qui. Per quanto riguarda la locanda, Rex e Kenton l'hanno data a te. Hai lavorato duro per mettere in atto tutto quello che loro avevano programmato, e anche molto, molto di più. Adesso è tua, e puoi darla ad Autumn a prescindere da chi è suo padre.»

Lettie scosse tristemente il capo. «Non l'hanno mai saputo, che ero incinta.»

«Per il momento, non direi niente a nessuno di questa situazione. Quando sarà il momento giusto, lo saprai. Sia Autumn che Rafe meritano di sapere la verità.»

«Paloma, sei davvero un'amica straordinaria» sospirò Lettie. «Grazie per non avermi giudicato. So che non avrò lo stesso trattamento da mia figlia.»

«Dalle una possibilità. Sta cominciando a crescere.»

«Spero che stia alla larga dai guai e prima o poi si calmi un po'» disse Lettie. «Lei e Isabel sono così diverse.»

«Mi spiace...» cominciò Paloma.

«No, no!» la interruppe Lettie. «Lo so quanto è cambiata Autumn. E, in più, non vuole avere niente a che fare con la locanda.»

«E invece, dovrebbe ricordarsi di tutto quello che hai fatto per tutti noi, qui nella valle, portando la locanda al successo. Senza il tuo aiuto non so che cosa avrei fatto. E adesso ho una casa tutta mia, grazie a te.»

«Te lo meriti, Paloma. Sei come una sorella, per me.»

Lettie e Paloma si alzarono e si abbracciarono.

«Penso che sia meglio che torni al lavoro. Questa settimana arrivano nuovi ospiti, un gruppo di donne dall'Idaho, che vogliono trascorrere un weekend di trattamenti alla nostra spa.» Paloma fece per andare.

«Forse Sonya del centro benessere può mettermi in lista per qualche massaggio, quando saranno ripartite.»

«È davvero molto brava.» Paloma sorrise. «Metto una buona parola per te.»

Lettie rise. Si sentiva già molto meglio.

Un paio d'anni dopo, Autumn era una sana, giovane e felice diplomata pronta a intraprendere il suo percorso universitario. Era stata accettata a Berkeley, in California, ed era eccitata per il suo futuro. Mentre passava l'estate, Lettie guardava sua figlia con un senso di orgoglio. Tranne che per l'aspetto fisico, Autumn le ricordava se stessa, con la sua curiosità, il desiderio di vedere e sapere sempre di più. E, ancor meglio, esprimeva finalmente un carattere più gentile e meno egoista. Per la prima volta, Lettie poteva immaginarla subentrare nella gestione della locanda.

Come era successo molte volte, Lettie era quasi riuscita a introdurre il tema della paternità di Autumn. Ma all'ultimo momento, non si era sentita pronta a fare i conti con le conseguenze della confessione, e rovinare il prezioso e piacevole tempo che stavano trascorrendo insieme. Quando Autumn partì per l'università guidando la propria auto con il pieno consenso di Lettie, le dispiacque vederla andare, ma la figlia promise di tornare a casa sia per il Ringraziamento che per Natale. Lettie pensò che allora forse ce l'avrebbe fatta a parlarle del padre.

Prima di lasciare la scuola per il rientro a casa per il Ringraziamento, Autumn chiamò la madre per dire che sarebbe rimasta in California, che lei e il suo ragazzo avevano l'intenzione di stare con degli amici che non avevano nessuno da cui andare. Lettie accettò con dispiacere la decisione, e nascose la delusione, ma fu contenta che Autumn pensasse al bene di altre persone.

Quando però telefonò e avvertì che non sarebbe tornata nemmeno per le vacanze natalizie, Lettie fece pressione perché si facesse vedere almeno il giorno di Natale. «Oltre a me, ci sono Abby, Terri, Paloma e il resto della famiglia della locanda che hanno voglia di vederti» la implorò.

«Va bene,» concesse Autumn «però non mi fermo. Richard non crede nel Natale e si rifiuta di venire a casa con me. E quindi tornerò in California prima, per fare l'ultimo dell'anno insieme a lui.»

«Richard? Non ho mai sentito questo nome, prima. Parlami un po' di lui.» Lettie sentì un peso allo stomaco, come se una pietra vi ci fosse appena atterrata. Uno che non credeva al Natale e che aveva una così forte influenza su sua figlia era un segnale di pericolo.

«Richard è l'uomo più brillante che abbia mai incontrato. Ha una visione del mondo assolutamente sensata. Mandar via i vecchi tromboni dalle scuole, sconfiggere le regole obsolete, aiutare le minoranze a farsi sentire: tutto questo permetterà a noi, giovani soldati, di mettere a posto il mondo. E, oltre a questo, di liberarci dai ricchi che comandano su ogni cosa, solo per potersi riempire le tasche.»

«E tu ci credi?» chiese Lettie, incapace di nascondere la sua incredulità. Autumn, tra tutti, avrebbe dovuto sapere quanto duro lavoro serve per farsi strada nella vita.

«Solo perché hai avuto successo con la locanda, non vuol dire che sia giusto che tu creda di avere le risposte anche per tutti quelli che ci lavorano. Perché non cedere la locanda a Paloma? Sono anni che lavora sodo per te. E anche Abby e Terri.»

«Ma, Autumn, è molto più di questo. C'è la terra. Possiamo usarla per coltivare e far crescere le cose. Ed è così bella. Mi ricordo...»

«Ascolta, devo andare adesso. Richard mi aspetta di sotto. Dobbiamo andare a una manifestazione.»

«Ma, Autumn...»

«Ci sentiamo, madre.»

Lettie restò lì in piedi, con il telefono in mano che ronzava per la comunicazione interrotta; poi si lasciò cadere in una poltrona, perché le ginocchia non la reggevano. Aveva solo trentasette anni, ma se ne sentiva novanta. Forse tutto il lavoro che aveva fatto a Chandler Hill non sarebbe servito più a niente. Aveva combattuto contro l'idea di vendere o darla in gestione a un manager, come qualcuno aveva suggerito. Escludeva nel modo più assoluto di abbandonare l'idea di portare avanti un'attività che le era stata consegnata. Era sempre stato, ed era ancora, l'unico posto in terra dove si sentisse davvero a casa. Aveva sperato che se ne prendesse carico Autumn, e magari crescesse lì i suoi figli. E adesso, tutto ciò sembrava un sogno impossibile.

L'attendevano ulteriori dolori e delusioni. Prima di Natale, Terri scoprì un nodulo al seno. Dopo che la biopsia confermò un tumore maligno, l'intervento fu fissato appena dopo Capodanno. Terri era una dolce cinquantenne, che si occupava della cucina della locanda con tale gioia e divertimento che sia i colleghi che gli ospiti la adoravano. Abby, sua compagna da una vita, fu distrutta dalla notizia,

Autumn arrivò a casa per le vacanze trovando un'atmosfera tetra e deprimente. Tutti facevano del loro meglio per seguire i soliti ritmi, ma senza metterci il cuore. Richard Nance si era rifiutato di venire a Chandler Hill per Natale, ma avrebbe anche potuto fare il viaggio, perché il suo marchio di disapprovazione emanava da Autumn come un gas velenoso.

Quando Lettie provava a parlarne, Autumn la attaccava verbalmente con parole che Lettie sapeva non essere le sue. Provenivano da un uomo che non era più uno studente dell'università e che era noto per essere un piantagrane, se gli articoli di giornale su di lui dicevano il vero.

La voce di Lettie tremava. «Un giorno, Autumn, apprezzerai quello che hai qui: la nostra famiglia, la locanda, il vigneto, la terra stessa.»

«Tu non capisci. Io non voglio niente di tutto ciò. Andrò in Africa con Richard. Lui pagherà il volo, e attraverso le sue conoscenze ho già un lavoro che mi aspetta. Posso essere di grande aiuto là, invece di stare qui a farmi coccolare.»

«Africa? Non hai scelto un posto un po' troppo lontano per dimostrare la tua tesi?» Lettie provava senza successo a tenere a bada la sua frustrazione.

Autumn scosse la testa. «Sapevo che non avresti capito. Ecco perché non ti ho detto che partirò per l'Africa tra due settimane.»

«E la scuola?» Lettie aveva la nausea.

«Prendo un periodo sabbatico. Mi sono già messa d'accordo. Così non dovrai più preoccuparti di me e dei miei voti.»

«L'istruzione è importante. Soprattutto adesso che le cose stanno un po' migliorando per le donne.»

Autumn sbuffò. «Sarò vecchia e ingrigita prima che questo accada. Voglio fare la differenza, andare in un posto dove non importa se sono una donna o un uomo.»

«Ma...»

Autumn alzò una mano per fermarla. «Non c'è niente che tu possa dire per farmi cambiare idea. Un giorno, capirai. In questo momento, sei così bloccata qui che non riesci a vedere la situazione nel suo complesso.»

Nei due giorni successivi, Abby, Terri e Paloma provarono, ognuna a modo suo, a dissuaderla. Ma una mattina Lettie si alzò e trovò un biglietto sul tavolo della cucina: sua figlia se n'era andata.

Non posso rimanere. Resterò in contatto. Fino ad allora, puoi mandare la posta al mio vecchio indirizzo di scuola. Qualcuno me la farà avere. Con affetto, Autumn.

Lettie si lasciò cadere su una sedia della cucina. Poteva anche essere una grande donna d'affari, ma come genitore aveva fallito.

CAPITOLO VENTI

Nel paio di mesi successivi, i cambiamenti a Chandler Hill continuarono. Terri fu operata e sottoposta alla chemio. Ma purtroppo il cancro si era già diffuso in altre parti del corpo e trasformato in una creatura famelica pronta a divorarla.

Lettie e Paloma aiutarono Abby a prendersi cura di Terri che si sforzava di resistere. Ma era una gara, e tutti sapevano chi sarebbe stato il vincitore. Quando infine Terri dovette soccombere, Lettie fu triste per la perdita, ma anche sollevata che una delle sue più care amiche avesse smesso di soffrire.

La morte di Terri fu tremenda per Abby che entrò in una spirale depressiva. Annunciò di doversi allontanare per un po' e disse che, al suo ritorno, avrebbe vissuto ovunque tranne che nel capanno che aveva diviso con Terri.

Lettie parlò con Paloma di dare a lei il capanno. Ancora single dopo la morte di suo marito per overdose, Paloma acconsentì prontamente. Sua figlia Isabel stava per sposarsi e a Paloma piaceva l'idea di offrire la sua casa alla giovane coppia per un affitto contenuto, ma ragionevole.

Quando arrivò finalmente una lettera da Autumn, Paloma e Lettie si incontrarono a casa di Lettie, per poterla leggere insieme. Lettie aprì la busta e lesse ad alta voce:

"Cara mamma, sono davvero dispiaciuta di sapere che Terri non ce l'ha fatta. Dopo meno di un anno trascorso in Africa, è quasi ironico accorgersi che con pochi, economici farmaci – come i vaccini – si possano salvare tante vite, mentre il cancro è ancora un

assassino feroce. Per favore, trasmetti tutta la mia vicinanza ad Abby. Spero che tu, Paloma e gli altri stiate tutti bene. Con affetto."

Lettie e Paloma si guardarono.

«Sembra che stia bene» disse Paloma.

«Sì, pare di sì. Più adulta.» Lettie piegò la lettera. «Mi chiedo se Richard sia ancora con lei.»

«Non sembrerebbe.»

«Penso di scriverle un'altra lunga lettera stasera.» Lettie appoggiò il foglio sul tavolo. «Forse è così che riusciremo a creare un legame più solido.»

Paloma le diede una pacca sulla schiena. «Mi sembra una buona idea.»

Lettie fu sorpresa di scoprire nel 1992 che la terra confinante con la sua, dalla parte opposta a quella di Rod Mitchell, era stata venduta. La coppia di vecchi proprietari non aveva avuto successo. Si diceva che non avessero dato retta ai consigli di nessuno, anche se tutti nella valle sapevano quanto fosse delicato il vitigno di Pinot Nero.

Anche se la terra da entrambi i lati di Chandler Hill era di proprietà di altri, c'era spazio sufficiente a Chandler Hill per garantire a Lettie la riservatezza che desiderava per sé e per i suoi ospiti. Con sempre più persone che apprezzavano le caratteristiche della locanda, il segmento di affari legato ai matrimoni e agli eventi per piccoli gruppi diventava sempre più forte.

Paloma entrò nell'ufficio di Lettie e si sedette. «Hai sentito la novità? La proprietà dei Taunton vicina a te, quella che hanno venduto di recente, è stata comprata da Rafe Lopez.» Lo sguardo di Paloma restò fisso su Lettie.

Lei cercò di nascondere il rimescolio nella pancia. Era

ansiosa di rivederlo, ma il pensiero del segreto che gli aveva tenuto nascosto la gettava nel panico.

«Sembra che, per pagarla, abbia venduto dei terreni comprati anni fa. Joe e Rita sono entusiasti, perché gli affari di Joe, come sai, stanno rallentando. Joe spera di aiutare Rafe con la sua proprietà, e intanto continuare a lavorare qui. Conosci Joe. Non lascerà mai Chandler Hill, dopo tutto quello che Rex ha fatto per lui, regalandogli la casa e il terreno.»

«Maria verrà con Rafe?» domandò Lettie.

«Sì, anche se non le piace l'idea. Non so bene perché abbia accettato di spostarsi qui. Ho sentito delle voci, pare che non stia tanto bene, ma non so se siano vere.»

Lettie si alzò, andò alla finestra, e guardò la piscina. Un paio di ospiti erano sdraiati sui lettini a prendere il sole. In lontananza, vide Joe sul trattore, che si assicurava che il terreno tra i filari fosse privo di erbacce.

La giornata estiva, che era già bella dal mattino, sembrava ancora più luminosa e calda. Ma Lettie notò le nuvole grigie che si ammassavano all'orizzonte. La situazione le sembrò appropriata alle emozioni contrastanti che si rimestavano in lei.

Mentre aspettava che arrivasse il momento in cui avrebbe incontrato Rafe, Lettie viveva nell'apprensione. Le poche volte che lui era tornato a casa per le vacanze o per visitare la famiglia, non l'aveva mai visto. Ma adesso che viveva lì ed era proprietario della tenuta confinante con la sua, era inevitabile che si sarebbero incontrati.

Una mattina d'estate, uscì di casa e, vedendo quanto fosse bella la giornata, decise di andare a piedi fino alla locanda, invece di prendere l'auto. Stava attraversando uno degli appezzamenti del vigneto quando notò Rafe in lontananza, presso il granaio e vicino a un trattore.

Rafe sollevò la testa e la guardò fissa mentre lei si dirigeva verso di lui.

Il cuore le batteva così forte che ebbe paura di svenire, ma continuò a camminare. Era venuto il momento che si incontrassero.

Mentre si avvicinava fu sopraffatta dalla timidezza. Aspettò qualche momento e poi disse, con tono amichevole: «Ciao, Rafe, mi dicono che sei diventato il mio nuovo vicino. Benvenuto a casa!»

Un sorriso gli illuminava il volto. Vedendolo così da vicino, Lettie notò quanto Autumn gli assomigliasse. In verità, la carnagione e la corporatura erano diverse, ma quella fossetta sul mento era proprio la stessa.

Non si era accorta di fissarlo, finché lui non distolse lo sguardo e poi tornò a osservarla.

«Non sei invecchiata di un giorno, Lettie» sussurrò.

Lei scosse il capo. «Anche se vorrei crederci, lo so che sono cambiata. E mi è successo di tutto, da quella prima volta che sono arrivata a Chandler Hill.»

Rafe si ravviò i capelli scuri con le dita e sospirò. «Non ho dimenticato com'eri allora. Ma, se posso dirlo, adesso sei ancora più bella.»

«Anch'io sono contenta di vederti» rispose Lettie, attratta da lui come sempre. Comunque, intendeva lasciar perdere. Era un uomo sposato.

«Ma parlami un po' di questo Rod Mitchell.» Rafe era accigliato. «Mi ha avvertito di starmene alla larga dalla sua proprietà e dalla tua.»

«Cosa?» Lettie sgranò gli occhi. «E perché mai?»

«Ho pensato che magari ci fosse qualcosa tra voi due.» Gli occhi castani di Rafe si fissarono nei suoi.

Lettie scosse il capo. «Il suo obiettivo era di unire le nostre proprietà e gestire la mia locanda. Ho chiuso con lui da un bel po'.»

«Benissimo. So che Rex e Kenton volevano che fossi tu a occuparti di Chandler Hill, e ti ammiro molto per come hai saputo gestire lo sviluppo della locanda e dei vigneti. Spero che il mio Pinot Nero possa uguagliare il tuo. Ti sei fatta una reputazione di produrre ottimi vini. Negli anni, mio padre ha tenuto da parte parecchie bottiglie speciali per me. So che Scott Kurey lavora con te per la produzione vinicola.»

«Sì, siamo un bella squadra» confermò Lettie, lusingata che Rafe avesse seguito così da vicino gli sviluppi della cantina di Chandler Hill.

«Ecco mio padre» disse Rafe.

«Vi lascio al vostro lavoro. So che tuo padre lavora qui con te. Come chiamerete la proprietà, adesso che i Taunton se ne sono andati?

«Intendo mantenere il vecchio nome di *Taunton Estates Winery*, ma voglio introdurre nuove idee. Non si sono mai presi la briga di conoscere le uve, il terreno e il processo produttivo. Non vedo l'ora di dimostrare a tutti che si può cambiare la reputazione di quel nome producendo un ottimo vino di fascia alta.»

Joe Lopez si unì a loro. «Ciao, Lettie. Sembra che sarà una bella giornata.»

«Lo penso anch'io.» Anche se Joe non aveva voluto che Rafe avesse nulla a che fare con lei, il tempo e il matrimonio del figlio avevano cambiato le cose. Ora, avrebbe lavorato con lei per mantenere produttiva Chandler Hill e aiutato Rafe con i suoi vini.

«Devo andare. Oggi arriva un bel gruppetto di ospiti.» Mentre stava per andarsene, si ricordò di non aver chiesto della moglie di Rafe. Si voltò. «Dai il benvenuto a Maria da parte mia. Spero le piacerà essere tornata a casa.»

Un'espressione triste attraversò il volto di Rafe. «Non l'hai saputo? Maria sta combattendo un cancro. È per questo che siamo tornati.»

Lettie si sentì sbiancare. «Oh, Rafe! Mi spiace davvero. Se io o i miei collaboratori possiamo fare qualcosa per voi, fammelo sapere.»

«Grazie.»

Joe mise un braccio sulla spalla del figlio per confortarlo. «Siamo tutti molto tristi per questo.»

«Lo capisco» disse Lettie. «Non ci siamo ancora ripresi dalla morte di Terry. Un giorno ci libereremo del cancro, ma temo che non succederà per molto tempo. Per favore, porta i miei saluti a Maria.»

Mentre Lettie si allontanava dai due uomini, sentì i loro occhi su di sé.

Più tardi, seduta a parlare con Paloma, le riferì della conversazione di Rafe con Rod Mitchell. «Se pensa di avere qualche possibilità di prendersi Chandler Hill è matto. Non venderò mai questo posto. E se io e Rafe siamo amici, non sono affari suoi. Lui è sposato, per la miseria!»

«Essere sposati non ferma certe persone.» Paloma scosse la testa. «Guarda la povera Elisa. È obbligata a passar sopra a parecchie cose.»

«Non capisco perché non divorzi da Ricardo.»

«Non può permettersi di vivere per conto suo. Le diamo una buona paga, ma non basta per mantenere lei e i cinque figli. Lui ha un ottimo lavoro. Le servono i soldi che porta a casa il marito.»

«Non ti manca l'essere stata sposata?» domandò Lettie a Paloma. «So che esci con qualcuno, ogni tanto.»

«Mi piace andar fuori con un uomo, cenare, e magari fare l'amore con lui. Ma dopo aver visto Manny al ritorno dal Vietnam, la riabilitazione e alla fine il suo suicidio, non voglio affatto risposarmi. Mi piace la mia libertà. C'è chi ama cucinare e pulire e prendersi cura di un marito, ma non fa per me.»

«Capisco» rispose Lettie. Anche se era ancora sconvolta dalla reazione che aveva avuto vedendo Rafe, non avrebbe fatto alcun passo. Bastava pensare a quello che era successo con Rod. Per un breve periodo era stata sposata con Kenton, e il loro matrimonio era stato così perfetto che non poteva paragonarsi a nessun altro. Inoltre, era già – per così dire – sposata: con la terra e con la locanda.

Lettie si rivolse a Paloma. «Facciamo qualcosa di carino per Maria. Pensa a come potremmo esserle d'aiuto, e lo faremo. Le poche volte che l'ho incontrata, mi era piaciuta.»

Quell'estate, Chandler Hill ebbe una vendemmia abbondante. Lettie decretò che si trattava dell'uva più dolce e più perfetta che avesse mai raccolto.

Proclamato l'annata del secolo, il 1992 si differenziò per le giornate lunghe e calde, le notti miti, e le modeste piogge nella stagione dello sviluppo delle piante. I produttori locali considerarono quel raccolto paragonabile a quelli californiani. Lettie dovette vendemmiare presto, e a metà settembre la raccolta era al suo apice.

Avevano appena messo il vino nelle botti quando Lettie ricevette una lettera da Autumn che le annunciava che non sarebbe tornata a casa per le vacanze.

Delusa, Lettie cercò di tenersi occupata con il lavoro.

CAPITOLO VENTUNO

Dovettero passare altri due anni prima che Lettie ricevesse finalmente la notizia che aspettava. Autumn sarebbe tornata a casa per le vacanze.

Lettie camminava avanti e indietro, nell'Aeroporto Internazionale di Portland, incapace di stare ferma. Erano trascorsi più di quattro anni da quando la figlia era partita per l'Africa e, anche se le era terribilmente mancata, aveva fatto del suo meglio per continuare a sviluppare il loro rapporto scrivendole spesso. Ma ogni madre sa bene che le lettere non sono abbastanza, e Lettie non vedeva l'ora di poterla finalmente riabbracciare.

Mentre i passeggeri sbarcavano e attraversavano il terminal, Lettie non staccava gli occhi dalla zona degli arrivi. Notò una donna alta, dai capelli castano-ramati, che si dirigeva verso di lei portando un bambino in un marsupio. La guardò meglio. Si trattava di Autumn? In nessuna delle loro conversazioni aveva accennato a un figlio.

«Mamma?» Autumn sorrise e sollevò il marsupio.

«Autumn, sei davvero tu? E questa chi sarebbe?» Lo sguardo di Lettie si posò sulla bimba dai capelli rossi e gli occhi castani, e sul suo visetto paffuto da cherubino.

«Lei è Camilla» spiegò Autumn. «Ma per me è Cami. Cami Chandler.»

Lettie si portò una mano al petto. «E quindi, sono nonna? Ma è fantastico! E il padre dov'è?»

«È in India. Sono qui solo per una breve visita. Più tardi ti spiego. Adesso, c'è una piccolina che ha urgente bisogno di essere cambiata. Vuoi darmi una mano?»

Passò a Lettie il marsupio e frugò nella borsa dei pannolini che aveva con sé. Ne prese uno e sorrise. «Trovato.»

Mentre attraversavano il terminal alla ricerca di un bagno, Lettie osservava la bimba. «Quanti mesi ha?»

«Sei» rispose Autumn.

«Il padre è Richard?» domandò Lettie, mentre ricordava con un certo dispiacere il vecchio fidanzato della figlia.

«No, no. Io e Richard ci siamo lasciati un po' di tempo fa. È uno che conosco da poco. Non sa nemmeno della bambina, e non credo che glielo dirò.»

«Oh, ma...» Ripensando alla sua stessa situazione, Lettie si interruppe. Come poteva anche solo immaginare di dare consigli alla figlia su un simile argomento?

Cambiarono Cami e andarono al ritiro bagagli per prendere le due valigie che Autumn aveva portato con sé.

«Perché non tieni tu la bambina?» suggerì Autumn. «Io vado a prendere i bagagli.»

La bimba guardò Lettie e sorrise, mostrando due dentini. L'imbarazzo di Lettie si trasformò in un impeto di affetto. Quella preziosa, bellissima bambina era sua nipote.

Cami allungò una mano e le tirò il naso.

Lettie rise e la solleticò sulla pancia, facendola sghignazzare. Poi, risero tutt'e due insieme.

Quando le valigie furono sistemate nella Volvo familiare comprata parecchi anni prima, per sostituire la Volkswagen Squareback che le aveva preso Kenton, Lettie si sedette al volante e mise in moto.

«Essere a casa sarà un bel po' differente da com'era un tempo» commentò Autumn. «Mi sono abituata ad amare l'Africa, la sua gente, la sua bellezza.»

«Pensi di continuare a fare la volontaria nello Zaire?»

L'espressione di Autumn divenne seria. «Sì. C'è ancora così

tanto da fare. Il loro presidente è corrotto, e gran parte della popolazione vive in estrema povertà. A questo si aggiunge la persecuzione dei profughi Hutu. L'acqua potabile per tutti, le cure mediche, l'istruzione – cose che per noi sono scontate – non sono disponibili per la maggior parte delle persone. Il mio lavoro è diventato importante per il villaggio, ed è necessario che ritorni là. Mi spiace, ma sarà una visita più breve di quanto avrei sperato.»

«E la bambina? È sicuro per lei, laggiù?»

«Non quanto vorrei.» Autumn rivolse lo sguardo fuori dal finestrino, per mettere fine alla conversazione.

Lettie continuò a guidare, lanciando occhiate alla figlia e alla bimba assicurata al seggiolino, sul sedile posteriore dell'auto.

«Ne vuoi parlare?» domandò, con cautela. Appena aveva accennato alle traversie di quei popoli, un velo di tristezza aveva attraversato il volto di Autumn e non se n'era ancora andato.

«Non adesso» rispose.

Quando arrivarono al viale che conduceva alla locanda e alla casa, mamma e bambina dormivano già profondamente. Lettie fermò l'auto, spense il motore e restò lì seduta un momento, odiando l'idea di svegliarle.

Quindi, scosse la spalla di Autumn.

Allarmata, la figlia si svegliò completamente, si raddrizzò e si guardò attorno. «Ah, siamo a casa.»

Del tutto inaspettate, a Lettie vennero le lacrime agli occhi. Era da tanto che aspettava di sentire quelle parole. «Se vuoi, prendo io la bambina, e poi portiamo dentro le valigie.»

«D'accordo. Penso che possiamo prendere un lettino dalla locanda» convenne subito Autumn.

«Certo, buona idea» rispose Lettie, pensando a cos'altro potesse servire loro. «Dirò a qualcuno dello staff di portarne qui uno, e anche lenzuola e coperte. Domani, possiamo andare in città a comprare quello che manca.»

«Mi sono portata quello che potevo. Cami ha un paio di giocattoli preferiti, e una copertina da cui non si separa, ma penso che le servano dei vestiti più caldi.»

Ancora scioccata da tutti i cambiamenti, Lettie guardò la figlia. «Non riesco ancora a crederci, che tu sia diventata madre, ma mi sembra che ti venga naturale.»

«Grazie» rispose Autumn, e le rivolse un sorriso commosso che le ricordò di quando era ancora una bambina.

Cami si mise a piangere, mandando in pezzi quel momento di tenerezza.

«Tranquilla, piccolina» le sussurrò Lettie, prendendola in braccio e ninnandola mentre la portava all'interno.

In cucina, Autumn prese dalla borsa dei pannolini, un biberon vuoto e la scatola del latte in polvere. «Penso che abbia fame. Scaldo il latte e puoi darglielo tu, se vuoi.»

Lettie osservò la figlia preparare rapidamente il biberon per la bimba e poi passarglielo.

Si accomodò su una sedia a dondolo nella camera degli ospiti e strinse Cami a sé mentre la piccola si ingozzava di latte.

Autumn le passò uno strofinaccio da cucina. «Prima di farle fare il ruttino, è meglio che ti ripari con questo. I rigurgiti di Cami sono proverbiali.»

Lettie sollevò la bimba e la appoggiò sopra la spalla, strofinandole la schiena.

«Un po' più forte» suggerì Autumn.

Lettie diede qualche pacca più decisa e, quella volta, Cami fece il ruttino, rigurgitando sulla zona del maglione che non era ben riparata dallo straccio.

Autumn la guardò con simpatia. «Mi spiace. Ho provato a metterti in guardia. Su, dalla a me, la tengo io mentre ti ripulisci.»

«Grazie. Mi ci vorrà un minuto, e poi verserò un po' di vino per entrambe. Le ultime annate sono state molto buone per la vendemmia, qui nella valle.»

«Mi sembra un'ottima idea.»

«Ho chiesto che ci portino la cena intorno alle otto. Ti va bene? La nuova cuoca della locanda è fantastica. È una signora di una certa età che arriva dalla California e, anche se non è divertente come Terri, lo staff la adora.»

«Certo, le otto andranno benissimo. Sono talmente sottosopra con gli orari, che non mi fa una gran differenza.»

«Nel frattempo, chiederò che ci portino il lettino.»

Mentre si metteva un maglione pulito, Lettie ripensò a quanto Autumn fosse cambiata. Era una persona diversa, addirittura una madre! Le sembrava che la comunicazione tra loro fosse migliorata, ma ovviamente c'erano ancora tante cose di cui parlare.

Si guardò allo specchio con un blando sorriso di soddisfazione. Le sembrava che Cami le assomigliasse parecchio.

Dopo aver lasciato la sua camera, andò a rispondere alla porta e aiutò il domestico che era arrivato a sistemare il lettino in una delle due camere per gli ospiti. Dopo essersi sentita sola per così tanto tempo, era felice che ci fosse della gente in giro per casa.

In sala, Cami era sdraiata su una coperta e scalciava allegramente.

Lettie riaccompagnò il domestico alla porta e lo ringraziò. Quando se ne fu andato, si rivolse ad Autumn: «Che ne dici di prenderci quel vino, adesso?»

«Sì, volentieri» rispose lei, facendo un profondo respiro.

Lettie ritornò in salotto con una bottiglia aperta di Pinot Nero e due bicchieri da vino rosso. «Di questo sono proprio orgogliosa. Ha un retrogusto morbido che credo ti piacerà.»

Autumn prese il bicchiere che le offriva e aspettò che si versasse a sua volta del vino.

Lettie sedette sul divano, di fianco alla figlia, e sollevò il bicchiere. «Alle donne Chandler, di tre generazioni!»

«Brindiamo a questo.» Autumn bevve un sorso di vino e la guardò con un sorriso compiaciuto. «Buono. Molto buono.»

«Grazie. E adesso sentiamo un po' che cos'hai da dirmi.» Lettie mise il bicchiere sul tavolino e si appoggiò allo schienale.

«Pensavo di dirtelo più avanti, ma forse è meglio parlarne adesso» cominciò Autumn. «Vorrei lasciare Cami qui con te quando tornerò in Africa. La situazione politica potrebbe precipitare da un momento all'altro e credo che Cami sarebbe più felice e al sicuro qui.»

A Lettie cadde la mascella. «Vuoi che sia io a crescerla?»

«No, no, non è questo che intendevo. È mia figlia, e la amo, ma con me non sarebbe al sicuro.» Gli occhi di Autumn si riempirono di lacrime. «Non so per quanto starò via, ma ovviamente tornerò a prenderla non appena penserò che la situazione sia più stabile.»

Nella voce di Lettie fece capolino il dubbio. «Ti fideresti di me? Ma se mi hai sempre detto...»

Autumn le prese le mani e la guardò negli occhi. «Mamma, era molto tempo fa, e adesso sono cresciuta. Ti prenderesti cura di lei al posto mio? Ti assicurerai che sia felice e stia bene?»

Lettie lanciò un'occhiata alla bambina e deglutì. «Ma certo che lo farò. È mia nipote.»

Le rughe sulla fronte di Autumn si distesero, e lasciarono il posto a un ampio sorriso. «Grazie! Vuol dire molto per me. Guarda come si trova già bene con te...»

Lettie intrecciò le mani. Le sembrava un'idea davvero folle, visto che era chiaro quanto Autumn amasse la figlia. Ma una domanda assillante continuava a rimbalzarle nella mente. *Ma allora, perché Autumn non le aveva detto della bambina?*

Cami cominciò a frignare.

Lettie e Autumn si guardarono.

«Prendila tu.» La voce di Autumn era pervasa da una muta preoccupazione. «È già abbastanza difficile lasciarla, vorrei almeno essere certa che si sia abituata a te.»

Lettie prese la bambina, controllò il pannolino e la portò alla sedia a dondolo che era nella camera degli ospiti, vicino al lettino.

La tenne stretta a sé, ninnandola fino a quando non si addormentò. Con attenzione, la mise nel lettino a pancia in su, come le aveva detto Autumn e le mise sopra una coperta.

Autumn osservava la scena. «Domani, comprerò un po' di cose più adatte a lei.»

Tornate in salotto, Lettie sedette di nuovo sul divano, accanto alla figlia. «Quando conti di tornare in Africa?»

«Dopodomani. Come ho detto, non posso starmene via troppo a lungo. Sto lavorando con persone che fanno parte del governo per ottenere i permessi per lo scavo di un pozzo. Sono stata oggetto di alcune minacce, è per questo che voglio che Cami resti qui con te.»

«Perché non rimani qui fino a quando le cose non si calmano?» La voce di Lettie era incoraggiante, ma nascondeva la sua profonda preoccupazione.

Autumn scosse fermamente il capo. «Non posso fare una cosa del genere alla gente del mio villaggio.»

«Ammiro ciò che fai, ma temo che lasciare Cami qui con me non ti renderà felice.»

«A chi meglio di te potrei chiederlo? E poi, Abby e Paloma sono nelle vicinanze. Potranno aiutarti.» Il volto di Autumn avvampò per l'emozione. «Vorrei che la situazione fosse diversa, ma non posso rischiare che succeda qualcosa a Cami.» Le tremò la voce. «La amo così tanto.»

Lettie si appoggiò al cuscino del divano, con la sensazione che un peso di cinquanta chili le fosse stato appena posato in grembo. Se doveva essere onesta con se stessa, allevare Autumn non le era piaciuto affatto. E adesso, a quarant'anni suonati, sarebbe stata più brava a occuparsi di un bambino? Aveva sempre avuto la sensazione di essere diventata madre troppo presto. Si sarebbe sentita allo stesso modo, come nonna?

Autumn allungò un braccio e le diede un colpetto sulla mano. «Lo so di chiederti molto, ma non l'avrei fatto se non fosse stato necessario.»

«Lo so» rispose Lettie, sentendosi già più a proprio agio con la situazione. Avrebbe fatto come voleva sua figlia e sarebbe diventata la nonna migliore del circondario.

Il pomeriggio seguente Lettie raggiunse Autumn sul dondolo che era nella veranda sul retro. Aveva cercato in più occasioni di intavolare una conversazione con lei riguardo al padre della bambina e alla sua nascita. Ma ogni volta era stata ignorata. Decise di riprovarci. «Visto che sono tua madre, vorrei sapere perché non mi hai mai fatto sapere che avresti avuto un bambino. Mi avrebbe fatto piacere che mi raccontassi qualcosa di quando è nata, e anche di suo padre.»

Autumn fece un profondo sospiro. «Di lui non posso dirti niente. Vorrei poterlo fare, ma farei solo del male ad altre persone. Ho pensato seriamente di interrompere la gravidanza, e poi era troppo tardi. E comunque non volevo fare una scelta del genere.» I suoi occhi scuri scintillavano di lacrime trattenute a stento. «I miei amici in Africa sono stati con me durante il parto. Hanno detto che non è stato complicato. Quando Cami è nata, avrei voluto parlarti di lei, ma continuavo a pensare che sarei tornata presto a casa e che te l'avrei detto di persona. Quando ho ricevuto quelle minacce di morte, ho capito che la dovevo portare qui immediatamente.»

«Mi sarebbe piaciuto sapere della gravidanza. Avrei potuto aiutarti» rispose Lettie, con rammarico.

Autumn distolse lo sguardo e poi si voltò nuovamente verso di lei con un sorriso triste. «All'inizio pensavo che mi avresti criticato e basta. Poi, invece, ho capito che non potevo chiederti di venire a far parte della pessima situazione che avevo intorno. I soldati ribelli avrebbero colto al volo l'occasione di mettere le mani su di te e sui tuoi capelli biondo ramato. E comunque, so della tua paura di volare, e non avresti mai potuto fare un viaggio del genere.»

Lettie trattenne il fiato. Le veniva la nausea. Che razza di madre non avrebbe aiutato la figlia in caso di bisogno?

Autumn si allungò e le afferrò una mano. «Mamma? Guarda che ti capisco. Davvero. Lasciamo le cose come stanno. È tutto alle nostre spalle, ormai.»

Le lacrime offuscarono la visuale di Lettie mentre abbracciava la figlia. «Mi spiace così tanto. Lo so che a volte hai pensato che non tenessi abbastanza a te, ma io ti amo e ti amerò sempre.»

Autumn le diede un colpetto sulla schiena. «Lo so. Lo so.»

Mentre guardava Autumn dire addio a Cami, Lettie trattenne le lacrime. Per quanto insicura e priva di pazienza, come madre non avrebbe mai voluto separarsi da sua figlia. Tranne, forse, quando era adolescente.

«Va bene, sono pronta. Andiamo in aeroporto» disse Autumn con voce malferma. Uscì e si diresse verso l'automobile della madre con passo rigidamente determinato. Le lacrime le scorrevano lungo le guance.

«Dovrei essere di ritorno in un paio d'ore, più o meno» disse Lettie a Paloma. «Autumn non vuole che resti con lei in aeroporto ad aspettare.»

«Noi saremo qui» rispose Paloma, facendo il solletico a Cami su un fianco.

Il viaggio verso nord fu silenzioso.

Autumn guardava il paesaggio scorrere dal finestrino.

Lettie sapeva che c'erano molte cose che avrebbe potuto, o dovuto dire, forse anche raccontare ad Autumn di suo padre. Ma si trattenne. Non era il momento di aggiungere altre complicazioni alla situazione già incerta tra loro due.

CAPITOLO VENTIDUE

Con l'arrivo di Cami nella sua vita, le giornate di Lettie diventarono ancora più piene. Ma non le importava. Stanca di incentrare la propria vita sulla locanda, delegò maggiori responsabilità ai collaboratori e guadagnò tempo da trascorrere con Cami e per la supervisione delle attività di coltivazione della vite.

Lettie non ricordava che avere un bambino in casa richiedesse così tanto spazio, ma ora, come neo-nonna, era sommersa dalla quantità di attrezzature e apparecchi disponibili per la gestione e la cura dei piccoli. Si godeva la nipote come non le era mai successo con la figlia, e si divertiva a portarla sulle spalle, in uno zaino porta-bebè, quando camminava per i vigneti. Le parlava delle viti e di qualsiasi altra cosa le venisse in mente. La bimba non poteva rispondere, ovviamente, ma era convinta che i bellissimi occhi castani di Cami si illuminassero di interesse per le informazioni che le dava.

Quando passeggiava in città, le persone reagivano positivamente alla vista della nipote, e Lettie divenne più socievole. Era felice se le dicevano che la bambina le assomigliava e capì quanto fosse divertente fare la nonna.

Alla locanda, Cami era la beniamina di tutti e accoglieva con gioia le attenzioni che riceveva.

Una mattina, Lettie entrò nella cucina della locanda e trovò Rafe seduto al tavolo a bere il caffè. Stupita di vederlo, si fermò un attimo, con Cami in braccio. I suoi capelli erano ora striati di grigio sulle tempie, e le rughe intorno agli occhi più profonde. Ma era più affascinante che mai.

Alzò lo sguardo su di lei e sorrise. «Buongiorno. Me l'avevano detto che in questa casa era arrivata una bambina.»

«Sì, Cami è mia nipote.» Il cuore di Lettie accelerò per lo sgomento. Cami era anche la nipote di Rafe, ma lui non lo sapeva. E, con la moglie che stava morendo di cancro, non era proprio il momento di raccontarglielo. Neppure Autumn sapeva ancora di lui.

«È un amore. Ti assomiglia parecchio» rispose Rafe, alzandosi.

Cami allungò le manine verso di lui.

Senza esitare, Rafe la prese in braccio.

«Caspita, sei bravo!» disse Lettie.

Lui le sorrise. «Lo zio Rafe sa un paio di cose sui bambini. Ne ho quattordici, di nipoti, tra maschi e femmine.»

Lettie rise. «Direi che questo spiega tutto.» Allungò le braccia. «È meglio che me la riprenda, però. È ora dello spuntino. A proposito, come va la tua vigna? Ho sentito che la vecchia tenuta Taunton adesso è una meraviglia.»

«A dirla tutta, le servivano solo molta cura e attenzione,» rispose Rafe «ma grazie. Un giorno devi passare a vederla tu stessa.»

«Mi piacerebbe. E, Rafe, ti ringrazio per tutto l'aiuto che hai dato a tuo padre per seguire le mie vigne. Avremo una stagione di crescita eccezionale.» Fece per andarsene, ma si voltò indietro. «Tu come stai? Paloma mi aggiorna sulla situazione di Maria, e ho ricevuto il suo biglietto di ringraziamento per il cesto regalo che le ho spedito, ma mi sono chiesta come riuscissi a far fronte a questa sua lunga e grave malattia; non dev'essere facile.»

«No» rispose Rafe, rivolgendole uno sguardo triste. «È doloroso vederla soffrire. Lei spera che tutto quanto finisca presto. E non posso darle torto. Il cancro è una malattia crudele.»

«È vero, e mi spiace davvero tanto. Per tutt'e due. Qualsiasi cosa possiamo fare, io stessa o gli altri della locanda, ti prego di farmelo sapere.»

«Grazie.» Gli occhi neri di Rafe la scrutarono per un attimo, con tenerezza, e poi guardò altrove. Uscì velocemente dalla stanza, e lasciò Lettie a rimuginare su quello sguardo.

Nel mese di aprile arrivarono lo schiudersi delle gemme e i primi, esitanti passi di Cami. Anche Autumn aveva cominciato a camminare molto presto, ma a Lettie la nipotina sembrava davvero eccezionale, sia per forza che per determinazione. Inoltre, era una bimba dolce che sembrava sapere in anticipo quali fossero le battaglie che poteva vincere. Anche se, all'occasione, dimostrava un bel caratterino, ne faceva buon uso, senza esagerare.

L'intera valle fu in lutto quando finalmente Maria si arrese alla malattia che le aveva devastato il fisico. Sembrava davvero ingiusto che una donna così bella avesse dovuto patire l'oltraggio di una fine del genere. Lettie si unì agli altri nell'esprimere il proprio cordoglio a Rafe e alla sua famiglia. Era già da un po' che Rita, la madre, aveva smesso di lavorare alla locanda. Lettie la abbracciò con affetto.

«Mi spiace tanto» le disse, con trasporto sincero.

Rita lanciò un'occhiata al figlio. «Rafe ha patito così tanti dispiaceri. Spero che, quando le cose ritorneranno normali, si trovi una brava donna nella nostra comunità, che sia felice di vivere e lavorare nella valle. È quello che ha sempre voluto fare. Cercava di essere felice, per amore di Maria, ma la California non gli è mai davvero piaciuta.»

«C'è qualcosa di speciale nella Willamette Valley. Mi è stato chiaro fin dal primo giorno che l'ho vista.»

«Sì, me lo ricordo bene» rispose Rita. «Tu e Rex vi siete

subito capiti, perché tu amavi questa terra quanto lui. Buffo, come sono poi andate le cose. Chi l'avrebbe mai detto che Chandler Hill si sarebbe dimostrata l'enorme successo che è ora. All'epoca era solo un allevamento di tacchini.»

«Penso che, una volta, l'intera valle fosse solo un allevamento di tacchini. E guardala ora! È incredibile vedere tutti i frutteti e le vigne che ci sono.»

Dall'altra parte della stanza, Rafe le guardò e sorrise.

Rita fissò prima lui e poi Lettie, e scosse la testa, ripensando senza dubbio a quanto erano stati attratti l'uno dall'altra.

«Torno dopo» disse Lettie a Rita, sorpresa dalla sua reazione. I genitori di Rafe non avevano mai voluto che stessero insieme. Pensavano forse che adesso ci fosse qualcosa tra loro?

Lettie lasciò Rita e andò a cercare la madre di Maria. Non osava pensare quanto dovesse essere doloroso perdere una figlia.

Dopo aver fatto le condoglianze a entrambi i genitori si diresse verso la porta.

«Ehi! Dove vai?» le disse Paloma, correndole incontro. «C'è una quantità di cibo e vino per tutti. I genitori di Maria si offenderanno se te ne vai via ora.»

«Ho pensato che Rita sarebbe più a suo agio se me ne vado. Non so cosa creda che stia succedendo tra me e Rafe, ma non lo vedo praticamente mai e, comunque, solo quando siamo nei campi.»

Paloma prese Lettie da parte e le parlò a bassa voce. «Lei e tutti gli altri sanno bene che Rafe non ti ha mai dimenticata.»

Lettie spalancò gli occhi. «Ma lui... intendo dire, noi...» La sua voce si affievolì, confusa.

«Lo so. Ma quando siete insieme, c'è una specie di inequivocabile chimica tra voi due. Davvero. Si sente.»

Lettie sospirò e distolse lo sguardo.

«E, comunque, è meglio che resti a fare quello che devi, e fai finta che lui nemmeno sia qui. È chiaro?»

«Va bene.» Di norma, Lettie non avrebbe permesso a nessuno di dirle dove andare o con chi. Ma, in quel caso, si appiccicò a Paloma che tornava in cucina, dove una montagna di cibo era stata disposta su un lungo tavolo di legno, in mezzo alla stanza.

Appena le fu possibile eclissarsi, Lettie si diresse alla porta di casa. A breve Cami si sarebbe svegliata dal pisolino pomeridiano, e voleva essere lì con lei.

«Te ne vai?» La voce profonda di Rafe le arrivò da dietro le spalle.

Si voltò. «Sì. Mi spiace per la tua perdita, Rafe. Maria era una donna splendida.»

«Grazie. E grazie per essere venuta. Credo ci vedremo più spesso, con la fioritura, quando verrò ad aiutare mio padre. Forse hai fatto caso a quanto stia perdendo colpi.»

«Sì, ma non ti preoccupare. Non intendo rimpiazzarlo.»

«Ottimo. Ci vediamo in giro, allora.»

Mentre guidava, di ritorno alla locanda, Lettie si mise a ragionare. Sembrava che ogni singola persona della valle fosse convinta che ci fosse qualcosa tra lei e Rafe. L'idea la innervosiva e destabilizzava allo stesso tempo. Ripensò ai brevi incontri che avevano avuto quando era appena arrivata a Chandler Hill. Fare l'amore con lui l'aveva scossa nel profondo e in seguito era stata terribilmente ferita dal capire chiaramente che la famiglia di Rafe non voleva che avesse niente a che fare con lei. Quando Kenton aveva cominciato a farle la corte seriamente, aveva messo da parte quei sentimenti. E infine, dopo avere scoperto la magia del profondo amore che la legava a Kenton, ogni pensiero per Rafe era scomparso.

Catturò il proprio riflesso nello specchietto retrovisore. A volte, doveva ricordare a se stessa di non essere poi così vecchia, nonostante le responsabilità avessero gravato su di lei per anni. Aveva passato i quaranta, ma sembrava più giovane. Forse erano i capelli biondo ramati, che lasciava sciolti in una massa di riccioli, o la vivacità degli occhi verdi sul volto privo di rughe.

Fece un sospiro, al ricordo di quanto fosse stato soddisfacente fare l'amore con Rod Mitchell. A dirla tutta, come amante era di medio livello, ma sarebbe stato gradevole sentire di nuovo il tocco delle sue mani. Purtroppo, il suo principale obiettivo era stato impadronirsi della locanda, e si domandava quanti altri che avevano mostrato interesse per lei nel corso degli anni volessero solo mettere le mani sulle sue proprietà.

I poverini non sapevano che mai e poi mai avrebbe consegnato la terra a qualcuno che non fosse della famiglia.

Con i boccioli in fioritura, Lettie lavorava insieme a Joe e Rafe per sfoltire la parete vegetativa, e si assicurava che tutte le foglie fossero esposte al sole e alla giusta distanza. Anche nei giorni in cui i due uomini erano impegnati nella proprietà di Rafe, Lettie teneva d'occhio i vigneti. Sapeva quanto era importante che ogni grappolo potesse svilupparsi bene.

Ora che la nipotina sapeva camminare e correre, il tempo disponibile per quel tipo di attività era principalmente nel pomeriggio, mentre Cami dormiva sotto la supervisione della babysitter.

Un giorno che era inginocchiata a terra a controllare un giovane tralcio di vite sentì una voce alle sue spalle. «La tua potatura si è sviluppata in ottimi germogli.»

Lettie ordinò al cuore di battere più piano, si alzò in piedi e si voltò verso Rafe. «Grazie. Come ti va?»

Rafe alzò le spalle. «Bene, direi. Ci si sente soli in quella grande casa.»

«Ti capisco. Certo, con la bambina e tutti i suoi giocattoli e aggeggi vari, adesso da me c'è molta più animazione, ma non è facile stare per conto proprio.»

Rafe la guardò. «Ti ricordi quella volta che ti ho detto che dopo di te non avrei voluto stare con nessun'altra?»

«Me lo ricordo» gli rispose a bassa voce e guardò i filari di viti alle sue spalle.

«Ero sincero» continuò Rafe. «Dopo la vendemmia e la vinificazione, penso che busserò alla tua porta.»

«Ma, Rafe, tua madre e tuo padre...»

Lui la interruppe. «Ascoltami. La volta scorsa ho lasciato perdere. Non intendo farlo di nuovo. Non avrei mai dovuto sposare Maria. Lei lo sapeva. Io lo sapevo. Mi sono preso cura di lei, ho fatto come desiderava, ma non l'ho mai amata come lei avrebbe voluto. Non potevo. Ho sempre amato te, Lettie.»

«Non possiamo... non puoi... Maria è mancata solo pochi mesi fa.» Il desiderio si scontrava con la necessità di fare la cosa giusta, nel rispetto di Maria.

«Lo so. Ti sto solo avvisando. Questa volta non ti lascerò andare.» Rafe avvicinò le labbra alle sue.

Travolta dalle sensazioni, a Lettie sembrò che ossa e muscoli si liquefacessero dentro il corpo. Si aggrappò a lui.

Quando infine Rafe si staccò, le rivolse quel suo sorriso malandrino che pensava di essersi dimenticata. «Già, è proprio così che me lo ricordavo.»

Gli occhi di Lettie brillavano quando si guardarono. «Anch'io» sussurrò. Scacciò il desiderio di baciarlo di nuovo, si girò e corse verso la locanda.

Più tardi, continuò a ripensare al bacio di Rafe. Era l'unica e più importante cosa che le era rimasta in mente. La prossima volta che avesse voluto baciarla, non sarebbe scappata via.

###

Mentre le vacanze si avvicinavano, Lettie aspettava notizie da Rafe. Ma, dopo la vendemmia, lui se ne andò dalla valle. Paloma le spiegò che doveva andare a vedere la casa che aveva ancora in California. Ma Lettie si domandava se non ci fosse dell'altro. Forse era il suo modo di farle sapere che aveva cambiato idea su di loro.

Mandò un messaggio ad Autumn per chiederle se pensasse di tornare per le vacanze. Era parecchio che non la sentiva, e finalmente lei la chiamò.

«Mamma, mi spiace, ma non vengo a casa per Natale. In questo momento non posso andarmene. Hanno bisogno di me qui. Penso che a Cami non mancherò troppo, è ancora così piccola. E poi, sarebbe penoso per entrambe se arrivassi per poi ripartire dopo solo pochi giorni. Tornerò quando saprò di potermi fermare per un po' di tempo.»

«Anche tua figlia ha bisogno di te.» Lettie sapeva che erano parole dure, ma non poté trattenersi. Cami era la più dolce bimba del mondo e meritava di conoscere sua madre.

«Senti, mamma,» continuò Autumn con estrema calma «so che Cami è in buone mani e riceve tutto l'amore e le attenzioni di cui necessita. Se non ne fossi convinta, non la lascerei a vivere con te. Le voglio bene e desidero per lei solo il meglio. E in questo momento, stare con me non lo è.»

Dopo il rimprovero, Lettie fece un profondo respiro. Dalle e-mail che le aveva spedito in precedenza, sapeva bene quanto Autumn fosse impegnata e come fosse importante il lavoro che portava avanti.

«D'accordo, non voglio insistere. Ma verrà il momento, spero, che metterai tua figlia al primo posto.»

«Come hai fatto tu con me?» Il sarcasmo nella voce era evidente.

«Che cosa intendi?» Lettie fu presa alla sprovvista.

«Per te la locanda è sempre stata più importante di me» rispose Autumn. «Non puoi negarlo.»

«Aspetta un attimo» ribatté Lettie, facendo di tutto per mantenere saldo il tono della voce. «Ho dovuto occuparmi della locanda per evitare che andasse a rotoli. L'ho fatto soprattutto per te e per il tuo futuro. E ricordati che ero una diciannovenne travolta dagli eventi. Lo so di non essere stata perfetta. Per niente. Ma è stato il meglio che potessi fare.»

La voce di Autumn si addolcì. «Oh, mamma, perdonami. Non litighiamo. Ti voglio bene e ti ringrazio dal profondo del cuore di prenderti cura di Cami. Appena sarò certa che le persone del villaggio sono protette e al sicuro, e che Cami può stare con me senza pericolo, verrò a prenderla.»

«Va bene. Ti prendo in parola. Cami sta dormendo, ma posso svegliarla, se vuoi.»

«No, lasciamola riposare. È una benedizione che sia ben nutrita, al caldo, all'asciutto e al sicuro con te. Vorrei che tutti i bambini fossero così fortunati.»

«È vero» rispose Lettie. «Sono orgogliosa di tutto quello che fai. Ci sono così tanti bambini bisognosi di medicine, istruzione, acqua potabile: di tutto l'aiuto che tu ti prodighi a dare.»

«Grazie, mamma. Devo andare, adesso, ma ci sentiamo presto. Te lo prometto.»

«D'accordo. Ti voglio bene, Autumn» disse Lettie.

«Anch'io te ne voglio. Dai un bacio alla piccolina da parte mia.»

Ci fu un clic e la comunicazione fu interrotta.

Invece di rimanere alla locanda per Natale, Abby decise di andare a San Francisco per trascorrere le vacanze con una nuova fiamma. Lettie la capiva, ma si sentì un po' abbandonata, pur avendo Cami con sé a rallegrarle la giornata.

Comunque, si costrinse a prepararsi un mimosa e una porzione di salsa olandese per le uova alla Benedict che era solita servire la mattina di Natale. Mentre Cami giocava allegra coi suoi nuovi giocattoli, Lettie era seduta in salotto a guardarla e sorseggiava il suo cocktail a base di succo d'arancia e champagne.

Sentì bussare alla porta, per cui appoggiò il bicchiere e si alzò in piedi, ancora in pigiama. Meccanicamente si ravviò i capelli con le dita, per rendere i riccioli più vaporosi.

Quando aprì la porta e vide Rafe, si portò una mano al petto. «Ciao.»

«Ciao. Sono passato per farti gli auguri. I miei sono fuori città, da una delle mie sorelle e, visto che ero solo soletto a casa...» La voce gli si affievolì.

«Perché non entri? Ti preparo un mimosa. Anch'io sono sola. O, meglio, c'è anche Cami, ma la conversazione è un po' a senso unico.»

Rafe ridacchiò.

Con un gesto, Lettie lo invitò a entrare, desiderando di avere avuto il tempo di vestirsi. Per fortuna aveva il pigiama rosso di flanella a quadri e non uno di quelli sexy di seta.

Rafe entrò in casa e si fermò a guardarsi in giro. «Carino. Mi piacciono i quadri.»

«Grazie.» Osservando la scena con gli occhi di lui, pensò che la casa non era molto grande, ma gli spazi aperti, le porte di vetro scorrevoli e le molte finestre la facevano sembrare più ampia di quello che era. Le pareti grigio chiaro facevano risaltare i dipinti di arte contemporanea che vi erano esposti. E i pavimenti in legno erano controbilanciati da tappeti orientali sgargianti che riprendevano i colori dei quadri appesi.

Rafe si avvicinò a Cami e le si inginocchiò accanto.

«Cos'abbiamo di bello qui, Cami?»

La bambina gli mostrò il suo nuovo giocattolo preferito.

«Ah ecco, è *Ridi Elmo*» commentò Rafe. «Nella mia famiglia ne ho visti già parecchi.»

«Chi può resistere a quella risata, eh?» disse Lettie, ben sapendo che non l'avrebbe tollerata ancora per molto. La nipotina si divertiva a far ridere Elmo, di continuo.

Lasciò Rafe con Cami, andò in cucina, e ritornò in salotto portandogli un mimosa.

Lui lo prese e sollevò il bicchiere in un brindisi. «Buon Natale, Lettie. E felice anno nuovo!»

Gli sorrise e fece tintinnare il calice contro il suo. «Anche a te. Speriamo che questo nuovo anno sia migliore di quello che l'ha preceduto.»

Rafe appoggiò il bicchiere e fece un lungo sospiro. «Sto pensando di assumere una governante fissa. Il posto è più grande di quello che mi serve e ha bisogno di essere curato di più. E poi, odio ritornare in una casa vuota.»

«Io, invece, vorrei prendermi un cane» rispose Lettie. «Sono parecchi anni che Bi è morta. Mi sentirei più al sicuro, da sola in casa, e credo che a Cami piacerebbe molto.»

«Ovviamente, potremmo lasciar perdere tutti questi piani e andare a vivere insieme» disse allora Rafe, con gli occhi luccicanti di allegria.

Lettie scoppiò a ridere, segretamente eccitata dalla proposta.

«Sul serio, credo che tu lo sappia già quanto sono attratto da te. Ho voglia di conoscere la donna che sei diventata.» Rafe la guardava dritta negli occhi.

«Sì, lo so» rispose a bassa voce, osservandolo. «Ma perché la tua famiglia è così contraria all'idea che noi due stiamo insieme? Tua madre...»

Rafe le prese la mano. «Ormai siamo grandi. Non serve che

ci dicano cosa dobbiamo o non dobbiamo fare.»

«Ma...»

«I miei genitori hanno questa fissazione, che metterci insieme sarebbe irrispettoso da entrambe le parti.»

Lettie colse l'amarezza nella voce di Rafe e capì che aveva già avuto una simile conversazione con i suoi. Se quella famiglia non fosse stata così all'antica e così presente nella sua vita, le cose sarebbero state diverse.

Cami si agitò, gattonando verso di loro.

Lettie si alzò dal divano e andò a prenderla.

Sedendosi con lei tra le braccia le disse a bassa voce: «Questo è Rafe. Ti ricordi di lui?»

«Afe» ripeté la bimba e gli sorrise timidamente.

Rafe pure le sorrise, stringendole la manina. «Piacere di conoscerti, Cami.» Guardò Lettie. «Con dei capelli e degli occhi così, spezzerà più di un cuore, un giorno.»

«Mi auguro di no» rispose Lettie. Baciò la nipotina su una guancia e la strinse forte a sé. «Le voglio così bene che fatico quasi a crederci. Quando Autumn era piccola, ero talmente impegnata con la locanda che non mi prendevo neanche un minuto da dedicare a lei. E infatti, di recente mi ha accusato di averla trascurata, e aveva ragione.»

«Sei una nonna così fantastica che non posso credere che tu non sia stata anche una brava madre. Non c'è momento in cui non siate insieme, voi due, lo dicono tutti.»

Sentendo Rafe rivolgerle quei complimenti, il cuore di Lettie si riempì di dolcezza e riconoscenza.

«È ora che Cami faccia la sua nanna mattutina. Vuoi fermarti per una colazione un po' tardiva? Pensavo di prepararmi delle uova alla Benedict, è la mia tradizione di Natale.»

«Certo» rispose Rafe con entusiasmo.

«Mettiti comodo. Porto la piccola a fare il suo pisolino, mi cambio, e torno subito da te.»

«Va bene. Ti aspetto» disse lui sorridendole con trasporto.

Lettie sistemò Cami nel suo lettino e corse in camera a cambiarsi. La giornata sembrava decisamente migliore, con la prospettiva di trascorrerla con Rafe. Indossò pantaloni grigi e un golf di cachemire rosa chiaro che si intonava bene ai capelli. In piedi davanti allo specchio del bagno spruzzò un po' di profumo dietro ai lobi, mise degli orecchini di diamanti che si era comprata di recente e si truccò appena, con ombretto e mascara.

Quando tornò in soggiorno vide che Rafe era di fronte a uno dei dipinti. Si voltò verso di lei e fece un fischio sommesso. «Caspita, come sei carina!»

Improvvisamente timida, Lettie arrossì. «Grazie. Non sono sempre in giro per i campi, in jeans e stivaloni.»

Rafe sorrise e indicò il dipinto. «Non sapevo che fossi una collezionista d'arte.»

«Questo è uno dei miei preferiti. Ho cominciato a comprare qualche pezzo alle fiere locali, ma mi sono davvero appassionata frequentando un corso presso una galleria a Portland. Non posso dire di essere un'esperta. Ma so quello che mi piace. A volte le opere d'arte sono costose, ma spesso non lo sono: dipende dall'autore.»

«Hai una casa molto bella e, grazie al tuo buon gusto, l'hai resa spettacolare.» La guardò con serietà. «Pensi di potermi dare una mano con casa mia? Maria era così sofferente che non ha avuto modo di dedicarsi alle rifiniture e agli ultimi dettagli.»

Continuarono a guardarsi, mandandosi messaggi silenziosi. «Certo. Mi piacerebbe poter fare una cosa del genere per te. Con te.»

Rafe si sporse in avanti, con gli occhi lucidi per l'emozione.

Lettie sapeva che voleva baciarla e, anche se diceva a se

stessa di fare attenzione, appoggiò senza esitare le labbra alle sue. Poi, quando Rafe la attirò a sé, lo avvolse con le braccia, incapace di resistere al desiderio che fremeva in lei.

Il baciò divenne più profondo, facendole capire, a modo suo, quanto gli fosse mancata.

Quando infine si separarono, rimasero in piedi l'uno di fronte all'altra, senza fiato.

«Oh, Rafe» riuscì a dire poi. «Che cosa pensiamo di fare?»

Il suo sguardo era fermo e tranquillo. «Credo che dovremmo goderci lo stare insieme. In ogni modo possibile.»

Il fiato di Lettie uscì con un sospiro di sollievo. Lo desiderava. Era davvero semplice. Davvero meraviglioso.

Rafe allungò una mano e lei la prese.

CAPITOLO VENTITRE

Sdraiata di fianco a Rafe, Lettie tracciava con il dito una linea sul suo ampio torace, sfiorandone il ventre piatto e il rilievo dei muscoli. Per essere prossimo ai cinquanta, era in perfetta forma. E gliel'aveva appena dimostrato.

Rafe si voltò per guardarla. «Ho aspettato così tanto per avere tutto questo: stare con te, fare l'amore. E sei meravigliosa in ogni dettaglio, proprio come ti ricordavo. E persino più bella.»

La baciò.

Lettie sapeva che il suo corpo mostrava i segni del tempo. Le smagliature che non sarebbero mai andate via, una lieve rotondità della pancia, i seni più morbidi. Ma se a Rafe non dispiaceva, qual era il problema?

Per la prima volta, da molto tempo, si sentiva apprezzata esattamente per come era. Un domani le cose sarebbero state probabilmente diverse, ma era intenzionata a godersi il momento. Il giorno seguente, avendo concesso a tutta la squadra un periodo di vacanza in previsione degli arrivi dell'ultimo dell'anno, avrebbe dovuto dedicarsi alla locanda. E Rafe avrebbe dovuto affrontare la sua famiglia. Lettie non intendeva sbandierare la loro relazione, ma neppure tenerla nascosta.

Al suono della voce di Cami attraverso l'interfono, Lettie si alzò dal letto. «È meglio che vada a prenderla. Ma rimane il programma per la colazione. Hai ancora fame?»

«Oh, sì» rispose Rafe, strizzandole un occhio.

Lettie mise le mani sui fianchi e rise. «Non fare il furbo.»

Sorrise. «Penso che prenderò un po' di quelle uova di cui parlavi.» Uscì dal letto e si diresse verso il bagno.

Lettie afferrò una vestaglia e andò a prendere Cami. Sollevandola dal lettino, strofinò il naso tra le pieghe del collo tiepido della bambina e la abbracciò forte. Quella coccola al risveglio era diventato un piccolo rituale tra loro.

Dopo averla cambiata, la portò in cucina e la mise nel seggiolone.

Soddisfatta, Cami cominciò a raccogliere i cereali che aveva nel vassoio davanti a sé, mettendoseli in bocca uno dopo l'altro.

Rafe entrò nella stanza, con i capelli ancora umidi per la doccia. «Ah, la principessa si è svegliata.»

«Puoi guardarla tu per un minuto, mentre mi vesto?» domandò Lettie.

«Certamente. Noi due ci conosceremo un po' meglio. Vero, Cami?»

Cami sorrise a entrambi. «Afe.»

Rafe sorrise. «È intelligente.»

Senza riuscire a nascondere il suo orgoglio, Lettie rispose: «Lo è davvero. Divertitevi, voi due. Torno tra poco.»

Dopo essersi rinfrescata e cambiata velocemente, Lettie arrivò in cucina e trovò Rafe che giocava a *batti-batti-le-manine* con Cami. La vista di loro due insieme le fece venire le lacrime agli occhi. Si chiese se fosse il momento giusto per parlargli del legame di sangue che aveva con la bambina.

«Ho fame» ruggì Rafe, scherzoso.

Ridacchiando, Lettie abbandonò quel pensiero e si mise al lavoro per preparare la colazione.

Nei giorni e settimane successivi, stabilirono una piacevole routine. Dopo aver verificato che alla locanda tutto andasse per il verso giusto e la cena per gli ospiti fosse in pieno svolgimento, Lettie chiamava Rafe per farsi raggiungere a casa.

Una volta capito che era un ottimo cuoco, gli diede carta bianca in cucina. Sedersi con un bicchiere di vino in mano, a guardarlo preparare ottime pietanze, era per lei un momento assolutamente prezioso. Di solito Cami era contenta di starsene a giocare nella zona pranzo, ma, se faceva i capricci, Lettie spesso coglieva l'occasione per leggerle qualcosa. Alla bambina piaceva indicare le lettere e gli animali, incoraggiata dalla nonna, ed entrambe andavano volentieri avanti così per un po'.

Una sera che Lettie stava leggendo a Cami, Rafe disse: «Che scenetta idilliaca. A volte mi domando come sarebbe stato, se io e Maria avessimo avuto dei figli. E ci abbiamo provato, sai.»

«Che peccato... Adesso che ho visto come sei bravo con Cami, sono certa che sia stato un bel dispiacere per te.» Lettie si sentiva in colpa che Rafe non avesse potuto conoscere Autumn da piccola.

«È vero, ma chissà se i nostri figli sarebbero cresciuti con un carattere facile come quello di Cami. Maria era una persona sempre insoddisfatta.» Guardò in lontananza.

«Non credo che sia stata colpa tua, se era infelice. Se ricordo bene, sognava di fare l'attrice o la modella in California. Un'ambizione difficile da realizzare, perlopiù.»

«Credo che tu abbia ragione. Ma smettiamo di parlarne e preparati a un pasto superlativo. Lo Chef Rafael è convinto che sarai soddisfatta.»

«Ha un profumino delizioso. Che cos'hai cucinato?»

Sorridendo, Rafe si strofinò le mani. «Pollo arrosto con verdure dell'orto saltate in olio d'oliva, succo di limone e aglio.» Le strizzò l'occhio. «E c'è anche un mix di erbe segrete.»

Lettie mise Cami a sedere sul pavimento con il suo libro e si avvicinò a Rafe. «Sono felice che tu sia qui.» Nessuno dei due aveva ancora usato la parola *amore*, ma Lettie non poteva resistere oltre. «Ti amo. E ti amavo anche allora.»

Rafe la avvolse tra le braccia e la strinse a sé. «È lo stesso per me. Sta succedendo in fretta, ma, come dice Paloma, era destino.»

Lettie lo guardò sollevando scherzosamente un sopracciglio. «E dunque, parlate alle mie spalle, è così?»

«Direi che è stata Paloma a prendermi alla sprovvista, dicendomi quanto sei felice. Penso che sia questo che fanno, l'una per l'altra, le vere amiche.»

Lettie si ritrovò a sorridere di gioia. Era bello avere l'approvazione di Paloma.

Dopo un'ottima cena accompagnata da un eccellente Pinot Nero di una cantina dei dintorni, Lettie lasciò Rafe in cucina e corse a fare il bagnetto a Cami e a prepararla per la nanna.

Più tardi, con la piccola in braccio – tutta pulita e profumata – Lettie entrò in soggiorno e trovò Rafe seduto davanti al camino, con della musica jazz in sottofondo.

«Ho pensato che volessi darle la buona notte» disse Lettie, mettendogli Cami tra le braccia.

Rafe sorrise e le fece fare cavalluccio sulle proprie gambe. «Sei capace di dire "notte, notte"?»

«Notte.» La bambina lo indicò. «Afe.»

Lettie scambiò uno sguardo sorpreso con Rafe e scoppiò a ridere.

«Diventerà una chiacchierona, come una delle mie nipoti» esclamò Rafe. Scompigliò i capelli di Cami. «Buona notte.»

Con la testa e il cuore in subbuglio, Lettie gliela prese dalle braccia e la portò in cameretta per metterla a dormire.

Quando tornò nel salotto, era decisa a parlare a Rafe della sua parentela con Autumn e Cami. Ma il Fato aveva altre idee.

Rafe dormiva profondamente sul divano.

Il resto di gennaio e tutto febbraio si consumarono rapidamente nelle attività dei campi, a potare le viti. Lettie seguì le solite scadenze annuali per il completamento della cimatura dei germogli e dei rami secondari. Conosceva le giuste proporzioni da rispettare, e il peso del tralcio era un buon indicatore del lavoro di potatura e sfogliatura richiesto nei mesi a venire.

La fioritura a fine marzo fu esaltante, come sempre. Lettie non era mai stanca di osservare le viti risvegliarsi dopo il pigro inverno. Quell'anno si identificò in modo particolare in quella sensazione, poiché dopo quel periodo passato con Rafe le sembrava di emergere da un lungo e profondo sonno. Si sentiva finalmente viva e amata.

Ci fu chi non accettò la loro felicità. La famiglia di Maria era furiosa con Rafe perché riteneva che avrebbe dovuto aspettare come minimo un anno prima di uscire con un'altra donna, per dimostrare il dovuto rispetto alla defunta. E, benché i genitori di Rafe avessero mantenuto i contatti con Lettie, lei ne percepiva la disapprovazione.

Dopo tutta la fatica che aveva fatto per essere accettata e per avere successo, cercò di superare la delusione e il disappunto. Quello che provava per Rafe era così profondo che non poteva né voleva nasconderlo. E lui le rendeva facile tener fede a quel proposito. La gioia che dimostrava quando trascorrevano del tempo insieme era evidente, che si trattasse di una cena romantica a casa o di stare semplicemente con Cami.

In molte occasioni Lettie aveva provato a spiegare a Rafe che Cami era sua nipote, ma c'era sempre qualcosa che la fermava. Sapeva però di non potere più aspettare. Autumn sarebbe tornata a casa in giugno, per il secondo compleanno della bambina.

Una tiepida sera di fine maggio, con le viti in piena fioritura, Lettie organizzò per lei e Rafe una piacevole cena sul patio nel retro della casa. Quel terrazzo era uno dei suoi posti preferiti e sovrastava le colline che si allungavano e drappeggiavano in un paesaggio che le era sempre sembrato far parte di un dipinto.

Quando Lettie lasciò la locanda, il cuore le batteva per l'angoscia. Non aveva idea di come Rafe avrebbe reagito alla notizia di essere il padre di Autumn, e al fatto che lei gliel'avesse fino a quel momento nascosto. In breve tempo la loro relazione si era sviluppata e approfondita in qualcosa che non aveva mai provato, neppure con Kenton. Ma era anche vero che lei e Kenton non avevano avuto molto tempo a disposizione.

Prima dell'arrivo di Rafe, Lettie corse a casa per assicurarsi che con Cami tutto fosse a posto. La nipote di Paloma si occupava della bambina come babysitter ed era davvero brava. Ma Lettie voleva sempre essere informata su ogni dettaglio della giornata trascorsa. Dopodiché, rimasta sola con Cami, si godeva qualche prezioso momento avendola tutta per sé.

Lettie era fuori sul prato davanti alla casa, e giocava a palla con la nipotina, quando Rafe arrivò sul suo camioncino color argento. Scorgendolo, gli occhi di Cami si illuminarono. «Afe!» gridò, correndo verso di lui sulle gambette malferme. Lettie lo guardò mentre faceva dondolare la piccola tra le braccia e un po' del suo nervosismo svanì. Quei due avevano sviluppato una relazione davvero tenera.

Con Cami in braccio, Rafe si avvicinò a Lettie. «Ciao, splendore!»

La baciò, e poi Cami disse: «Io!»

Ridendo, Lettie baciò la piccola e la prese a Rafe.

«Ho organizzato una buona cenetta per noi. Bistecca alla griglia, insalata fresca e i tuoi panini all'aglio preferiti, presi dalla locanda. Ho pensato che possiamo prepararla insieme, dopo che Cami è andata a dormire. Nel frattempo, godiamoci un bicchiere di vino in terrazza. Ho preparato una zona dove Cami possa giocare.»

«Mi sembra un buon programma. È una serata splendida per cenare all'aperto. Prevedo che il tramonto sarà spettacolare. Sembra impossibile che solo poco tempo fa la valle abbia subito le inondazioni che hanno danneggiato così tanta gente.»

«È vero. E questo mi fa apprezzare ancor di più la fortuna di avere i terreni sulle colline» osservò Lettie.

Poi mise Cami a sedere sul pavimento della veranda, nella piccola area giochi che aveva allestito per lei, e andò in cucina. Quando tornò con una bottiglia stappata e due bicchieri da vino rosso, Rafe era in piedi vicino alla balaustra del terrazzo e osservava la vallata.

Da dietro, Lettie ammirò il suo corpo alto e snello, le spalle larghe e il sedere ben fatto. Dopo aver trascorso anni e anni di inesistente attività sessuale, adesso le capitava di pensarci molto spesso. Lei e Rafe non erano più così giovani, ma il sesso era una parte importante della loro relazione, e le piaceva moltissimo.

Rafe si voltò e le sorrise.

Lettie posò i bicchieri e la bottiglia sul tavolo e si rifugiò tra le braccia che le venivano offerte. Rannicchiata contro il suo petto, si augurò di poter sempre stare così bene con lui.

«Cami non dovrebbe essere a nanna?» la prese in giro Rafe, con tono divertito.

Lettie fece un passo indietro. «Non ancora. Ma appena è sistemata per la notte, io e te dobbiamo parlare.»

«Oh? Qualcosa di serio?» Sollevò le sopracciglia, preoccupato.

«Si tratta di una cosa che volevo dirti da un po'» Gli strinse la mano. «Lo sai che ti amo, vero? Ti prego, fammi parlare senza interrompere. Ma, prima, perché non versi del vino mentre io prendo i cracker e un po' di formaggio?»

«D'accordo, ma lo sai che non mi piacciono i segreti.»

Il cuore le sobbalzò nel petto. «Lo so.» Agitata da morire si voltò per dirigersi in cucina.

Dopo aver messo Cami nel lettino, tornò sulla veranda. Il sole si avvicinava all'orizzonte e irradiava schegge di rosa, rosso e arancio nel cielo. Sussultò alla vista di tanta bellezza. Un tempo qualcuno le aveva detto che era così che la mano di Dio creava i suoi quadri. Avrebbe quasi potuto crederci: tinte del genere non esistevano nei dipinti degli esseri umani.

«Ho riempito di nuovo i bicchieri» disse Rafe, rivolgendole uno dei sorrisi birichini e maliziosi che aveva imparato ad amare.

«Ottimo. Ne avrò bisogno.»

Rafe aggrottò la fronte, preoccupato. «Riguarda quello che hai da dirmi?»

Lettie sentì che le tremavano le gambe e si mise a sedere. Prese un sorso di vino e appoggiò il bicchiere con decisione.

Rafe prese la sedia di fronte alla sua e la guardò, allarmato. Lettie si concesse un attimo per osservare i lineamenti dell'uomo che amava, frugando nella mente per capire se ci fosse in lui qualcosa di Cami. A parte la fossetta del mento, non c'era nulla. Per quanto riguardava Autumn, le cose invece erano diverse. Oltre al mento, sia gli occhi scuri che la forma del naso erano quelli di Rafe. E anche il fatto che si abbronzava con facilità, nonostante la sua chioma castana fosse striata di rosso.

«Avanti, dimmi tutto» la invitò Rafe.

Lettie fece un lungo sospiro. «Abbiamo parlato spesso del primo periodo della nostra conoscenza. Ti ho spiegato ciò che sentivo per te e quanto poi abbia amato Kenton.»

«Sì.»

«Qualche anno fa, Autumn ha avuto un incidente sugli sci» proseguì Lettie. «Quando ero con lei in ospedale, a Vail, sono stata sconvolta dalla scoperta che il suo gruppo sanguigno fosse zero positivo.»

«È abbastanza comune,» la interruppe Rafe «ma vai pure avanti.»

«Il gruppo di Kenton era AB positivo, e il mio A positivo, il che significa che Kenton non è suo padre...»

Si alzò e andò ad accoccolarsi vicino alla sedia di Rafe. Gli prese le mani e disse: «Autumn è tua figlia, e Cami tua nipote.»

Il turbamento si dipinse sul volto di Rafe. Poi fu il dubbio ad avvolgere i suoi bei lineamenti abbronzati.

«Cosa? Ma, come? Cioè, quando?» Gli uscì una risata che aveva una nota isterica. «Come sia successo, lo so, ovviamente.» Gli occhi gli si riempirono di lacrime. «Mi stai dicendo che abbiamo fatto una bambina, tutti quegli anni fa?»

Lettie annuì, odiandosi per non averglielo detto prima. «Sì, lei è il frutto del nostro amore.»

«Mio Dio! Ma sei seria?» Il turbamento si trasformò in rabbia. «Stiamo insieme da sei mesi, e non me ne hai mai fatto parola? Avresti dovuto dirmelo.»

«Lo so» ammise Lettie, sottovoce. «Avrei voluto dirtelo tutto il tempo. Ho aspettato, con l'idea di spiegarlo prima ad Autumn. Ma adesso capisco che non è stato corretto nei tuoi confronti. Così, ho deciso di raccontartelo adesso, prima che Autumn torni a casa. Non posso più tenerla all'oscuro, e volevo che tu fossi preparato.»

«E lei, cosa credi che penserà al riguardo?» Rafe si grattò la nuca.

Lettie si prese il capo tra le mani e sospirò. Quando alzò lo sguardo, disse: «Sarà un colpo per lei e per tutti gli altri. Come reagirà la tua famiglia?»

Rafe si mise in piedi, le prese la mano e la fece alzare. La avvolse tra le braccia e disse: «Una volta superato lo shock, non penso che i miei saranno troppo sorpresi. A parte quelle striature di rosso nei capelli, Autumn non ti assomiglia molto. A dirla tutta, adesso che ci penso, sembra una delle mie cugine.»

«Non ho mai messo in dubbio le differenze di aspetto tra me e Autumn, perché non ho nessuna idea di come fossero i miei genitori. E non ho mai incontrato la madre di Kenton. Ma è certo che, sapendo che sei il padre, noto alcune somiglianze. Inoltre, non ho mai visto una foto del padre di Cami, e non avevo alcun modo di giudicare i suoi lineamenti.» Lettie scosse il capo. «È stata una storia di identità nascoste o rivelate tardi. Spero solo che nessuno ne esca danneggiato.»

«Sono d'accordo.» Rafe la prese per mano. «Andiamo a dare un'occhiata alla mia nipotina. Santo iddio! Non riesco a crederci! Io e Maria volevamo dei figli, e per tutto questo tempo ne avevo già una.» Gli luccicavano gli occhi. «Spero solo che Autumn non si dispiaccia troppo di avere me e non Kenton come padre.»

«Ti vorrà bene di sicuro, come te ne voglio io. Facciamo le cose un passo alla volta.» Anche se Autumn aveva sempre negato qualsiasi desiderio di occuparsi di Chandler Hill, le piaceva l'idea di essere parte della famiglia che la possedeva. Avrebbe comunque ereditato la proprietà, ma avrebbe sempre saputo di non essere davvero una Chandler.

CAPITOLO VENTIQUATTRO

Lettie e Rafe entrarono nella stanza di Cami in punta di piedi, fermandosi a osservare quella bimba dai morbidi riccioli ramati che assomigliava a un cherubino dalle guance rosee. Quei riccioli, Lettie lo sapeva, venivano da lei.

«È così bella» mormorò Rafe. «Sapere che ha il mio sangue rende tutto davvero speciale...» Le accarezzò una guancia con un dito e la bimba sbatté le palpebre per un attimo, per poi quietarsi.

«Meglio lasciarla tranquilla» suggerì Lettie. «Se non dorme abbastanza, poi rimane scontrosa.»

Chiusero la porta della cameretta dietro di loro e si guardarono.

«Posso fermarmi, questa notte?» domandò Rafe.

Lettie curvò le labbra in un sorriso. «Certamente! Speravo l'avresti fatto.»

Rafe le prese la mano. «Voglio stare con te.»

«Anch'io.» Adesso che ogni aspetto del loro rapporto era chiaro, Lettie sentiva il bisogno di dimostrare a Rafe quell'amore che li legava da sempre.

Andarono in camera sua e si spogliarono in silenzio, così a proprio agio l'uno con l'altra che non c'era bisogno di parole.

Nuda davanti a Rafe, non poteva fare a meno di farsi delle domande su ciò che lui vedeva in lei. Ancora lontana dai cinquanta, era in forma per la sua età, ma come tutte le donne era consapevole delle proprie imperfezioni.

Rafe sembrò intuire i suoi sentimenti e la tirò a sé, rendendo evidente quanto la desiderasse.

«Ogni volta che ti guardo, rivedo la ragazza che mi toglieva il fiato. Ti amo da molto tempo, Lettie, ma adesso ti amo ancor più di quanto ho mai creduto possibile.»

Appoggiò le labbra alle sue, dapprima gentile e poi infiammato dalla passione.

In breve, l'unico pensiero per Lettie fu quello di soddisfare ogni suo desiderio.

Più tardi, appagata e distesa al suo fianco nel letto, Lettie asciugò con il dito una lacrima che faceva capolino dall'angolo di una palpebra di Rafe. «Cosa c'è, tesoro?»

«Penso di essere stato sopraffatto dagli eventi odierni» rispose onestamente lui. «Tutt'a un tratto ho una famiglia» spiegò, e si allungò per accarezzarle il ventre. «Non ci credo ancora che tu abbia partorito mia figlia. Vorrei averlo saputo. Ti sarei stato vicino. Ti devi essere sentita così sola, senza Rex e Kenton.»

«È vero» ammise. «Sono stati periodi difficili per me. Grazie al cielo, c'era Paloma ad aiutarmi.»

«Beh, tu hai partorito la bambina, adesso è ora che anch'io faccia la mia parte.» Fece un sorriso triste che le attraversò il cuore. «Ho perso così tanta parte della sua vita. Com'è davvero, Autumn? Mi sembra di aver capito che hai avuto un po' di problemi con lei, in passato.»

Lettie non riuscì a trattenere un sospiro. «Non è stata una bambina facile, e ancora più complicata da adolescente. Ma è bella, brillante, testarda e premurosa, a modo suo. Mi accusa di avere amato la locanda e i vigneti più di lei. E non posso negare di aver passato più tempo con il mio lavoro di quanto lei o io stessa avremmo desiderato. L'amavo, ma lo sai anche tu quanto io fossi – e sia ancora – dedita a Chandler Hill.»

Rafe le strinse la mano. «Hai fatto cose splendide per la locanda e il resto della proprietà.»

«Volevo fare cose buone anche per mia figlia. Ma non sapevo come. Con Cami, ogni piccolo dettaglio mi entusiasma. Mentre so che non è stato lo stesso con Autumn. Ha ragione. Non sono stata la madre di cui aveva bisogno.»

Rafe le sollevò il mento. «Guardami, Lettie. Non massacrare te stessa per cose che fanno parte del passato. Eri solo una ragazzina.»

«Autumn è una brava persona. Ha fatto così tanto per il suo villaggio, in Africa. Ama davvero quella gente. È lì che ha incontrato il padre di Cami. Non vuole dire né a me né a nessun altro di chi si tratti. Dice che è un politico, e che gli rovinerebbe la carriera.»

«Interessante. Quindi, è anche una persona leale. Mi chiedo come reagirà quando saprà di me, uno spagnolo che coltiva le viti.»

«Beh, anch'io coltivo le viti, per cui, chi può dirlo?» commentò Lettie, cercando di aggiungere un po' di leggerezza alla conversazione.

«Sono decisamente nervoso all'idea di incontrarla» ammise Rafe.

«Non devi. Sei una persona meravigliosa e hai trasformato le cantine *Taunton Estates* in un'impresa di grande successo.»

«Immagino che dobbiamo solo aspettare e vedere cosa succede» continuò Rafe. «Nel frattempo, voglio godermi la mia nipotina. Caspita! È così piacevole dirlo. Non ci credo ancora, di essere nonno.»

«E soprattutto, è la *nostra* nipotina» gli fece eco Lettie, compiaciuta e sollevata dall'entusiasmo che dimostrava.

Lettie si torceva le mani, in attesa dell'arrivo di Autumn all'aeroporto. Dopo essere atterrata a Los Angeles, aveva preso un breve volo fino a Portland.

Consapevole del fatto che Autumn sarebbe stata stanca per il viaggio e che avrebbe ancora una volta dovuto astenersi dal parlarle di Rafe, Lettie sentiva la tensione attanagliarle le spalle.

Quando un gruppo di passeggeri appena sbarcati si diresse verso di lei, cercò la figlia in mezzo alla folla. Una ragazza alta e appariscente spiccava tra tutti gli altri e camminava con ampie, sicure falcate. Indossava dei sandali e un ampio abito dai vivaci colori, in stile hawaiano; con un movimento fluido gettò la lunga treccia dietro la schiena e risistemò lo zaino di tela sulle spalle. Osservandone la pelle abbronzata, la fossetta sul mento e il modo in cui si muoveva camminando, Lettie fu colpita dalle numerose caratteristiche in comune con Rafe e che notava solo ora.

«Sono qui!» Lettie agitò frenetica la mano finché Autumn non la vide.

Sorridendo, la figlia le corse incontro. «Ciao, mamma! Sono così felice di vederti. E dov'è Cami?»

«È a casa. Era l'ora della nanna. Ho pensato che la serata sarebbe stata più tranquilla se l'avessi lasciata dormire. Sarà così eccitata quando ti vedrà.»

«Speriamo che si ricordi di me.» Autumn scosse la testa. «Ho avuto così tante cose da fare che è passato davvero un mucchio di tempo.»

Lettie fu tentata di dire qualcosa al riguardo, ma decise che era meglio tacere.

Presero le due valigie di Autumn dal nastro bagagli e le portarono alla Volvo station wagon di Lettie.

Mentre le mettevano nel baule, Autumn vide il seggiolino per bambini ed esclamò: «Non vedo l'ora di prendere in braccio la mia bambina. Dimmi un po' di lei. Le e-mail, le lettere, le fotografie non mi sono bastate, voglio sapere tutto quello che la riguarda.»

Lettie le sorrise. «Ho un bel po' di storie da condividere con te. Lasciami uscire dal traffico dell'aeroporto e poi ti racconto. Non mi sono mai abituata a guidare in città.»

«Sei ancora un topo di campagna, eh?»

Lettie rise. «E credo che lo sarò sempre.»

Mentre uscivano dalla città, Lettie si rivolse ad Autumn. «Cami è una bambina straordinaria. È intelligente e curiosa e conosce già un numero notevole di vocaboli, per la sua età. Avevo letto che le femmine cominciano a parlare prima dei maschi, ma lei è davvero incredibile. Naturalmente, io chiacchiero molto con lei.»

«Davvero?» chiese Autumn stupita.

«Ma certo» rispose Lettie. «La metto nello zaino porta-bebè quando cammino per i campi e nei vigneti. Crescendo, imparerà sempre più cose sulla vite e sul vino.» Sorrise al ricordo di Cami che gattonava accanto ai filari.

«Ah, ecco.»

«Adora stare all'aria aperta» aggiunse Lettie.

«Bene. Il Sudafrica le piacerà. Sono già d'accordo di trasferirmi là per aiutare a organizzare un programma di formazione. Adesso che Nelson Mandela è il presidente, stanno avvenendo molti cambiamenti positivi all'interno del paese.»

Con il cuore che le batteva forte dalla delusione, Lettie accostò e fermò l'auto. «Davvero intendi portarmi via Cami?» Non riusciva a nascondere le lacrime che le spuntavano dagli occhi.

«Oh, mamma, mi dispiace.» Si avvicinò e le diede una pacca gentile sulla spalla. «Avrei dovuto aspettare a dirtelo.»

«Ma...» Lettie non riuscì a finire la frase.

Autumn le rivolse uno sguardo comprensivo. «È mia figlia. Voglio che stia con me. In Sudafrica sarà al sicuro. È venuto il momento che la riporti giù. Starà bene, mamma. E torneremo qui per le vacanze. Te lo prometto.»

Lettie serrò le mascelle, per evitare di dire qualcosa di cui si sarebbe poi potuta pentire. In precedenza, la figlia non aveva mai mantenuto le sue promesse di tornare a casa. Perché avrebbe dovuto crederle proprio quella volta?

Con la sensazione di guidare in una galleria in fondo a cui non vedeva nessuna luce, Lettie riprese l'autostrada. Il sole, così fulgido fino a un momento prima, sembrava fioco come una lampadina oscurata. Le nuvolette soffici nel cielo azzurro le apparivano ora decisamente grigie.

«Mamma?»

Lettie guardò la figlia.

«Mi spiace, davvero. Ma voglio crescere la mia bambina. Lo sapevi che la sua permanenza da te doveva essere solo temporanea.»

Il sospiro di Lettie fu profondo e triste. «Questo lo capisco. Ma non so proprio come sopporterò di lasciarla andare.»

«Non preoccupiamocene adesso. Abbiamo due settimane da passare insieme.» Autumn si accomodò sul sedile.

«Sì, hai ragione. Godiamoci questo tempo tra noi. Ci sono parecchie cose di cui ho bisogno di parlarti.»

«Come sta Abby?»

«Sta bene. Lei e la nuova compagna sono contente di lavorare qui. Abby è responsabile delle vendite al dettaglio della cantina e alla locanda. La fidanzata, Lisa Robbins, lavora nel campo del cibo e altri prodotti biologici. Produce lei stessa il sapone e ha un incredibile giardino di erbe aromatiche con cui prepara i prodotti più disparati che poi vende nel capannone annesso alla cantina. Lavorano bene insieme e sono felici.»

«Mi fa piacere» commentò Autumn. «Penso ancora a Terri. Ho sempre potuto contare su di lei per aiutarmi a capire quello che mi succedeva.» Fece un debole sorriso. «Lo so che non ero la ragazzina più facile al mondo. Lei me l'ha fatto capire.»

«Lei?»

«Sì. È lei che mi ha spinto a viaggiare e vedere il mondo e capire come viveva l'altra gente. Pensava che mi avrebbe aiutato a risolvere molti dei miei problemi. È stato il miglior consiglio che abbia mai ricevuto. Ho trovato la mia strada aiutando gli altri.»

«Il tuo lavoro è ammirevole» convenne Lettie. «Da parte mia, cerco di mantenermi aggiornata con le notizie dal mondo, così da capire di più sui luoghi in cui vivi e su quello che fai.»

«Voglio che Cami abbia la stessa libertà di essere se stessa che ho io» disse Autumn con convinzione.

«È davvero piccola per portarla così lontano» obiettò Lettie a bassa voce.

«Mamma, lei amerà l'Africa. Ne sono certa.»

Lettie riuscì ad annuire, ma aveva il cuore spezzato.

CAPITOLO VENTICINQUE

Quando arrivarono, Cami stava giocando sul prato di fronte a casa con Ellie Rodriguez, la nipote di Paloma che le faceva da babysitter. Lettie le aveva comprato un prendisole rosa e in quel momento, guardandola svolazzare sull'erba come una farfallina rosa, il cuore le si riempì di gioia.

Alla vista della Volvo che imboccava il vialetto e si fermava, la bambina smise di correre e le guardò.

«Oh, santo cielo! Com'è diventata grande!» sussurrò Autumn, scendendo dall'auto.

Anche Lettie uscì dalla macchina e aspettò che Cami le corresse incontro gridando: «Nana! Nana!»

Autumn spalancò le braccia, ma Cami la superò per andare dalla nonna.

Lettie la sollevò, stringendola al petto. «Ho una sorpresa per te! È arrivata la tua mamma. Dille ciao.»

«Va bene.» Cami sorrise alla madre. «Ciao.»

Autumn allungò le braccia. «Vuoi venire da me?»

La bambina la guardò e scosse la testa.

«Dalle un po' di tempo» disse Lettie a bassa voce. «Vedrai che si abituerà.»

La rimise sull'erba. «Vai a prendere la tua palla, che la facciamo vedere alla mamma.»

Autumn si voltò verso Lettie e le chiese bruscamente: «Ti fai chiamare mamma?»

«Che cosa? Ma no. Ha detto Nana. È così che mi chiama.» Le mise una mano sul braccio. «Si sistemerà tutto. Ci lavoreremo insieme.»

«Scusami.» Autumn sospirò. «Credo di essere un po' troppo agitata.»

«E sei stanca, di sicuro. Portiamo dentro le valigie, così ti puoi riposare un po'. Non dev'essere stato un viaggio facile.» Lettie avrebbe voluto andarle a trovare in Africa, ma, sapendo quanto sarebbe stato lungo il volo, era consapevole che avrebbe desistito.

«Il viaggio non è stato poi così tremendo, ma non finiva mai. Grazie, mamma.»

Più tardi, dopo che ebbe sistemato le sue cose, si sedettero entrambe in salotto a guardare Cami che giocava con le costruzioni.

«È *davvero* intelligente» commentò Autumn con orgoglio. «E creativa.»

«Oh, sì. Sa già riconoscere alcune lettere dell'alfabeto. Penso che comincerà a leggere molto presto. Ovviamente, io passo molto tempo con lei. E anche la babysitter.»

«Avevo una babysitter anch'io, a questa età?»

«Erano Paloma e sua madre a occuparsi di te» spiegò Lettie, senza riuscire a nascondere il rammarico. Ora si dispiaceva di non avere passato più tempo con sua figlia, quando era piccola. Ma proprio come l'aveva accusata Autumn, si era dedicata maggiormente ai vigneti e alla locanda che a crescere la figlia. Era anche vero, come le avevano detto Paloma e le altre amiche, che aveva sempre fatto del suo meglio, vista la situazione.

Quando Cami cominciò a fare qualche capriccio, Lettie si alzò. «Perché non ti occupi della bambina, mentre io le preparo la pappa?» Prima che Autumn potesse obiettare, Lettie uscì dalla stanza. Quando Cami la chiamò, fece finta di niente. C'erano solo due settimane per preparare la piccola a lasciarla.

Mentre la bimba mangiava, Lettie e Autumn sedettero al

tavolo della cucina. Cami era abbastanza in grado di mangiare da sola con le mani, anche se andava aiutata per i pezzetti più grandi di frutta e formaggio.

Lettie era molto afflitta all'idea che la bambina se ne andasse, ma faceva del suo meglio per nasconderle i propri sentimenti. Non voleva che si rattristasse.

«Bene, è l'ora del bagnetto» decretò. «Io riordino la cucina mentre tu puoi cominciare a lavarla. Ho lasciato fuori un asciugamano, il pigiama e un pannolino. Più tardi, ti farò vedere dove tengo tutte le sue cose.»

«D'accordo, grazie.» Autumn sollevò Cami dal seggiolone. «Andiamo.»

Cami scoppiò a piangere e allungò le braccia verso Lettie. «Nana!»

Autumn sospirò, sconfortata. «Ecco. La vuoi tu?»

Lettie fu tentata di dire sì, accogliere la bambina tra le sue braccia e coccolarla, ma riuscì a resistere a quella pulsione materna. «No, tienila tu. Io vi accompagno. Così ti mostro come faccio io di solito.»

«Va bene.» Gli occhi di Autumn si riempirono di lacrime. «Ti ringrazio di essere così comprensiva e gentile.»

«Ma certo, tesoro. Mi ricordo bene di quando hai portato qui Cami la prima volta e come hai insistito che ti affiancassi e facessi le cose al posto tuo, finché non fossi stata a mio agio con lei. Direi che adesso tocca a me fare lo stesso per te.»

«Grazie.» La guardò colma di riconoscenza.

Lettie rimase ad assistere mentre Autumn immergeva Cami nella vasca e si metteva a giocare con lei nell'acqua tiepida. Guardandole insieme, sembrava del tutto giusto che la piccola stesse con la madre. Ma quella considerazione non impediva alla sofferenza di riempire completamente il cuore di Lettie. Aveva sentito dire che fare la nonna era il premio per essere sopravvissuti alla fatica di crescere i propri figli. Dopo essere stata con Cami, sapeva quanto fosse vero.

Dopo che la bambina ebbe addosso il suo pigiama, Lettie mostrò ad Autumn la copertina che Cami stringeva a sé per addormentarsi, il carillon che ascoltava e l'esatta angolazione in cui lasciare aperta la porta della cameretta.

«Caspita! Adesso credo di avere tutto chiaro» disse.

Lettie non poté fare a meno di ridere. «Sono certa che in Africa stabilirai delle nuove abitudini, ma, per ora, manteniamo quelle che mettono Cami a suo agio.»

«Sì, penso anch'io che sia una buona idea» concordò Autumn.

Dopo che tutto fu fatto come al solito, vennero scambiati dei baci e la bimba fu messa nel lettino. Lettie mostrò a Autumn come accarezzare la pancina di Cami e poi aspettò che anche lei lo facesse. Quando la piccola fu finalmente addormentata, uscirono in punta di piedi dalla cameretta.

Lettie aveva pensato di avere la possibilità di parlare a Autumn di Rafe, ma quella speranza scomparve quando la figlia si voltò sbadigliando verso di lei. «Io vado a letto. Sono esausta.» Abbracciò a lungo Lettie. «Grazie di tutto, mamma. Ci vediamo domani.»

«Sono felice che tu sia a casa.» Lettie restituì l'abbraccio con ancora più vigore.

Dopo aver lasciato la stanza, collassò sul divano come una bambola di pezza cui fosse stata tolta l'imbottitura, un faticoso batuffolo alla volta. Si domandò se avrebbe potuto convincere Autumn a rimanere nell'Oregon. C'erano cose importanti da fare anche per la comunità di quello stato. La povertà e il bisogno d'aiuto esistevano ovunque. E, inoltre, Lettie voleva che la figlia crescesse amando quella terra, i vigneti, la locanda, come era successo a lei stessa, perché un giorno avrebbe dovuto prendersene carico. Infine, Rafe meritava di avere la possibilità di conoscere sua figlia, no?

###

Dopo una notte inquieta, Lettie si svegliò con il profumo del caffè. Per un attimo pensò che Rafe potesse essere in cucina, poi si ricordò della presenza di Autumn e balzò a sedere sul letto. Quello era il giorno in cui sarebbe riuscita a parlarle della sua ascendenza. Era un privilegio, in verità, perché Lettie della propria non aveva mai saputo nulla. Rafe faceva parte di una ottima famiglia di gran lavoratori, molto rispettata nella valle ed era lui stesso una splendida persona.

Uscì dal letto pensando che, dopo una piacevole colazione, avrebbe portato fuori Autumn per una passeggiata attraverso i vigneti, fino al boschetto che era così speciale per lei. Lì poteva condividere con lei la verità. Dopo aver fatto una doccia veloce ed essersi vestita, corse nella cucina, ma era vuota. Guardò in veranda. Autumn era seduta in una poltroncina e guardava Cami che si divertiva nella piccola zona giochi che Lettie le aveva preparato. Prese una tazza di caffè e le raggiunse.

«Nana! Nana!» strillò la nipote, allungando le braccia.

Lettie appoggiò la tazza e andò da lei.

«Per favore, non prenderla in braccio» la bloccò Autumn. «Non imparerà mai a conoscermi, se corri sempre in suo soccorso.»

Lettie si chinò a baciarla sulla testa. «Ciao, piccolina! Io e la mamma vogliamo vedere la tua bambola. Dov'è Izzy?»

Momentaneamente distratta, Cami si concentrò per prendere la sua bambola di pezza.

«Izzy è la bambina di Cami» spiegò Lettie sedendosi. «Speravo che più tardi venissi a fare una passeggiata con me. C'è qualcosa di cui vorrei parlarti.»

«Sì, certo» acconsentì Autumn. «Camminare mi farà bene. Dammi il tempo di mettere le scarpe, e ci vediamo all'ingresso principale.»

«Porto anche Cami» disse Lettie. E, dopo aver ricevuto un'occhiataccia, aggiunse: «Se sei d'accordo.»

Autumn la guardò. «Va bene, grazie.»

Lettie sollevò la nipote dalla zona giochi e la abbracciò a lungo. Sapeva di avere ancora solo pochi giorni di coccole con quella dolce bambina.

Nel prato di fronte a casa, Lettie appoggiò Cami sull'erba e si mise a ridere perché la piccola cominciò immediatamente a gattonare verso la grossa palla rossa di gomma che le aveva regalato Rafe.

Autumn era appena uscita dalla porta principale quando proprio lui arrivò con il camioncino, accostò e scese.

«Afe! Afe!» lo chiamò Cami, correndogli incontro.

Sorridendo, Rafe la sollevò e la fece roteare in aria, per poi abbracciarla e rimetterla a terra.

Autumn guardò Lettie con aria diffidente. «Lui chi sarebbe?»

«È di questo che volevo parlarti» rispose Lettie.

«Esci con lui? È notevole, ma, mamma...»

Mentre la voce di Autumn si affievoliva, Lettie guardò Rafe. I capelli scuri, pettinati ancora umidi dopo la doccia, scoprivano i lineamenti marcati, e un tocco di grigio riluceva argenteo sopra le tempie. Il corpo era atletico e snello. Per essere sui cinquanta era, come aveva osservato Autumn, un uomo molto bello. Lui le lanciò un'occhiata interrogativa. Lettie scosse la testa, per indicare che non aveva ancora parlato alla figlia.

Lo sguardo di Rafe si spostò su Autumn. Per un attimo, una luce di orgoglio gli illuminò il volto, velocemente mascherata da un'espressione più neutra.

«Ciao, Rafe» disse Lettie. «Come va?»

Lui si chinò e la baciò sulle labbra.

Lettie ignorò una smorfia di Autumn e restituì il bacio.

Quando si separarono, si voltarono verso di lei.

«Questo è Rafe Lopez» spiegò Lettie.

Autumn sorrise educatamente. «Salve.» Il suo sguardo si soffermò su entrambi.

«Su! Su!» strillò Cami, aggrappandosi alle gambe di Rafe.

Lui rise e le scompigliò i capelli. «Forse più tardi. Adesso devo parlare con Nana.»

«Scusaci un attimo.» Lettie condusse Rafe verso il camioncino.

«Non sa niente di noi» disse a bassa voce. «Stavo per portarla a fare una passeggiata e dirle tutto.»

«Mi spiace di avervi interrotto, ma ho bisogno di parlarti di mio padre. Abbiamo avuto una lunga conversazione ieri sera. Il dottore gli ha detto che deve ridurre gli impegni. Viste le condizioni del suo cuore, non potrà continuare a lavorare per te a tempo pieno. Intende informarti di persona.»

«Oh, no. Mi spiace tanto. Spero che si rimetta in sesto. È stato davvero prezioso per l'attività. Lui non lo sa, ma molto tempo fa abbiamo disposto un fondo pensione a suo nome.»

«Ah, che bella cosa, grazie. Conosco qualcuno interessato a essere impiegato in un'azienda vinicola. Si tratta di Sam Farley: è sulla trentina, lavora sodo e ha ottime referenze. Pensavo che potrebbe lavorare per entrambi. Ti va bene se fisso un incontro con noi due?»

«Sì, ma non oggi» rispose Lettie. «Ho bisogno di parlare con Autumn.» Le vennero le lacrime agli occhi. «E, Rafe, fra due settimane tornerà in Africa con Cami.»

«Oh, mi spiace, Lettie. Speravo che avremmo avuto più tempo da passare con lei.» Allungò la mano e con il pollice le tolse una lacrima dall'angolo dell'occhio.

Lettie fece un veloce passo indietro, perché sapeva che, se avesse continuato a toccarla, si sarebbe gettata a piangere tra le sue braccia. Quel giorno, in particolare, non poteva permettersi un tale lusso. Doveva trascorrere al meglio il tempo con Autumn, usando tutta la forza interiore che sarebbe riuscita a trovare.

Rafe strisciò i piedi per terra, guardò la figlia da lontano e disse, a bassa voce: «È una donna bellissima. Non riesco a credere che sia anche mia.»

«Organizzerò una cena per noi tre, e poi potrai forse passare un po' di tempo da solo con lei.»

«Mi piacerebbe» rispose. «Ti chiamo domani per sapere com'è andata la giornata.»

«Perché invece non ti chiamo io, quando ho un po' di privacy?» propose Lettie di rimando.

«Buona idea. Ti amo.» Lo sguardo nostalgico nei suoi occhi quando rivolse lo sguardo ad Autumn era straziante a vedersi.

«Ti amo anch'io.» Lettie si alzò in punta di piedi e lo baciò.

Mentre si separavano, si accorse che Autumn rientrava in casa con Cami.

«Nostra figlia non è sempre la persona più semplice al mondo con cui avere a che fare» osservò. «Credo le dovremo dare un po' di tempo per abituarsi all'idea che tu sia suo padre. Ma, Rafe, io ti amo e ti amerò sempre.»

«Lo so. Penso di essere un po' ansioso che tutto quanto vada per il verso giusto.»

«Andrà bene» disse Lettie, con una convinzione maggiore di quella che provava.

CAPITOLO VENTISEI

Lettie entrò in casa e andò in cucina. Cami era nel seggiolone e Autumn era seduta al tavolo.

Lettie prese dalla dispensa i cracker per Cami e poi si rivolse alla figlia. «Che stai facendo?»

«Cerco di farmi un'idea della situazione.» Gli occhi scuri lampeggiavano. «Chi è quest'uomo per te?»

Lettie fece un profondo respiro, per poi fare uscire lentamente il fiato. Era arrivato il momento della verità. «È tuo padre e il nonno di Cami.»

«C-c-cosa?» Lo sguardo di orrore sul volto di Autumn la ferì. La figlia balzò in piedi. «È forse uno scherzo?? Perché mi hai fatto credere che Kenton Chandler fosse mio padre?»

«Perché ne ero convinta» rispose Lettie. «Fino a quando non hai avuto quell'incidente sugli sci, non avevo idea che Kenton non fosse tuo padre. Ma quando ho visto che il tuo gruppo sanguigno era O positivo, ho capito che non poteva essere lui. Kenton era AB positivo e io sono A positivo. Avevo incontrato Rafe e Kenton nello stesso periodo.»

«E questa è l'unica possibilità?» domandò Autumn, in piedi con le mani sui fianchi, e decisamente sul punto di piangere.

Lettie la guardò dritta negli occhi. «Li amavo entrambi.»

«Scusami» continuò Autumn. «Adesso sono davvero confusa. La persona che pensavo di essere non esiste più.»

«La famiglia Lopez è molto rispettata nella valle. E Rafe è un uomo di grande successo.»

«Mi hai sempre detto che volevi che un giorno fossi io a

gestire Chandler Hill. Adesso, non c'è nessuna possibilità che io cambi opinione e prenda in considerazione l'idea. Non dopo aver saputo ciò che ho appena saputo. Sarei un'impostora.»

«Io sono una Chandler, e questo fa di te una Chandler.»

«Ma mio padre...»

«Io e Rafe eravamo consapevoli dei nostri sentimenti, ma lui aveva degli impegni verso la sua famiglia che ha voluto onorare. E poi io e Kenton ci siamo innamorati. Ci amavamo moltissimo. Lui non ha mai saputo della mia gravidanza, perché è morto prima che potessi dirglielo. Il padre che non hai mai conosciuto non era Kenton, ma Rafe. È una persona brillante e generosa e gentile. Cami lo adora.»

«Come hai potuto permettere anche solo che si avvicinasse a Cami, se io nemmeno sapevo della sua esistenza?»

«Non è qualcosa che si può spiegare al telefono o in una lettera. Volevo che fossi qui con me e lo incontrassi, lo conoscessi per la persona speciale che è. Autumn, lui è entusiasta all'idea di avere una figlia. L'hai visto com'è con Cami. Rafe la ama e lei lo adora.»

Autumn si prese la testa tra le mani.

Lettie si avvicinò e le strofinò la schiena. «Lo so che una cosa grossa da accettare, ma spero che tu capisca quanto è importante che gli parli, impari a conoscerlo e gli dia la possibilità di entrare a far parte della tua vita, perché lo merita. I suoi genitori sono già informati e anche loro vorrebbero salutarti. Si ricordano di te da bambina, ma penso che gli piacerebbe incontrarti adesso che sei una giovane donna.»

Autumn si raddrizzò. «Adesso non riesco nemmeno a ragionare. Puoi tenere d'occhio Cami? Ho bisogno di fare una passeggiata.»

«Certo.» Lettie era quasi certa di sapere dove fosse diretta la figlia. Anche lei voleva fare una visita al boschetto, non appena Autumn fosse stata disponibile a parlarle in privato.

Più tardi, Lettie mise Cami nello zaino porta-bebè e la issò sulle spalle. La bambina era abituata a fare quelle passeggiate con la nonna e batté le mani deliziata. «Andamo!»

Quel giorno di giugno, delle nuvole vaporose galleggiavano nel cielo blu come fiocchi di panna montata pronti per essere raccolti con un cucchiaio. *Una buona giornata per lo sviluppo delle viti*, pensò Lettie. Sperava anche che fosse una buona giornata per aiutare Autumn a trovare una certa pace interiore.

Mentre camminava lungo i filari, pensava a tutto ciò che aveva ricevuto. Doveva molto a Kenton e a suo padre. Avevano dato a lei – una ragazza giovane e sprovveduta, saltata fuori dal nulla – l'opportunità di essere parte del loro sogno. Anche se in molte occasioni si era sentita schiacciata dal peso delle responsabilità che aveva verso di loro, e a volte aveva desiderato di scappare via, sapeva di essere stata fortunata. Senza di loro, chissà come sarebbe andata a finire. Lettie desiderava che Autumn provasse per loro la stessa gratitudine, ma fosse anche disponibile ad accettare la sua relazione con Rafe.

Mentre si avvicinava al boschetto, vi notò Autumn seduta rigidamente sulla panchina di pietra che era lì.

Al «Ciao!» eccitato di Cami, Autumn si voltò nella loro direzione.

«Ti spiace se ci sediamo qui con te per un pochino?» le domandò Lettie. «Se preferisci, però, ce ne andiamo.»

«No, no, va bene. Venite» rispose, facendo un gesto con la mano.

Con la bimba ancora sulle spalle, Lettie sedette di fianco a lei. «Mi è sempre piaciuto questo posticino. È qui che faccio chiarezza nei miei pensieri. C'è qualcosa di speciale nel fruscio riposante della brezza che risuona fra i pini, l'odore degli aghi resinosi e i ricordi che avvolgono i due uomini della famiglia Chandler.»

«Sono confusa» osservò Autumn. «Dici di avere amato mio pa... Kenton, ma tu stavi con Rafe.»

«Io e Rafe abbiamo provato un'attrazione immediata e sì, per un breve periodo siamo stati insieme. Ma quando abbiamo capito che era una relazione che non poteva andare da nessuna parte, abbiamo lasciato perdere. Pochi giorni dopo, Kenton mi ha chiesto di accompagnarlo al mare, per trascorrere un periodo di riposo prima di Natale e del suo arruolamento nell'Esercito. Kenton era il mio migliore e più tenero amico, e ho acconsentito. Insieme e da soli, abbiamo capito che desideravamo essere molto più che amici. Nel giro di tre travolgenti settimane, Kenton mi ha chiesto di sposarlo e siamo scappati a Las Vegas. Non avremmo potuto essere più esaltati all'idea. E siamo stati davvero felici insieme, Autumn. Anche se era il periodo del cosiddetto libero amore, entrambe quelle relazioni sono state sincere.»

«Non hai mai avuto il sospetto di essere incinta prima che... Kenton partisse per l'Esercito?»

Lettie scosse la testa. «Eravamo così sotto pressione per rispettare le volontà di Rex, sistemare la nostra situazione e raccogliere più esperienza possibile dagli esperti che avevamo intorno, che attribuii quei pochi sintomi allo stress e al dolore per il lutto.»

«Perché non ho ricordi d'infanzia riguardo a Rafe?» domandò Autumn.

«Lui e la moglie vivevano in California. Può darsi che tu li abbia incontrati qualche volta, quando tornavano a casa. Ma io non passavo molto tempo con loro. Preferivo così.» Lettie allungò una mano e afferrò quella di Autumn. «Voglio che tu abbia la possibilità di conoscere meglio Rafe. Ha pianto, quando ha saputo di avere una figlia. Davvero.»

«Sarò gentile con lui, mamma, ma non ci sarà nessuna manifestazione festosa di affetto a suggellare l'evidenza che, d'un tratto, è diventato mio padre. È qualcosa che ci si guadagna col tempo.»

«Così come, anche tu, dovrai dimostrare di meritarti di essere sua figlia» precisò gentilmente Lettie.

La sorpresa di Autumn a quelle parole fu rivelatrice. «Va bene, diciamo pure così. Comunque, da qui in avanti me ne occupo io. Dammi una mano a mettermi Cami sulle spalle e andrò con lei alla locanda. Ho voglia di vedere Abby e Paloma e qualcun altro.»

«Certo» rispose Lettie. «Non vedono l'ora di incontrare entrambe.»

Aiutò a spostare Cami e lo zaino porta-bebè sulla schiena di Autumn.

Rimasta sola nel boschetto, Lettie inspirò profondamente parecchie volte, buttando fuori il fiato con forza.

Tornata a casa, Lettie si mise a fare un po' d'ordine. Quando entrò nella camera degli ospiti dove stava Autumn, si accorse che negli anni poco era cambiato. Il letto era sfatto, i vestiti sparpagliati sul pavimento e il computer sul comodino collegato alla spina.

Lettie raccolse i vestiti, appoggiandoli sulla poltroncina già ingombra e rifece velocemente il letto. La casa era sufficientemente piccola e con spazi aperti da richiedere che tutto fosse, come minimo, in ordine.

Guardando fuori dalla finestra del salotto vide Autumn e Cami uscire dall'automobile di Paloma e fece un respiro di sollievo. Fra tutti, Paloma era quella che la conosceva meglio. Avrebbe aiutato Autumn a capire quanto fosse prezioso l'amore che la legava a Rafe.

Lettie uscì di corsa per salutarle.

«Ciao, Paloma» disse. «Entra, è l'ora giusta per un bicchiere di vino.»

«Grazie» rispose l'amica. «Volevo anche parlarti di un incidente che abbiamo avuto oggi alla locanda. Me ne sono occupata io, ma penso che tu debba esserne informata prima della nostra solita riunione settimanale.»

«Va bene. Dovrei riprendere la routine abituale a partire dalla prossima settimana, ma voglio che questi primi giorni con Autumn siano speciali.»

«Certo» convenne Paloma. «Lavori già fin troppo.»

«Nana! Nana!» strillò Cami.

Lettie allungò le braccia, ma poi si trattenne.

«Fai pure, mamma. Lei ti adora» la incoraggiò Autumn.

Lettie prese Cami e la abbracciò, ruggendo scherzosa. «Ti voglio bene, piccolina!»

Cami la guardò con gli occhi spalancati e le diede un bacio umido sulla guancia.

Mentre lottava contro la commozione, Lettie restituì il bacio. Ben presto non avrebbe più avuto quell'opportunità.

Entrarono.

Mentre Autumn dava a Cami la pappa serale, Lettie e Paloma portarono in veranda i loro bicchieri di vino.

«È stata una splendida giornata.» Paloma prese una delle poltroncine.

«Sì» rispose Lettie. «Il tempo è stato davvero dalla nostra parte. Possiamo augurarci che sia un buon anno per le vigne.» Sedette su una poltroncina di fronte alla sua migliore amica. «Che cosa è successo alla locanda?»

«Sai che abbiamo una politica che protegge la privacy dei nostri ospiti più illustri. Per puro caso, qualcuno ha sentito una delle nuove domestiche parlare al telefono con un'amica; pare stesse dicendo che avrebbe fatto un mucchio di soldi, perché aveva appena fotografato col cellulare Kimberly Cassidy in piscina. Per fortuna mi hanno informato. Mi sono assicurata che la foto venisse cancellata e ho immediatamente licenziato la domestica. Come hai detto molte volte, non possiamo permettere che questo genere di cose ci rovini le reputazione.»

«Giustissimo!» rispose Lettie. «Avremo ripercussioni negative dal licenziamento?»

Paloma alzò le spalle. «Chi può dirlo? Ma non credo. Aveva firmato un contratto che stabilisce che in casi come questi c'è il licenziamento in tronco. Per il momento, direi che il problema è risolto.»

«Abbiamo documentato l'accaduto, nel caso in cui ci serva in futuro?»

«Sì, ho scritto un rapporto completo al riguardo.»

Lettie le sorrise. «Cosa farei senza di te? Sei la migliore.»

«Diciamo piuttosto che siamo una bella squadra. Se tu non fossi intervenuta a salvarmi, probabilmente sarei per strada o defunta.»

Sorseggiarono il vino in silenzio per un po'.

«Sembra passato un bel po' di tempo, non è vero? Ne sono successe così tante, da allora» commentò Lettie.

«Alcune cose non cambiano» rispose Paloma. «Ho parlato a Autumn di com'eravate tu e Rafe tanti anni fa e di quanto siete felici adesso. Non voglio togliere niente alla tua relazione con Kenton. Eravate molto carini insieme. Ma a volte le situazioni si evolvono nel modo in cui avrebbero dovuto essere da sempre.»

«Rafe è così elettrizzato di avere una famiglia tutta sua. Spero che Autumn capisca quanto sarebbe importante se lei trovasse del tempo per lui.»

«Già. Le ho parlato anche di questo» continuò Paloma. Fece una risatina. «Far parte della famiglia Lopez sarà un'esperienza del tutto nuova per lei. Tutta quella gente, tutti quei bambini. A Cami piacerà un sacco.»

Autumn arrivò in veranda con in braccio la bambina.

«Mi hanno detto che intendi assumere una nuova persona per il trattore» disse ad alta voce Paloma. «Era ora che Joe andasse in pensione. Lui e Rita pensano di trasferirsi in Arizona. Almeno per i mesi freddi.»

«È una buona idea.» Lettie decise di organizzare un colloquio con Sam Farley appena possibile. In quel modo Joe avrebbe avuto il tempo di cominciare l'addestramento con lui prima dell'inverno.

«Sempre a parlare di lavoro, voi due» commentò Autumn, sorridendo. «Metto Cami nell'area giochi mentre vado a prendermi un bicchiere di vino. Le date un'occhiata voi?»

«Certo» rispose Lettie. «Fammela abbracciare un attimo. È un bel po' che non lo faccio.»

Autumn rise. «Qualche ora, forse.»

Si sorrisero.

Paloma si alzò. «Mi spiace. Non avevo visto l'orologio. Devo tornare a casa. Isabel passa da me con le bambine.»

«Dille che la chiamo» intervenne Autumn. «Mi piacerebbe rivederla. È passato un bel po' di tempo. Magari le chiederò qualche consiglio su come crescere le femmine. Ne ha due, vero?»

Il volto di Paloma si illuminò. «Due angioletti di due e quattro anni.» Si girò verso Lettie. «Grazie. Ci vediamo.»

Ancora con Cami in braccio, Lettie si alzò e diede all'amica un veloce bacio sulla guancia. «A domani.»

Autumn abbracciò Paloma. «Grazie per le chiacchiere di oggi.»

«Sono stata felice di passare del tempo insieme. Ti voglio bene.»

Mentre si sorridevano, le lacrime pungevano gli occhi di

Lettie. Fino a quando Autumn non aveva cominciato ad andare a scuola, aveva contato molto sull'aiuto di Paloma. Era contenta che tra loro due ci fosse ancora un legame.

Dopo essere tornata sulla terrazza con il suo bicchiere di vino, Autumn si abbandonò su una delle poltroncine e fece un lungo sospiro. «Che giornata!»

«Molto stressante, di sicuro» convenne Lettie, sinceramente dispiaciuta per la figlia. «Per questa sera preparo un pasto leggero, e tu rilassati. Se vuoi, posso occuparmi io di metterla a letto.»

«Grazie, le faccio un rapido bagnetto prima di cena. Vedo che si sta già abituando a me, ma ho deciso che mi farò chiamare Mà e non mamma. Mamma assomiglia troppo a Nana, e la confonderebbe.»

«Buona idea» rispose Lettie, contenta di sapere che l'adorato appellativo che la nipotina aveva scelto per lei non sarebbe stato abbandonato.

Mentre Autumn faceva il bagno a Cami, Lettie preparò una semplice insalata verde con gamberetti, uova sode e pomodori, da condire con una salsa a base di maionese aromatizzata con senape, ketchup e aceto. L'acidità del condimento avrebbe aggiunto un tocco speciale agli altri ingredienti. In una serata piacevolmente calda come quella, decise che quell'insalata, del pane all'aglio e un buon Pinot Grigio fresco sarebbero stati perfetti.

Autumn ritornò in cucina con Cami. «Sento un buon odore di qualcosa. Aglio?»

Lettie rise. Il suo pane all'aglio era famoso per contenerne una quantità generosa, ma a lei piaceva così.

«Ho preparato un buon pasto leggero ed estivo che comprende il pane all'aglio. Siediti e sarà un piacere servirti. Sono felice di averti a casa. Sei sicura di non poter rimanere e fare volontariato qui attorno?»

Autumn scosse il capo. «Non posso negare il mio aiuto al governo del Sudafrica. Non dopo tutto quello che ha passato il paese.»

Lettie non riuscì a nascondere la sofferenza nella voce. «Io vorrei che Cami rimanesse.»

«So che le vuoi bene, mamma, e ti sono grata per tutto quello che hai fatto per lei, ma ho bisogno che stia con me. È essenziale creare un legame tra noi.»

«Lo capisco. Mettiamole qualche giocattolo sul seggiolone mentre mangiamo. In genere fa la brava per una decina di minuti.»

Mentre mangiavano, sia Lettie che Autumn osservavano Cami e, di quando in quando, commentavano come fosse intelligente.

«Penso che abbia preso da Rafe le capacità tecniche. Non vedi quant'è brava a mettere i blocchi delle costruzioni l'uno sull'altro?» disse Lettie con orgoglio.

Autumn appoggiò la forchetta e la guardò fissa, con la preoccupazione negli occhi. «Che cosa pensi che possa avere ereditato io da lui?»

«Beh, anche se il mento non è esattamente come quello di tuo padre, avete la stessa fossetta al centro. E ho notato prima che, quando cammini, muovi le spalle proprio come lui. Siete entrambi brillanti e c'è qualcosa nei tuoi occhi che mi ricorda i suoi. Tieni presente che io non so niente sull'aspetto dei miei genitori, quindi è difficile dirlo con certezza.»

Autumn guardò Cami. «Anche lei ha una specie di fossetta sul mento. Credi che venga da Rafe?»

Lettie sorrise. «A me e a lui piace pensarlo.»

«Dopo aver parlato con Paloma, vorrei poter conoscere meglio Rafe. Come persona, almeno.»

«Speravo che dicessi qualcosa del genere. Perché non

organizziamo di farlo venire a cena domani sera? E se le cose vanno per il verso giusto, potete passare più tempo insieme. Per esempio, potresti andare a vedere la sua proprietà. Ha trasformato i vecchi vigneti e le cantine dei Taunton in qualcosa di davvero spettacolare.»

«Sapete entrambi che a me non interessa diventare una viticultrice, vero?»

«Ma un giorno può essere che ti debba fare carico delle attività di Chandler Hill. Non possiamo lasciare che vadano a qualcuno al di fuori della famiglia.»

«Mamma! È proprio per questo che sono così confusa. Parli come se io fossi una Chandler, non una Lopez.»

«Tesoro, tu sei entrambe. Sei giovane. Vai in Africa a fare le tue cose e poi torna a casa.»

Gli occhi di Autumn lampeggiarono di offesa e indignazione. «Il lavoro che faccio in Africa sarebbe *le mie cose*? Tu non hai alcuna idea di quanto sia apprezzato quello che faccio.»

Lettie si pentì subito di quello che aveva detto. «Scusami. Non è quello che intendevo dire. È ovvio che sono orgogliosa di te e del tuo lavoro, ma prima o poi ci sarà bisogno di te qui a casa.»

Con un gesto, Autumn spazzò via lo scenario che le veniva proposto. «Per com'è la situazione, è qualcosa che non succederà per molto, molto tempo. Anche tu sei giovane, mamma. La cantina e la locanda vanno alla grande. Non sono pronta per vivere una vita, qui nella valle, occupandomi di cose che in realtà non mi interessano.»

Invece di discutere, Lettie fece cadere l'argomento. Lei e la figlia avrebbero dovuto risolvere quella questione in un altro momento. Adesso c'era un tema più importante da affrontare e cioè dare a Rafe la possibilità di conoscere sua figlia.

CAPITOLO VENTISETTE

Lettie era in totale agitazione mentre si precipitava a casa dalla locanda, per allestire la serata che l'aspettava. Per rendere le cose più semplici, la cena sarebbe stata preparata nelle cucine e recapitata alle otto, per dare il tempo a lei, Autumn e Rafe di dare la buonanotte a Cami prima di metterla a dormire e permettere poi agli adulti di fare un po' di conversazione. Pur delegando la preparazione delle pietanze, Lettie voleva che la tavola fosse apparecchiata con cura. Aveva in piano di stappare uno dei migliori vini della cantina, accompagnato da stuzzichini caldi di pasta sfoglia al formaggio, che piacevano molto a Rafe. Avrebbe anche servito dei funghi marinati, che erano da sempre tra i preferiti di Autumn.

Ansiosa di sapere come fosse andata la giornata della figlia in sua assenza, Lettie entrò in casa con molte domande in mente, che le morirono sulle labbra trovando Autumn in salotto che chiacchierava con Rod Mitchell.

«Rod? Cosa ci fai qui?»

Sfoderando un sorrisetto compiaciuto, Rod si alzò. Sapeva che Lettie non lo voleva a casa sua.

«Autumn si è introdotta nella mia proprietà, e ho deciso di riaccompagnarla fino a qui. È passato un bel po' di tempo. Ho appreso che tu e quell'altro vicino vi siete messi insieme. Ho provato a spiegare a Autumn che enorme errore tu stia facendo. So che quel tipo ha dei problemi finanziari.»

«Nana!» strillò Cami, correndo verso di lei dalla cucina, dove stava giocando per suo conto.

Lettie la prese in braccio e guardò Rod dritto negli occhi. «Non so di cosa parli.»

«Un mio amico banchiere mi ha detto che Rafe Lopez sta cercando di rifinanziare la sua ipoteca. Mi ha spiegato che la banca è riluttante a farlo, visto che ha problemi di liquidità.» La sua aria soddisfatta era irritante.

«A quale proprietà ti riferisci?» domandò Lettie. «Se è quella vicino a Salem, se ne occupa per un amico. Di che banca stiamo parlando?»

«Su, Lettie, lo sai che non posso dirtelo...»

«Penso sia ora che tu te ne vada, Rod. Aspettiamo qualcuno.» Il tono indicava chiaramente le intenzioni. Quell'uomo era un idiota di prima categoria e non sopportava di averlo attorno.

«Mamma...» provò a intervenire Autumn. «Perché...»

Lettie tagliò corto. «Non ora.»

Autumn tacque e la guardò, stupita.

Lettie condusse Rod alla porta. «Ci vediamo. Ne sono certa.» Non riuscì a nascondere il sarcasmo. Rod sembrava essere dappertutto.

Rod la guardò storto. «Ti pentirai di non aver fatto affari con me. Rafe Lopez è un intruso, interessato solo ai tuoi soldi e alla tua terra.»

«Ti sbagli Rod, quello sei tu. Ricordi?»

Gli chiuse la porta alle spalle e vi si appoggiò. «Che verme schifoso!»

«Mi spiace, mamma. Ha proposto di accompagnarmi a casa e io gli ho detto di sì.»

«Lo so quanto sa essere affascinante» ammise Lettie. «Ma è uno degli esseri più sgradevoli al mondo. Uno di quei tipi dalla parlantina facile che mentono e distorcono la verità per spianarsi la strada. Le squadre di braccianti spagnoli ormai si rifiutano di lavorare per lui, e nessuno in città vuole più averci a che fare, da quando ha truffato alcuni coltivatori della zona.»

Autumn si lasciò cadere sul divano. «Avrei dovuto accorgermene da sola. Santo iddio! Che stupida che sono con gli uomini!»

«Con il padre di Cami?»

«Sì, anche lui è uno che ti abbindola con le parole.»

«Mi rendo conto solo ora che sei cresciuta in mezzo a uno stuolo di donne, ma nessun uomo. Dovevamo istruirti meglio.»

«Già, ma io dovrei svegliarmi un pochino. Non voglio vivere da sola per tutta la vita.»

«È vero» convenne Lettie. «Coraggio! Prepariamoci per incontrare un tipo davvero speciale. A proposito, hai visto Abby?»

«Sono passata dal negozio per un saluto. Domani la vedo per pranzo.»

«Bene.» Lettie sperava che Autumn si rendesse conto di quante persone le volevano bene e che, un giorno, avrebbero contato sul suo aiuto.

Quando Lettie aprì la porta per accogliere Rafe, fu colpita da quanto si fosse preso cura del proprio aspetto. Era rasato e aveva pettinato i capelli all'indietro. La camicia scozzese a maniche corte era nuova di zecca e i pantaloni kaki sembravano appena usciti dalla lavanderia.

«Ciao, tesoro» gli disse, baciandolo sulla guancia. «Coraggio, entra. Autumn sta cambiando Cami e si prepara a metterla a letto, ma ci raggiungerà a breve.»

«Sono un po' nervoso» ammise Rafe, passandosi una mano tra i capelli. «È come un'adozione alla rovescia.»

«Andrai benissimo» lo rassicurò. «Ti amo abbastanza per entrambe.»

Rafe ridacchiò, ma Lettie sapeva che non si sarebbe rilassato finché non avesse avuto la possibilità di passare del tempo con Autumn.

La seguì in cucina.

«Mmm, gli stuzzichini che mi piacciono tanto?»

Lettie sorrise. «Preparati apposta per te. La cena arriva dalla locanda, il filetto alla Wellington per cui vai matto. Ed è uno dei piatti preferiti anche di Autumn.»

«Quale sarebbe il mio piatto preferito?» domandò la figlia, entrando nella stanza.

«Il filetto alla Wellington della locanda.»

«È quello, che hai ordinato? Che buono!»

«Sì, e piace moltissimo anche a tuo padre» rispose Lettie, e quelle parole le vennero alla labbra con naturalezza.

Autumn e Rafe si guardarono, e poi Rafe fece una risata. «Sorprendente, eh?»

«Sì, davvero» rispose Autumn, allegra.

Lettie, che stava trattenendo il fiato, riprese a respirare. «Bene, allora potresti versare tu il vino, Rafe. C'è un ottimo Syrah da sorseggiare adesso, e avremo un Cabernet per accompagnare la cena. Usciamo in veranda.»

Fuori, il sole aveva appena iniziato la sua discesa. Pur mancando ancora parecchio al tramonto, i colori che si riversavano dal cielo a occidente, fin giù sulla terra, invadevano il terrazzo e lo ammantavano di una calda luce splendente.

«Rod Mitchell è stato qui con Autumn oggi pomeriggio» riferì Lettie a Rafe. «Ha insinuato che avessi dei problemi finanziari perché la banca non ti ha voluto concedere un prestito.»

Rafe scosse la testa disgustato. «Ma perché la gente non si informa per bene sui fatti, prima di raccontare sciocchezze? Ho un gruppo di amici che vuole comprare una bella tenuta vicino a Salem. Sto cercando di aiutarli a concludere un accordo con una delle banche locali. La recessione dei primi anni '90 ha reso più severe le regole per i finanziamenti. Per cui, non è così facile portare avanti la cosa.»

«Come dovrebbe funzionare? Più individui che condividerebbero la proprietà?» domandò Autumn. «Sembra una specie di socialismo...»

Rafe alzò le spalle. «Non ci avevo pensato in questi termini, ma sì, potremmo dire così. Tre persone distinte saranno i proprietari di una singola azienda. Vivranno e lavoreranno lì, ognuno contribuendo all'attività con il proprio lavoro.»

«Nel mio villaggio in Africa, ho sperimentato l'importanza del lavorare insieme. Ma il capo è molto autorevole, e questo è fondamentale.»

«Parlami un po' della tua attività in quei posti. Non ho viaggiato molto, e lo trovo un argomento affascinante.»

Autumn cominciò a spiegargli nel dettaglio ciò di cui si occupava.

Lettie ascoltò attentamente, e si rese conto che la figlia non aveva mai condiviso tutte quelle informazioni. Mentre parlava, il rispetto che aveva per lei crebbe ancor di più.

«Adesso capisco perché tua madre è così orgogliosa di te» disse Rafe. «E, se mi permetti, lo sono anch'io.»

Autumn osservò Rafe con aria grave.

Suonarono alla porta e Lettie si alzò. «Dev'essere la nostra cena. Continuate pure a conversare, mentre io preparo. Rafe, puoi per favore occuparti di versare il vino?»

Rafe si voltò verso Autumn sorridendo. «In questo sono bravo.»

Mentre usciva dalla veranda, Lettie sentì la risata della figlia. La invase un'ondata di felicità e fu contenta che Rafe usasse il suo fascino per favorire la loro conoscenza reciproca.

A cena, dopo che ognuno ebbe commentato le

caratteristiche dell'ottimo filetto, Lettie portò la conversazione sulla storia della valle. «La famiglia di Rafe vive e lavora qui legalmente da molti e molti anni.»

«Esatto» disse Rafe. «Come tua madre, anch'io e la mia famiglia amiamo queste terre.»

«Bene. Allora puoi capire che sentimenti provo per l'Africa» commentò Autumn. «Amo la terra e le persone che ci vivono.»

«Spero che imparerai ad amare anche Chandler Hill» intervenne Lettie. «E spero che darai a Cami la possibilità di fare lo stesso.»

«Potrà venire a trovarti, ogni tanto» rispose Autumn.

La gola di Lettie era stretta dalla morsa delle lacrime, e rimase in silenzio.

«Autumn, mi farebbe piacere se i miei genitori potessero parlarti, per conoscerti un po' di più prima che tu riparta» disse Rafe. «Pensi di volerlo fare?»

«Sì, certo» rispose lei. «Voglio che Cami conosca la sua famiglia e le sue origini.»

«E tu?» domandò.

«Sto cercando di abituarmi all'idea. Sono ancora un po' confusa nel capire a cosa io appartenga.»

«È normale, direi. Ed è comunque un buon punto di partenza.» Il sorriso di incoraggiamento di Rafe scaldava il cuore.

Furono serviti il caffè e la famosa crème caramel della locanda, mentre continuavano a parlare dei vari membri della famiglia di Rafe.

Quando la conversazione si affievolì, Autumn si alzò. «Grazie per la cena. Rafe, è stato bello conoscerti un po' meglio. E, mamma, sparecchio io più tardi. Adesso, se non vi spiace, tornerei in camera mia. Ho un paio di cose di cui occuparmi.»

Lettie fece un gesto con la mano. «Non preoccuparti, metto a posto io.»

Autumn fece per andarsene, ma si fermò. «Credo che potrei incontrare i tuoi genitori domani o dopo, Rafe. Fammi sapere quando sono disponibili.»

Lo sguardo entusiasta sul volto di Rafe era commovente. «Certamente. Ti faccio sapere presto.»

Dopo che Autumn si fu allontanata, Lettie fece un lungo sospiro. «Beh, non è andata poi così male. Sembrava sinceramente interessata a sapere di più sulla tua famiglia.»

«Se consideri che la sua vita è stata completamente stravolta, si è comportata in modo davvero gentile. Lo apprezzo molto.»

«Penso sia stata sorpresa di scoprire che hai una laurea in viticultura ed enologia.»

Rafe scosse il capo. «Nomi pomposi per descrivere la coltivazione della vite e la produzione di vino, ma è un'attività affascinante.»

«Sì. E la cosa divertente è che mi sembra di essere nata per dedicarmi a questo. Mentre, ovviamente, Autumn non prova nulla di tutto ciò.»

«Cambierà idea» rispose Rafe. «Dopo tutto, è destinata a ereditare non una, ma due grosse proprietà. Anche se non ci lavorerà in prima persona, avrà bisogno di capire come funzionano.»

«Forse quando Cami sarà più grande, Autumn le permetterà di venire qui per le vacanze scolastiche. E potrei anche pagarle l'università.»

Rafe rise. «Un passo alla volta, *cariño*.»

Lettie si unì alla risata. «*Sì, señor*.»

Il pomeriggio successivo, Lettie portò a Cami una torta di compleanno. I cuochi della locanda l'avevano preparata apposta per lei. La glassa al cioccolato era decorata con fiorellini e una farfalla rosa. Alla sommità del dolce c'erano due candeline accese.

«Buon compleanno, Cami! Hai due anni!» disse Autumn.

«Due!» ripeté la bambina sollevando quattro dita.

I tre adulti risero.

«Arriverà a quattro anni in un lampo» osservò Lettie, facendosi seria, e si domandò quante volte avrebbe rivisto l'adorata nipotina nei due anni successivi.

Rafe le mise una mano sulla spalla. «Facciamole spegnere le candeline.»

«D'accordo. Sei pronta, Cami? Soffia forte. Se non ce la fai, Mà ti può dare una mano.»

I tentativi della bimba si dimostrarono buffi e commoventi al contempo. Alla fine, Autumn la aiutò a spegnere le fiammelle senza farsi accorgere, e tutti applaudirono.

Deliziata da quelle attenzioni, anche Cami batté le manine.

Lettie ripose nei suoi ricordi quel momento di pura gioia. Più avanti, quando Autumn e Cami sarebbero state altrove, ne avrebbe avuto bisogno.

«Mamma? Hai sentito quello che ho detto?»

Strappata ai suoi pensieri, Lettie rivolse uno sguardo interrogativo alla figlia.

«Ho detto che possiamo permettere a Cami di servirsi da sola del suo dolce. Sei d'accordo?»

«Perché no? Sarebbe un sogno che diventa realtà, per questa piccolina.»

Lettie appoggiò la torta davanti alla bimba.

Quando Cami comprese quello che stava accadendo, fece uno strillo di gioia, tuffò le manine paffute nella glassa appiccicosa e se le portò alla faccia.

Autumn sorrise a Lettie. «E noi?»

Lettie non esitò. Afferrò dal dolce un fiorellino rosa e se lo ficcò in bocca.

«E io?» disse Rafe, servendosi con le mani di un pezzetto di torta da quella massa ormai informe.

Autumn, con le labbra impiastricciate di glassa al cioccolato, sorrise. «Perfetto. Eccoci qui tutti e quattro a festeggiare insieme.»

Cami li guardò con gli occhi spalancati. «Mia.»

La sua esclamazione scatenò nuove risate.

«Ha già due anni» disse Autumn. «Un compleanno che non dimenticherò mai. Grazie a entrambi.»

Lettie e Rafe si scambiarono uno sguardo compiaciuto.

Il giorno seguente, Lettie fermò l'auto fuori dalla casa di Joe e Maria Lopez. Su richiesta di Autumn, aveva acconsentito ad accompagnare lei e Cami a far visita ai genitori di Rafe. Lettie comprendeva il nervosismo della figlia all'idea di incontrarli in qualità di loro nipote. Conosceva bene la storia di come si fossero opposti alla relazione tra Rafe e Lettie da giovani.

Lettie scese dalla macchina e aspettò che Autumn prendesse Cami dal seggiolino. Mentre si guardava intorno, notò quanto fossero ben curati il prato e le piante che circondavano la casa. Adesso che Rafe e i suoi fratelli erano cresciuti, così come gran parte dei nipoti, Rita trascorreva molto tempo all'aperto, a coltivare fiori e ortaggi.

La casa a due piani, rivestita in legno grigio e con la porta dipinta di rosso, era accogliente ora come un tempo, quando Lettie l'aveva vista per la prima volta ed era ancora bianca. Da sempre, era il luogo dove l'intera famiglia e gli amici si incontravano.

Prima che raggiungessero la veranda sul davanti, Rita aprì la porta sorridendo. «Ah, ecco la piccola Cami!»

La bambina strillò eccitata e allungò le braccia verso di lei.

Con un sorriso timido, Autumn passò Cami alla bisnonna.

Ridendo, Rita la dondolò tra le braccia. «Che bella bambina.» Si rivolse ad Autumn. «La vita è piena di sorprese, non è vero? E alcune, come questa, sono davvero speciali.»

Autumn guardò Lettie e sorrise.

Rita, con un gesto, le invitò a entrare. «Venite, venite dentro! Ho fatto della limonata fresca e qualcosina da mangiare.»

Lettie soffocò un sorriso. Quello che per Rita era "qualcosina da mangiare" per altri sarebbe stato un banchetto. Ma era felice che si fosse data da fare per l'incontro. Era un buon segno.

Rita le condusse in cucina dove Lettie sapeva, per esperienza passata, che si svolgevano tutti gli incontri sociali della famiglia.

La padrona di casa si voltò verso le ospiti con occhi scintillanti. «Vi prego, sedetevi e servitevi da mangiare. Posso portarvi una tazza del mio speciale caffè alla cannella?»

«Sì, grazie» rispose Lettie. «Aspetta di assaggiarlo, Autumn. È delizioso.»

Rita fece sedere Cami sul pavimento immacolato della cucina, le diede un paio di cucchiai di legno e delle scodelle di plastica, e le aprì un sacchetto di mattoncini per costruzioni.

«Adesso che è nata la bambina di Sophia, quanti nipoti e bisnipoti avete?» domandò Lettie.

«Ventidue» rispose Rita con orgoglio. «E li amo tutti quanti.» Rivolse un ampio sorriso a Cami. «In particolare questa piccola sorpresa.»

«È bello che abbia voi. In tutta la mia vita, non ho mai avuto intorno a me una famiglia» osservò Autumn.

«È vero, ma c'erano tante altre donne accanto a te: Paloma, Abby, Terri e adesso Lisa» replicò subito Lettie.

«Sì,» convenne Autumn «ma erano un po' come delle

mamme.»

«Donne speciali. Tutte quante» aggiunse Rita, con convinzione.

Dopo aver servito loro il caffè, Rita sedette di fronte ad Autumn. Sorridendole, disse: «Anche tu sei una sorpresa. Ti ho conosciuta da bambina, quando preparavo i pasti alla locanda, prima che si ingrandisse. Da allora sei cresciuta e hai viaggiato e sei diventata madre. E adesso sei una Lopez. Una bella sorpresa anche per te, non è vero?»

Lettie notò che Autumn era stata colta di sorpresa dalla schiettezza di Rita, ma era contenta che l'argomento fosse affrontato in modo così diretto. Rita era una donna orgogliosa e fiera. Leale e affettuosa con gli amici, era ben capace di difendersi se qualcuno osava essere poco rispettoso verso di lei o un membro della famiglia. Mentre aspettava che Autumn le rispondesse, Lettie trattenne il fiato. Sua figlia poteva essere ruvida, a volte.

«È stata ben più che una sorpresa» disse Autumn. «È stato traumatico. Pensavo di sapere chi ero e all'improvviso tutto ciò che conoscevo su di me era sbagliato. In qualche modo, è stato come se fosse morto qualcuno della famiglia. Però, dopo aver parlato con mia madre e Rafe, so di provenire da una bella famiglia, da parte di padre.» Lanciò a Lettie un sorriso comprensivo e tornò a rivolgersi a Rita. «Ovviamente, non so nulla o quasi dei parenti di mia madre. Per cui mi fa piacere avere almeno *una parte* delle informazioni sulle mie origini.»

«Sì, posso immaginare come tu ti senta» osservò Rita con voce pacata. «Nel tuo caso, hai perso qualcosa. E per quanto riguarda noi, invece, l'abbiamo guadagnato. Tu sei tutto, per mio figlio, e lui è tutto, per me. Spero che tu non gli faccia del male. Perché, se volessi, potresti fargliene.»

Autumn scosse la testa con decisione. «Non potrei mai desiderare una cosa del genere. Vedo quanto bene vuole a

Cami e come è devoto a mia madre.»

Rita annuì con soddisfazione. «Tu sei il frutto del loro amore. Rafe ha amato tua madre per anni. È un peccato che non l'abbiamo riconosciuto, a suo tempo. Altrimenti, chissà che cosa sarebbe potuto succedere...»

A Lettie si appannò la vista quando Rita le strinse la mano. Poi Cami fece uno strillo e lanciò il cucchiaio di legno sul pavimento, evitandole l'imbarazzo di rispondere. La bambina si alzò e andò verso Rita, fermandosi a guardarla. «Cotto?»

«Biscotto?» disse Rita sorridendo e si voltò verso le due donne. «Va bene a entrambe se le do un biscotto?»

«Per me va bene. Uno solo, però» rispose Autumn. «Ho capito che vi ha stregate tutt'e due, col suo bel faccino.»

Rita fece un largo sorriso. «Uno dei vantaggi di essere nonna o bisnonna è che si può concedere qualche vizietto.»

«Oh, sì» confermò Lettie. «E io adoro fare la nonna.»

Rita si alzò. «Torno tra un momento. Voglio prendere l'album delle fotografie.»

Dopo che fu uscita, Autumn si girò verso Lettie. «È davvero gentile, e mi ero dimenticata quanto fosse bella.»

«Tutto merito della genetica» osservò Lettie, sollevando un sopracciglio.

Autumn rise e scosse il capo. «Sono contenta che tu mi abbia incoraggiata a venire qui oggi.»

«Anch'io» rispose Lettie, felice che la figlia avesse ritrovato la propria famiglia.

Rita tornò con una specie di libro voluminoso e pesante.

Lo depositò sul tavolo e disse: «Siete pronte?»

«Appunto» intervenne Lettie, alzandosi. «Io sono già abbastanza preparata sulla storia della famiglia. Adesso tocca a te, Autumn.» Poi si rivolse a Rita: «Se non ti spiace, lascio questa attività a voi due. Devo tornare alla locanda.»

«Certo, ti capisco» rispose Rita, cominciando ad alzarsi.

«Grazie di essere venuta.»

Lettie le fece segno di rimanere seduta. «Non c'è bisogno che mi accompagni. Conosco la strada.»

«Grazie» disse Rita, e aprì l'album delle foto.

Come Lettie riferì più tardi a Rafe, le cose non avrebbero potuto svolgersi in un modo migliore. Da figlia unica, Autumn si stava innamorando dell'idea di una grande famiglia.

CAPITOLO VENTOTTO

Arrivò il momento della partenza per Autumn e Cami. Mentre Lettie le accompagnava all'aeroporto, le lacrime le scorrevano sulle guance senza che riuscisse a fermarle. Amava la figlia e adorava la nipotina. Le sarebbero mancate più di quanto potessero immaginare. Anche se avrebbe dovuto accorgersene da parecchio tempo, le sembrava ora un crudele scherzo del destino l'avere avuto il compito di crescere Cami, per poi vedersela sottrarre.

«Mi spiace, mamma, ma lo sai che la cosa migliore per Cami è restare con me, no?»

Lettie annuì con riluttanza. «Vorrei solo che viveste più vicine. Dopo aver preso quel volo per Vail e ritorno, sono ancora più terrorizzata all'idea. In tutta onestà, penso che non salirò mai più su un aereo in tutta la mia vita.»

Autumn la guardò con affetto. «Verremo a trovarti più spesso che potremo.»

«Lo so, ma non sarà la stessa cosa che avervi vicine. E gli arrivi e le ripartenze mi spezzeranno il cuore.»

«È il meglio che posso fare. Mi sono costruita una vita di grandi soddisfazioni, aiutando le persone bisognose» rispose Autumn con tranquilla fermezza.

Il tono suonò così definitivo che Lettie trasalì, ma si disse di reagire e affrontare la situazione, anche se sentiva che qualcosa si spezzava per sempre dentro di lei.

Accostò al terminal. Avevano già stabilito che non sarebbe entrata con loro, ma scese dall'auto per aiutare con i bagagli.

Autumn le passò Cami. «Tienila tu, mentre prendo le

valigie» disse.

Lettie prese la nipotina e la strinse forte. Gli occhi le si riempirono di lacrime, ma cercò subito di scacciarle sbattendo le palpebre, per non spaventare la bimba che amava con tutto il cuore.

«Nana ti vuole tantissimo bene. Ti manderò delle fotografie con me e Afe alla locanda. Non voglio che ti dimentichi di noi, hai capito?» La voce le si spezzò. «Ti amo, piccolina.»

Cami la osservò, preoccupata. «Nana» disse, sfiorando le lacrime che le spuntavano dagli occhi,

Lettie le prese la manina e la baciò.

«È ora di andare!» disse Autumn avvicinandosi, e ruppe l'incantesimo di quel momento magico. Poi sfilò Cami dalle braccia di Lettie.

«So che gli addii non ti piacciono, quindi non indugiamo oltre.» Autumn le diede un rapido bacio. «Ti voglio bene, mamma. Ti farò sapere quando potremo venire a trovarti.» Gli occhi le si riempirono di lacrime. Si voltò e corse dentro al terminal con Cami, che guardava Lettie da sopra la spalla della madre.

Lettie rimase lì un attimo, paralizzata dal dolore e dalla paura. Cami se n'era andata.

Accecata dalle lacrime che non riusciva più a trattenere, si gettò verso l'auto e vi entrò. Un agente le indicò di sbrigarsi a partire e si allontanò dal bordo del marciapiede con la sensazione che il mondo le stesse crollando addosso.

Durante il viaggio di ritorno a casa, la testa di Lettie era affollata dai ricordi di Cami: i primi dentini, i primi passi, le prime parole che aveva pronunciato. *Come posso vivere senza di lei?* Nuove lacrime cominciarono a scorrerle sulle guance, lasciandovi tracce calde e dolenti.

\#\#\#

Quando Lettie accostò nel vialetto di casa, fu un sollievo vedervi il camioncino di Rafe parcheggiato. Era l'unico a poter comprendere il dolore che la lacerava e l'avrebbe confortata come solo lui sapeva fare.

Uscì dall'auto e si diresse verso l'ingresso principale.

Rafe comparve da un lato della casa urlando: «Cochi! Ferma!»

Ma il cucciolo biondo continuò a correre dritto verso di lei, per poi cambiare direzione all'improvviso e tornare da Rafe che, ridendo, l'acchiappò al volo.

Avvicinandosi con il cagnolino, Rafe sorrise. «Pensavo che non fosse una cattiva idea avere un'altra piccola creatura in giro. Che ne dici?»

Mise il cucciolo uggiolante tra le braccia di Lettie. Coi suoi occhi dolci, il cagnolino la guardò e poi, con la calda lingua rosa, leccò la traccia salata di lacrime dalle sue guance. Lettie lo strinse con calore. Il piccolo appoggiò per un momento la testa sulla sua spalla, ma in breve si divincolò con energia per essere lasciato andare.

Lettie lo appoggiò sull'erba e sorrise a Rafe. «È una femmina. Quando l'hai presa? È una labrador miele, vero?»

«Sì. È una bella cucciolotta di dieci settimane. Ho contattato un canile fuori Portland qualche tempo fa. È molto coccolona, e così l'ho chiamata Cochi. Ma puoi darle un altro nome, se vuoi.»

«No, no. Cochi mi piace. Mi ricorda Cocchina, e a volte era così che chiamavo Cami.» Gli occhi le si velarono di lacrime, che cercò di trattenere.

Rafe spalancò le braccia e Lettie vi si gettò. Poi, nel conforto di quella stretta, permise alle lacrime di scorrere liberamente.

Quando si tranquillizzò, Rafe le fece sollevare il viso. «Andrà tutto bene. Ho il resto del pomeriggio libero. Sembra che si stia mettendo a piovere, andiamo dentro.»

Chiamarono la cucciola che, più curiosa che mai, si appiccicò a loro scodinzolando, per poi seguirli all'interno della casa.

Lettie fu sorpresa di vedere che una spaziosa cuccia per cani era stata già sistemata in cucina. Sul bancone c'era un pacco di cibo per cuccioli, parecchi giocattoli, una soffice copertina rosa, traversine assorbenti.

«Hai davvero pensato a tutto.» Lettie rivolse a Rafe un sorriso riconoscente.

«Sì, sapevo che saresti stata di cattivo umore dopo la partenza di Cami.»

Gli accarezzò una guancia. «Ti amo.»

Lui le sorrise. «Lo so.»

«Fai un'altra cosa per me, per favore» continuò Lettie. «Vorrei togliere tutti i mobili dalla cameretta. Non penso che potrei sopportare la vista del lettino vuoto. Regaliamolo, con tutto il resto, a qualcuno dei dipendenti. E un giorno, quando mi sentirò meglio, potremo comprare un arredamento adatto a una bambina più grande. Autumn ha promesso di portare Cami a trovarci il più spesso possibile.»

«Ti capisco. Anche a me manca di già.»

Tristi e silenziosi, spostarono il mobilio della bambina nel garage, per occuparsene più tardi.

In piedi nella stanza vuota, Lettie aveva le spalle curve ed era senza energia. «Sembra un brutto sogno, che Cami se ne sia andata. Per molti aspetti, era come se fosse figlia mia, e non di Autumn.»

Rafe le mise un braccio intorno alle spalle. «È naturale. Ti sei occupata di lei per gran parte dei primi due anni della sua vita.»

«Mi chiedo se si ricorderà di me, quando la rivedrò.»

Rafe le fece un sorriso malizioso. «Non te l'ho detto, che sei indimenticabile?»

Sorrise. «Molte volte.»

Si baciarono. Il calore e l'intimità di quel gesto colmarono almeno in parte il vuoto dentro di lei e un brivido di piacere la attraversò.

Come se sentisse quello che lei provava, Rafe si staccò e disse, a voce bassa: «Permettimi di amarti.»

«Sì, te ne prego.» Avendo sofferto una tale perdita, Lettie desiderava sentirsi viva il più possibile e fare l'amore con Rafe.

Cochi trotterellò dietro a loro in camera da letto.

Lettie tornò in cucina, prese la sua copertina rosa dal bancone e la sistemò dall'altra parte della camera. La cucciola esausta vi si accucciò e in un attimo era addormentata.

Con un gesto verso il cane e rivolgendo poi a Lettie un sorriso birichino, Rafe disse: «Questa cucciola dovrà abituarsi a situazioni di questo genere.» Si tolse la maglietta e la lanciò lontana.

Anche Lettie si levò pantaloni e camicetta mentre lo guardava spogliarsi. Alla vista del suo corpo nudo, l'eccitazione si fece strada in lei fino in fondo. Aveva bisogno di celebrare la vita, per contrastare quella parte che le era morta dentro.

Rafe la sollevò tra le braccia. «Ti amo!»

Gli sorrise. «E io amo te.»

La posò sopra il letto e lei aprì le braccia per accoglierlo.

Più tardi, i pensieri di Lettie tornarono su Cami. «Credi che a Cami mancherò?»

«Ne sono sicuro, ma cercheremo di rimanere in contatto il più possibile.» Rafe passò dolcemente le dita tra i suoi riccioli mentre era appoggiata al suo ampio torace muscoloso.

«Ho comprato un nuovo computer per Autumn e gliel'ho spedito» disse Lettie. «Ha promesso che sarebbe rimasta in contatto in quel modo. Le ho preso anche una nuova macchina fotografica, una Canon. Così ci potrà mandare un po' di foto.»

«Va bene, Nana, hai fatto tutto il possibile. Autumn sa quanto amiamo la nostra nipotina. Credo che ci terrà informati.» La baciò. «Andiamo a fare una passeggiata nei vigneti. È qualcosa che ti fa sempre stare meglio.»

Lettie uscì dal letto sorridendo. Rafe la conosceva proprio bene.

All'esterno, camminarono mano nella mano attraverso la proprietà. Cochi correva in cerchio intorno a loro.

«Chi si alzerà di notte per portarla fuori?» Lettie lanciò a Rafe un'occhiata penetrante.

Lui alzò la mano destra. «Finché mi farai dormire con te, farò la mia parte. Lo prometto.»

Gli diede una piccola spinta scherzosa. «Ci conto.»

Mentre camminavano lungo i filari, per abitudine controllarono il fogliame per assicurarsi che i raggi del sole potessero raggiungere tutti i grappoli in modo uniforme.

«Penso che sarà una buona annata» osservò Lettie. «Anche Scott la pensa così.»

«Scott Kurey è un bravo viticultore. E anche tu. Voi due farete qualcosa di spettacolare.»

«Anche tu produci degli ottimi vini.» Era felice che Rafe apprezzasse tutto quello che lei aveva imparato. Ricordava ancora la prima volta che aveva assaggiato del vino con Rafe e Kenton. E già allora Rafe aveva pensato che avesse un buon palato.

«Non vedo l'ora di conoscere Sam Farley» continuò Lettie. «Mi spiace non essere riuscita a farlo prima, ma adesso che Autumn e Cami se ne sono andate, posso tornare a concentrarmi su Chandler Hill.»

«Mi sono riservato la mattinata di domani per stare con lui. Anche se le nostre proprietà sono adiacenti, ci sono piccole differenze nelle due coltivazioni. Direi che posso incontrarlo prima io e poi portarlo qui. Possiamo pranzare insieme alla locanda, e poi sarà tutto tuo.»

«Mi sembra un buon programma. Sei pronto per la cena?»

«Certamente. Torniamo, allora. Se ti va, possiamo andare in paese e mangiare italiano da *Nick's*.»

«Bella idea. Sono stata così occupata con Cami, che non ho avuto molte occasioni per uscire.»

Una volta a casa, Lettie indossò un semplice tubino di cotone senza maniche, color rosa pallido, la sua tinta preferita. McMinnville non era un posto elegante e, anche se il cibo da *Nick's* era eccellente, l'atmosfera era molto informale. Nonostante ciò, Lettie voleva apparire al meglio della forma. Anche se la cittadina si stava riempiendo di turisti, era possibile che incontrasse qualche vecchio amico.

Appena entrarono da *Nick's*, Lettie salutò con la mano Elise, una cugina di Rafe che lavorava lì come cameriera, poi si allontanò velocemente dai tavoli allineati lungo la vetrina del ristorante. Non aveva alcuna voglia di ficcarsi in qualche tipo di conversazione con Rod Mitchell. Era seduto al tavolo con una bionda scheletrica del tipo "aspirante attricetta" californiana.

Fu lieta che Mark Pierce li chiamasse. Era un collega che aveva avviato il suo vigneto a metà degli anni '80 e stava andando molto bene. A Lettie erano sempre piaciuti lui e la moglie Jeanne.

«Come state?» Mark si alzò appena li vide avvicinarsi al tavolo. «Abbiamo appena ordinato. Volete unirvi a noi?»

Lettie lanciò uno sguardo a Rafe. Al suo sorriso, rispose: «Molto volentieri. Ho fatto vita un po' ritirata, nell'ultimo periodo, dovendomi occupare di mia nipote.»

«Ho sentito che ripartiranno presto» disse Jeanne.

Mentre cercava di scacciare le lacrime che le pungevano gli occhi, Lettie spiegò: «Autumn e Cami sono partite stamattina.»

«Ma Lettie ha un'altra piccolina di cui occuparsi, adesso» intervenne Rafe, rivolgendole un sorriso incoraggiante.

«Davvero?» Gli occhi di Jeanne brillavano di curiosità.

Lettie le sorrise. «Una cucciola. Una piccola labrador miele. L'abbiamo chiamata Cochi.»

«I labrador sono dei bravi cani» osservò Jeanne. «Sono sicura che ti sentirai sola, adesso che Cami se n'è andata, ma forse la cagnolina ti sarà di conforto. So quanto fossi legata a tua nipote.»

«Sì. È doloroso che lei e la madre vivano così lontane da qui.»

Jeanne scosse il capo. «Oggigiorno per i ragazzi non è un problema viaggiare per il mondo. Per quanto mi riguarda, sono felice di restarmene qui, almeno finché non arriva il brutto tempo invernale. Allora penso che andremo per un paio di settimane in Arizona.»

La conversazione si interruppe quando Rod si avvicinò al tavolo. «Ho pensato di passare a salutare. Hai ripensato all'idea di vendermi un po' del tuo terreno?» domandò a Mark.

Il sorriso di Mark non si riflesse nei suoi occhi. «Come ti ho detto, non sono interessato. Le cose vanno bene, e mi serve tutta la terra che ho per incrementare la produzione.»

«E tu, Rod? Come ti vanno le cose?» domandò Rafe.

Il volto di Rod si contrasse in una smorfia. «Al contrario di te, non sono cresciuto qui, lavorando alle dipendenze degli altri. Quindi, mi ci vorrà un po' di tempo, ma ce la farò.»

«Sì, è difficile per dei novellini comprendere la terra e come funziona» ribatté Rafe, affabilmente. «Se decidi di vendere, fammelo sapere.» Poi si rivolse alla cameriera. «Ci può portare la vostra migliore bottiglia di Pinot della cantina *Taunton Estates*, per favore?»

Allo sconcerto dipinto sul viso di Rod, Lettie trattenne una risata.

Lui guardò Rafe, aggrottando la fronte. «Come sei riuscito a far mettere in lista il tuo vino?»

Rafe fece spallucce, con fare noncurante. «Noi produttori della vecchia guardia sappiamo come fare del buon vino e venderlo ai nostri amici.»

Rod fece una smorfia e si allontanò.

«Bel lavoro, Rafe, l'hai rimesso al suo posto» si complimentò Mark. «Quell'uomo non mi è mai piaciuto.»

Lettie si appoggiò allo schienale, felice di avere dei così buoni amici. Vivendo e lavorando nella valle, aveva capito quanto fosse essenziale un certo grado di collaborazione tra i produttori. Mettersi contro gli altri avrebbe danneggiato Rod, nel lungo periodo.

Dopo un ottimo pasto e della piacevole conversazione, Lettie e Rafe si avviarono verso casa. Il tragitto fino a Chandler Hill non era lungo, ma occorreva attenzione nel percorrere le strade che, attraversando le zone coltivate, conducevano dal fondovalle alle colline dov'erano i vigneti.

Rafe fermò il camioncino nel vialetto e si rivolse a Lettie. «Ho pensato di affittare la casa a mia sorella Sophia e suo marito Paul. Vivono in un posto abbastanza piccolo, e con la nascita del prossimo figlio avranno bisogno di più spazio. So che Paul si prenderà buona cura della casa come fa con la fattoria. Sophia è entusiasta dell'idea. Tu cosa ne pensi?» Le fece scorrere un dito lungo la guancia.

«Mi stai chiedendo se puoi trasferirti da me in modo definitivo?» Rafe già sapeva che non avrebbe lasciato Chandler Hill per andare a vivere con lui, e lei gli aveva detto che, pur amandolo, non avrebbe sposato né lui né nessun altro.

«Sì» rispose Rafe, guardandola negli occhi. «Visto che non mi vuoi sposare, il meglio che possa fare è vivere con te.»

«Davvero? Mi piacerebbe.» Lo abbracciò e lo strinse forte. Quando si allontanò da lui, dopo un momento disse: «Capisci il mio punto di vista, vero? Il matrimonio renderebbe più complicate le cose tra noi.»

«Vorrei non riuscire a farlo, ma capisco. E ti rispetto per questo. Però, ciò non vuol dire che non voglia stare insieme a te. Sono stanco di andare avanti e indietro da casa tua alla mia. E non mi importa un accidente di quello che potranno pensare alcune delle persone più retrograde della valle. Un cuore e una capanna, come si dice...»

Lettie era intenerita dalla sua sincerità. Avevano parlato in lungo e in largo di un eventuale matrimonio e di quale fosse il futuro della loro relazione. Quella sembrava una buona soluzione.

«Vieni dentro e vediamo un po' come far funzionare questa cosa.»

Mentre entravano insieme nella casa, Lettie sentì dei guaiti disperati e corse in cucina. Avevano usato i vecchi cancelletti di Cami per fare una specie di recinto al cane. Le traversine assorbenti che avevano messo per terra erano a brandelli. Nelle vicinanze c'era una pozzanghera di pipì.

«Accidenti! Cochi, vieni qui. Devi uscire.» Mentre Lettie la mandava fuori, la cucciola le saltellava intorno. «Qui. Datti una mossa. Esci. Capito?»

Cochi piegò la testa senza capire e trotterellò da Rafe, scodinzolando.

«Oh no, non così. Fai come ti ha detto.» Guardò Lettie. «Ci vorrà un po' di tempo, ma è una cagnolina intelligente. Glielo insegneremo noi.»

«Mi auguro che *noi* ci riusciremo presto» brontolò Lettie.

Rafe le mise un braccio intorno alla vita. «Una famigliola felice.»

Lettie si appoggiò contro di lui. Suonava davvero bene.

CAPITOLO VENTINOVE

Per Lettie, il trasferimento di Rafe a casa sua fu l'inizio di molti anni felici. La locanda, i vigneti e la loro relazione prosperavano. E, anche se lei e Autumn non comunicavano frequentemente come altre madri e figlie facevano, Autumn la teneva aggiornata sui progressi e le attività di Cami. Le sue foto mostravano una bella bambina dagli occhi scuri e i capelli biondo-ramato. Lettie non trovava grandi somiglianze al di là del mento, ma c'era qualcosa di Rafe nel complesso dei lineamenti, e ne era felice per lui.

Finalmente, dopo il Capodanno del duemila, Autumn acconsentì a venire a trovarla insieme a Cami. Lettie non vedeva l'ora di incontrarla. Secondo i racconti di Autumn, Cami era una bambina di sei anni radiosa e determinata.

In quella mattina di inizio aprile, Lettie era con Rafe all'aeroporto di Portland, con il cuore che palpitava nervosamente al pensiero che Cami potesse non desiderare di avere a che fare con lei. Scambiarsi e-mail, fotografie e telefonate non era esattamente lo stesso che stare con qualcuno in presenza. E i ricordi di Lettie erano quelli di una bimba molto piccola, affettuosamente aggrappata a lei.

Rafe la circondò con un braccio. «Rilassati. Andrà tutto bene.»

Lettie fece un sorriso forzato, ma non riuscì a mandare via la preoccupazione.

I passeggeri del volo da San Francisco cominciarono a entrare nella zona degli arrivi. Lettie prese la mano di Rafe.

E poi, all'improvviso, ecco Autumn e Cami dirigersi verso

di loro.

Autumn sorrise e sollevò la mano in segno di saluto.

Lettie corse in avanti per accoglierle. Subito, Cami si nascose dietro alla madre.

«Benvenute a casa!» gridò Lettie, abbracciando forte Autumn. Diede un'occhiata a Cami, che stava un passo indietro, guardandola con gli occhi spalancati.

Lettie le si inginocchiò davanti. «Sono così felice di vederti, Cami. Sei mancata tantissimo a Nana. E, guarda! C'è anche Rafe. Una volta lo chiamavi Afe. E poi, quando ti abbiamo detto di chiamarlo nonno, hai risposto: "No, Afe". È probabile che non te lo ricordi, perché eri ancora piccola l'ultima volta che l'hai visto, e adesso sei una bimba grande di sei anni. Ti va di abbracciarmi?»

Cami annuì e permise a Lettie di stringerla a sé. Anche se non era l'appassionato incontro che avrebbe desiderato, ne fu contenta lo stesso.

«Come stai?» domandò Rafe a Autumn, guardandola raggiante.

«Non vedo l'ora di arrivare a casa. È stato un lungo viaggio» rispose la figlia, pure sorridendo.

Lettie si alzò e allungò la mano per prendere quella di Cami.

La bambina corse al fianco della madre.

Sii paziente, si disse Lettie. Mentre andava con gli altri alla zona ritiro bagagli, teneva un occhio attento su Cami. Camminava vicino alla madre e si guardava attorno con interesse. Lettie ricordava che aveva quella stessa curiosità, da piccola, e fece un sospiro soddisfatto. Avrebbe usato Chandler Hill per ricostruire la connessione con lei.

Mentre aspettavano le valigie, Lettie si rivolse alla figlia. «Sei in gran forma! Anche meglio di persona che nelle foto che mi hai mandato.» A ventinove anni, Autumn era uno schianto di donna. Il sole aveva abbronzato in una piacevole sfumatura bruna le braccia e le gambe slanciate e ravvivato i toni rossicci dei capelli castani. Gli occhi scuri brillavano di intelligenza.

«Anch'io ti trovo bene, mamma» rispose Autumn. «Vivere con Rafe ti dona. Sembri così felice.»

«Grazie.» Lettie lanciò una breve occhiata a Rafe che era lì vicino. Facevano una bella vita e, forse perché entrambi amavano quelle terre, erano contenti di vivere e lavorare a casa insieme. Una volta, per fargli piacere, aveva chiesto consigli a Rafe sulla sua paura di volare. Ma invece di esserle d'aiuto, la cosa aveva intensificato la sua ansia profonda di rimanere intrappolata per aria senza vie d'uscita. Era un problema di mania del controllo, aveva suggerito un terapista, offrendo un ciclo di sedute per indirizzare il problema, ma Lettie aveva declinato.

«E tu? Hai conosciuto qualcuno di speciale?» domandò Lettie. «Non ne parli mai nelle tue e-mail, e quando ci parliamo al telefono di solito c'è poco tempo.»

Autumn alzò le spalle. «Ho fatto amicizia con dei colleghi, ma non ho trovato nessuno che abbia desiderio di sposare.»

Quando il nastro dei bagagli si mise in moto, Rafe chiamò la figlia con un gesto per aiutare a identificare le valigie, e Lettie rimase con Cami.

«Mi domando se ti ricordi ancora i vigneti» disse Lettie. «Ti portavo in spalla e camminavo con te tra i filari delle viti. Ti piaceva tanto.»

Cami alzò la testa e la guardò. «Davvero?»

«Sì. E adesso abbiamo un cane che portiamo con noi. Si chiama Cochi. Ricordi che ti ho mandato delle fotografie?»

Cami la guardò. «Mi piacciono i cani.»

«Hai un cane, a casa?»

«No» Cami scosse la testa. «Mà non vuole.»

Autumn arrivò spingendo una grossa valigia fino a loro.

«Cos'è che Mà non vuole?»

«Un cane» rispose Lettie.

«Cami, ti ho spiegato che, con un lavoro così impegnativo e il fatto che viaggio spesso, non avrebbe senso avere un cane. Forse più avanti, quando sarai più grande.»

«Chi resta con Cami quando sei via?» domandò Lettie. C'erano così tante cose che non sapeva, della loro vita quotidiana.

«Abbiamo una governante che resta a dormire. È bravissima» rispose Autumn.

«Si chiama Karabo» aggiunse Cami.

«Cami va proprio d'accordo con lei, e per me è un grande sollievo.»

Rafe le raggiunse trascinando una seconda, grossa valigia. «Credo siamo a posto. Pronte ad andare?»

Caricarono i bagagli nella nuova Lexus RX di Lettie e partirono. «La vecchia Volvo alla fine mi ha lasciato, e ho dovuto rimpiazzarla a inizio anno» spiegò Lettie a Autumn.

«Mi ero dimenticata quanto verde ci fosse, da queste parti» commentò la figlia. «E gli alberi sono così alti.»

«Merito della pioggia dell'Oregon» disse Lettie. «E fa bene anche ai raccolti. Le gemme hanno appena cominciato a germogliare.»

«Anche in Sudafrica si fanno dei buoni vini» osservò Autumn. «È affascinante.»

«Sì, ho letto qualcosa sull'argomento. Sono felice che ti interessi.» Quell'idea piaceva a Lettie. Anche se Rafe l'aveva messa in guardia, continuava a sperare che la dedizione di Autumn per il suo lavoro sarebbe durata solo fino a quando non avesse dovuto occuparsi delle cantine.

«Mi interessano i vini sudafricani solo come consumatrice, non per essere coinvolta nei processi produttivi. Mi spiace, mamma. Lo so che per te è una delusione, ma non ho cambiato idea su questo tema.»

«Capisco» rispose Lettie, che non capiva affatto. Perché Autumn non si rendeva conto di quale opportunità l'aspettava? Cambiò subito argomento. «Starai da noi, a casa mia. Da quando l'hai vista l'ultima volta abbiamo aggiunto un'ala per gli ospiti, per cui avrai tutta la privacy che desideri.»

«Mi sembra ottimo. Sarà una bella pausa per noi due, vero, Cami?»

Dal sedile posteriore Cami guardò Lettie timidamente e annuì.

Quando arrivarono a casa e Rafe fermò l'automobile nel vialetto, Lettie si era un po' rasserenata. Anche se Autumn non era pronta a farsi carico delle responsabilità di famiglia, forse un giorno avrebbe cambiato idea.

Appena uscirono dal veicolo Cochi si precipitò verso di loro.

«È Cochi!» strillò Cami, abbracciando il cane. E quando il labrador miele le leccò la mano si mise a ridere.

Dopo che Cochi ebbe accolto tutti con umidi baci e il suo festoso scodinzolare, si incollò appresso a Cami mentre gli adulti portavano in casa le valigie e il bagaglio a mano.

«Benvenute» annunciò Lettie, conducendo le ospiti nell'ala a loro riservata.

In piedi nel bel mezzo di una delle camere, Autumn osservò: «Molto carina, mi piace. È così spaziosa.»

«Grazie.» Una porta scorrevole conduceva a un terrazzino esterno, ma era la vista mozzafiato sulle colline a dare alla stanza quella sensazione di ariosità.

Uscirono tutti a guardar fuori.

Autumn mise una mano sulla spalla di Lettie. «Hai reso questa casa davvero speciale. È defilata rispetto alla locanda, così ognuno può godere della propria privacy.»

«Sì, abbiamo fatto delle modifiche interessanti. E aspetta di vedere quello che abbiamo modificato alla locanda. Di recente abbiamo fatto migliorie sia alle camere che alle aree comuni. Sono dei cambiamenti che ti piaceranno.» D'impeto, Lettie abbracciò la figlia. «Sono contenta di averti qui.»

«Anch'io.»

Lettie attirò Cami vicino a loro. «E anche di avere te, piccolina.»

Cami sollevò lo sguardo serio su di lei, poi curvò le labbra in un sorriso che scatenò in Lettie un'ondata di amore.

Lettie trascorse ogni momento libero con la sua famiglia. Mentre passavano i giorni, Autumn lasciò che Cami e la nonna facessero un po' di cose per conto loro. Il legame che avevano divenne più profondo mentre passeggiavano per le colline, nuotavano nella piscina della locanda e condividevano storie e dolcetti. Ogni volta che era possibile, Cochi si univa a loro come un'ombra.

Un giorno che osservava Cami correre tra i filari con il cane, Lettie pensò con piacere che era come vedere un sogno diventare realtà. C'era qualcosa di così giusto in quella immagine, come se la terra che amava avvolgesse Cami nel suo abbraccio.

E quando Rafe, Lettie e Cami erano insieme, lo sguardo di orgoglio e gioia sul volto di Rafe era altrettanto appagante. Era così naturale che potesse godersi la figlia e la nipote che aveva creduto di non poter mai avere.

Erano seduti in salotto a leggere quando Cami domandò a Rafe: «Se tu sei mio nonno e Nana è mia nonna, perché non avete lo stesso cognome? Nana è una Chandler, come me. E tu sei un Lopez.» Lettie trattenne il fiato.

«Il nome non è importante quanto l'amore che condividiamo» rispose Rafe dolcemente. «Il fatto che il mio cognome sia diverso dal tuo non vuol dire che ti ami di meno. Anzi, ti amo di più proprio per questo motivo. Vero, Nana?»

Lettie concordò sorridendo. «Per noi tu sei una nipote davvero, davvero speciale. E ti amiamo moltissimo.»

«Ok.» Cami guardò Rafe con attenzione e poi si rivolse a Lettie. «Adesso possiamo andare alla locanda?»

Rafe e Lettie si misero a ridere in contemporanea. *Che fortuna avere sei anni*, pensò Lettie. Sarebbe stato bello se la vita fosse stata così semplice.

Il momento della ripartenza di Autumn e Cami arrivò troppo presto. Mentre facevano i bagagli, Lettie faceva di tutto per tenere a bada le emozioni. Lei e la figlia avevano passato un tempo sufficiente insieme perché i dissidi che c'erano stati fra loro sembrassero scomparsi. E Cami? Lettie la adorava. E anche Rafe.

Dopo un viaggio tranquillo fino a Portland, Lettie si ritrovò fuori dal terminal dell'aeroporto, desiderando di essere pronta a partire come gli altri passeggeri. Ma era ancorata a terra come un passero dalle ali tarpate.

Autumn la abbracciò. «Grazie per la splendida ospitalità, mamma. Cercheremo di tornare più presto, la prossima volta.»

Lettie avvolse la figlia con le braccia e si dondolò avanti e indietro, riluttante a lasciarla andare. «Grazie per essere venuta e aver portato Cami con te. È stato davvero importante per noi.»

«Sono contenta di avere approfondito la mia conoscenza di Rafe. Lui ti ama.»

«E noi amiamo te.» Lettie si obbligò a fare un passo indietro. «Fate buon viaggio. Fateci sapere quando sarete arrivate, per favore.»

«Ciao, Nana» disse Cami. Teneva stretto un orsetto che

conteneva una registrazione che avevano fatto loro due in un negozio fuori Portland.

Mentre Lettie abbracciava la bambina che amava in modo straordinario, le lacrime le facevano bruciare gli occhi. «Ricorda di scrivere a me e a Rafe. E noi ti risponderemo.»

Come d'accordo, Autumn e Cami entrarono da sole nel terminal. Autumn non amava le scene strappalacrime, e Lettie sapeva che, più si trattenevano, più lacrime ci sarebbero state.

I mesi immediatamente successivi furono difficili. Lettie, cui mancava moltissimo la sua famiglia, si dedicò alla coltivazione dell'uva, alla produzione del vino e a tenere d'occhio la locanda. Ormai affermatasi nella valle come *il* posto in cui andare, la locanda era sempre affollata di piccoli gruppi, matrimoni e molti eventi del weekend con degustazione di vini, concerti musicali e persino cene con delitto.

Ogni volta che arrivava una e-mail da Cami era un giorno speciale. E quando Autumn e Cami telefonavano, era anche meglio.

Avevano appena completato la vendemmia in ottobre, quando Lettie si accorse che non avevano notizie di Autumn da un bel po'. Era in ufficio e prese il telefono per chiamarla.

Dopo parecchi trilli, una voce disse: «Pronto?»

«Karabo? Sei tu? Sono Lettie Chandler, cercavo Autumn. È in casa?»

Un singhiozzò arrivò dal ricevitore. «Oh mio Dio! Non lo sa?»

A Lettie si gelò il sangue nelle vene. «Non so che cosa?»

«Oh, mi spiace tanto. Autumn è stata investita da un'automobile ed è morta questa mattina.» Karabo scoppiò a piangere disperata.

La stanza le girava intorno così veloce che Lettie pensò di

stare male. Aggrappata al bordo della scrivania cercò di respingere quel pensiero impossibile da accettare. Di sicuro Karabo stava parlando di qualcun altro, si disse. Autumn era giovane, bella e in salute.

«No» disse Lettie con fermezza. «Le devo parlare. Per favore, passamela.»

I singhiozzi dall'altra parte divennero ancora più forti. «Signora Chandler, adesso sono con Cami, ma penso sia meglio che lei venga qua. Ha bisogno di stare con lei.»

Lettie lasciò cadere il telefono, corse nel bagno adiacente alla stanza e vomitò. Dopo essersi liberata lo stomaco si rialzò sulle gambe inferme e si lavò la faccia con una salvietta bagnata. La sua figlia fiera e indipendente non c'era più. E, anche se Cami aveva bisogno di lei, non poteva affrontare l'idea di volare fino in Africa. Ed era qualcosa che non si sarebbe mai perdonata.

Si precipitò di nuovo alla scrivania e sollevò la cornetta. «Karabo, sei ancora lì?»

Dall'altra parte, il ronzio della comunicazione interrotta fu la risposta.

Afferrò le chiavi della Lexus e la borsetta e corse al suo posto auto riservato, nel parcheggio della locanda. *Rafe! Devo andare da Rafe!*

Era già a metà della strada per arrivare a casa quando si rese conto che avrebbe potuto semplicemente telefonargli. Continuò a guidare, consapevole del fatto di avere bisogno della sua presenza, e non solo di una voce all'altro capo della linea.

Mentre oltrepassava l'ingresso alla proprietà lo vide presso il suo camioncino, parcheggiato lungo la strada di casa e accostò, fermandosi di colpo. Scese dall'auto chiamandolo per nome.

Rafe alzò lo sguardo verso di lei, sorpreso.

In lacrime, Lettie cominciò a correre verso di lui.

Rafe le andò incontro. «Tesoro! Cosa succede?»

«Si tratta di Autumn. È stata uccisa da un'auto. Ho appena saputo che è morta.» Lettie piangeva disperata, cercando di prendere fiato tra un singulto e l'altro.

Rafe la sostenne, guardandola con preoccupazione. «Adesso respira. E raccontami tutto.»

«Non so molto, al di là di ciò che ti ho già spiegato. Karabo dice che devo andare lì per Cami.»

«Lo faccio io» rispose Rafe. «Lo devo fare. Sono suo nonno.» La prese per un braccio. «Coraggio. Cerchiamo di capire esattamente qual è la situazione. Guido io.»

Salirono entrambi sull'auto. Lettie affondò tra i cuscini del sedile del passeggero. Si sentiva del tutto impotente, come quando era bambina e cercava di immaginarsi un futuro luminoso e felice.

Rafe allungò una mano, accarezzandole il ginocchio. «Cerca di essere forte. Supereremo insieme questa cosa. Nostra figlia era preziosa per tutt'e due, così come lo è Cami. Faremo la cosa giusta per entrambe.»

Lettie pensò che non l'aveva mai amato così tanto. Era la sua roccia, la sua forza.

Insieme, chiamarono il Sudafrica. Lettie parlò con Karabo e poi passò il telefono a Rafe, che mise il vivavoce. Con il volto arrossato e gli occhi inondati di lacrime, fece le domande difficili per cui avevano bisogno di risposte.

Lettie organizzò nella testa le varie informazioni. Autumn stava facendo jogging lungo una strada fuori città quando un'automobile aveva sbandato in curva e l'aveva travolta, uccidendola sul colpo. Il corpo era all'obitorio e sarebbe stato trattenuto lì finché Lettie non avesse organizzato la sepoltura o la cremazione. Per quanto riguardava Cami, sapeva che sua madre non c'era più, ma era necessario che Lettie o Rafe la raggiungessero appena possibile.

Karabo diede a Rafe il numero di un avvocato e lui, dopo averla ringraziata, disse che l'avrebbe richiamata appena possibile per comunicarle i dettagli del volo.

Chiuse la telefonata e si mise le mani sul volto. Quando le tolse, il dolore aveva trasformato i suoi lineamenti in una maschera di tristezza.

Lettie si avvicinò e lo abbracciò. Si tennero stretti l'uno all'altra, tremanti per lo shock emotivo, mentre le loro lacrime si mescolavano.

«Avrei dovuto chiamare più spesso, darmi da fare per rimanere maggiormente in contatto, essere una madre più amorevole» disse Lettie, con il rimorso che la consumava dentro.

«Non fare così» rispose Rafe dolcemente. «Ripensiamo ai periodi felici.» Aveva uno sguardo così triste che a Lettie si strinse il cuore.

Si diedero da fare per trovare i voli più comodi e veloci per andare e tornare da Johannesburg. Appena ebbero organizzato le cose, Rafe chiamò Karabo e le diede le informazioni sull'itinerario.

Quando ebbe finito, Lettie gli disse: «Ho bisogno di parlare con Cami.» Quanto avrebbe desiderato di poter essere magicamente trasportata fino da lei.

«Nana?» La voce nella nipote fece scendere le lacrime sulle guance di Lettie.

«Sono qui, tesoro. Rafe verrà a prenderti per portarti a casa.»

«Mà non ritornerà. Mà è morta» disse Cami. «Io voglio Mà qui con me.»

«Sì, tesoro mio» cantilenò Lettie. «Vorremmo tutti che Mà fosse ancora qui con noi. Mentre aspetti che Rafe venga a prenderti, ascolta il nostro orsacchiotto speciale, quello con la canzone. Ti ricordi che l'avevamo cantata insieme? Voglio che tu mi senta lì vicina a te. D'accordo?»

«Va bene» rispose Cami, cominciando a piangere.

Karabo prese il telefono e intervenne. «Non vi preoccupate. Non la lascerò sola neanche un attimo. Starò qui con lei tutto il tempo.»

«Grazie. Non sai quanto ti sono riconoscente.»

Lettie terminò la telefonata con un sospiro che le arrivava dal cuore. La vita poteva essere così ingiusta.

Una volta ancora, Lettie era fuori dal terminal dell'aeroporto di Portland, con il cuore spezzato.

«Tu e Scott siete a posto per le attività di vinificazione?» le domandò Rafe.

Lettie annuì. Era già un po' di tempo che lei e Scott Kurey se ne occupavano, per i vigneti di entrambi, ma Rafe era stato sempre presente per dare una mano e offrire un parere, se necessario.

La abbracciò. «È una cosa che devo fare. Ma appena possibile ti chiamerò per darti tutte le informazioni e gli aggiornamenti che ho. Karabo ha detto che mi aiuterà a raccogliere tutti gli effetti personali e l'avvocato ha promesso di sistemare rapidamente tutte le faccende legali. Inoltre, un collega di Autumn si occuperà degli aspetti burocratici. È il meglio che possiamo fare, con solo una settimana di tempo.»

A Lettie bruciavano gli occhi per le lacrime in arrivo. Avrebbe dovuto essere *lei* ad andare in Africa, non Rafe.

«Mi mancherai» riuscì appena a dire, prima di dargli un bacio che significava proprio quello.

Mentre Rafe entrava nel terminal, un singulto serrò la gola di Lettie. Fece per seguirlo, ma si fermò. Era troppo tardi per cambiare idea. Sapeva che ognuno dei giorni della settimana seguente sarebbe stato la sua punizione per non essere stata capace di vincere la sua paura di volare.

Con tutto il lavoro necessario alla lavorazione dell'uva, le giornate volarono via. Le notti erano un'altra storia. Giaceva sdraiata nel letto vuoto, incapace di smettere di pensare ad Autumn, di rivivere quei momenti che desiderava terribilmente potessero tornare. E, come molte madri, sapeva che avrebbe potuto fare alcune cose in modo diverso. Immaginava Cami cercare sua madre, cercare lei, e non vedeva l'ora di stringerla tra le braccia.

E quando, un pomeriggio, Lettie si concesse qualche ora di pausa, andò al centro commerciale a comprare cuscini rosa e animali di peluche da mettere sul letto di Cami. Più avanti, quando le cose si fossero normalizzate, avrebbero deciso insieme che cos'altro mettere nella sua cameretta per renderla più confortevole.

Il pomeriggio dell'arrivo di Cami e Rafe, Lettie camminava avanti e indietro per il terminal, in attesa che i passeggeri del volo da San Francisco venissero sbarcati. Un bel po' di gente era già uscita dalla passerella, quando finalmente vide Rafe camminare verso di lei. Al suo fianco c'era Cami, che le sembrò piccola e fragile più che mai.

Lettie li chiamò, agitando una mano.

Aggrappata all'orsetto che avevano comperato insieme, Cami corse nelle braccia spalancate di Lettie.

Mentre combatteva le lacrime, abbracciò stretta la nipote, cercando di riprendere il controllo.

Rafe le raggiunse. «Come stai?» domandò, baciando Lettie sulle labbra.

«Sono felice che siate qui.» Sorridendo, notò come la

stanchezza gli avesse scavato delle occhiaie scure sotto gli occhi e reso più profonde le rughe sulla fronte. «Vi porto a casa, così potrete riposare un po'.»

«Buona idea.» Rafe si rivolse a Cami. «Cochi sarà contenta di vederti.»

Cami sorrise debolmente. «Adesso è il mio cane.»

Lettie e Rafe si guardarono.

«Certamente» rispose Lettie. «Lei ti vuole tanto bene, come me e Rafe.»

Anche se il viaggio verso casa durò meno di un'ora, sia Rafe che Cami chiusero gli occhi e si appisolarono. Lettie continuò a guardarli, godendosi la vista di entrambi.

Quando si fermò nel vialetto di casa, Cochi li svegliò abbaiando festosa. «Siamo a casa» annunciò Lettie.

Aiutò Cami a scendere dal seggiolino e aspettò mentre Cochi la riempiva di gioiosi baci con la sua lingua rosa. Cami abbracciò il cane e lo tenne stretto. «Adesso sei mia, Cochi.»

Come se avesse capito, la cagnolina abbaiò scodinzolando. E quando Lettie prese la mano di Cami per condurla dentro la casa, Cochi le seguì.

Nella cameretta, Lettie sprimacciò i cuscini e le mostrò l'agnellino rosa e la soffice coperta che aveva preso per il letto. «So che il tuo colore preferito è il rosa. E quando avrai voglia, sistemeremo la tua camera nel modo che preferisci.»

Cami annuì, con gli occhi sgranati.

Lettie le svuotò la valigia e mise i vestiti dentro al cassettone o appesi nell'armadio. Gran parte degli indumenti erano adatti all'autunno, ma per l'inverno sarebbe servito qualcosa di più caldo.

Lettie aveva quasi finito con quell'incombenza quando notò un pacchetto infilato in un angolo sul fondo della valigia. Tirò fuori l'oggetto, piccolo ma pesante, e lo tenne in mano.

«Questo cos'è?»

«È mio» rispose Cami, che si allungò per prenderlo. «Karabo mi ha detto che potevo scegliere una delle cose di Mà e portarla con me.»

«Posso vederla?» domandò Lettie sedendosi sul letto. «Ti va se apriamo insieme il pacchetto?»

Cami cominciò lentamente a liberare l'oggetto dalla carta marrone che lo avvolgeva. Quando l'ebbe fatto, Lettie vide che si trattava di un elefantino, scolpito in qualche genere di pietra.

«Mi manca Mà. Voglio che torni da me» disse Cami, scoppiando a piangere.

Con gli occhi pieni di lacrime, Lettie tirò a sé Cami e cominciò a cullarla dolcemente. «Anche a me manca Mà.»

«Non dovrebbe essere in paradiso! Dovrebbe essere con me!» Calde lacrime le rigavano le guance.

«Sono sicura che Mà vorrebbe essere qui con te. Ti amava tantissimo, e io amavo lei.»

Cochi appoggiò il capo in grembo a Lettie e guaì.

Cami allungò la mano e le accarezzò la testa.

«Cerchiamo di ricordare tutti i momenti belli passati con Mà. Così ci sembrerà che sia ancora con noi. Mi ricordo che, quando era una bambina più o meno della tua età, provò a fare i brownies con Abby. Mescolarono il composto, lo misero in forno, e poi, indovina? Si bruciò. Mà era arrabbiatissima! Provarono di nuovo, e quella volta venne meglio.»

«Karabo dice che Mà non è una gran cuoca. È per quello che lei cucina per noi.»

«Indovina chi è che prepara la maggior parte dei pasti, qui?»

«Sei tu?»

Lettie scosse il capo. «No. È Rafe. Gli piace stare in cucina. Forse potresti aiutarlo.»

«A fare i brownies?» Cami spalancò gli occhi. «Posso?

Anche Karabo mi permette di aiutare.»

Scivolò fuori dal suo abbraccio e uscì correndo dalla stanza, urlando: «Rafe! Rafe!» mentre Cochi, protettiva come sempre, le stava alle calcagna.

Lettie le guardò andare, sapendo che ci sarebbero stati altri momenti in cui parlare di Autumn e della sua morte. Aveva già cominciato a riempire un album di fotografie di Autumn e del resto della famiglia, che Cami avrebbe potuto sfogliare quando le fosse mancata la madre.

In piedi, osservò il panorama sottostante attraverso le porte di vetro scorrevoli. Il suo sguardo si spostò automaticamente sul boschetto di alberi che era così speciale per lei. Se Rafe fosse stato d'accordo, avrebbe sepolto le ceneri di Autumn proprio lì.

CAPITOLO TRENTA

Con la presenza di Cami, la vita di Lettie assunse una dimensione del tutto nuova. Cercava di programmare la giornata in base a Cami e alle sue attività. Quella era una delle cose che più avrebbe voluto fare con Autumn. Non voleva che Cami sviluppasse un rifiuto per la locanda come aveva fatto sua madre.

Con gioia, Lettie scoprì invece che la nipotina era desiderosa di imparare tutto sulla coltivazione della vite e la produzione del vino. Le piaceva anche ascoltare Lettie e Rafe quando ne parlavano durante la cena e, quando la nonna andava alla locanda per controllare qualcosa, era felice di accompagnarla.

Dopo un inizio un po' faticoso a scuola, perché era nuova e per via del suo accento, Cami si inserì bene e fece molte amicizie. La sua preferita era Olivia Sanchez, una delle nipoti di Rafe. A Lettie piaceva l'idea, perché in quel modo sua nipote era davvero parte di una famiglia allargata.

Lasciando Cami da un'amica, il pomeriggio del suo primo pigiama-party, Lettie osservò con una certa soddisfazione la nipote di dieci anni precipitarsi felice verso la casa della festa. Cami era una ragazzina popolare che si conquistava gli amici con la sua gentilezza.

Lettie stava dirigendosi alla locanda quando le squillò il cellulare. Sorrise vedendo il nome di Rafe e rispose.

«Sì?»

«Quando sarai a casa? Ho organizzato una serata speciale per noi due.»

Al suono seducente della sua voce, Lettie cambiò subito direzione. Entrambi cinquantenni, godevano di una soddisfacente vita sessuale. Però, da quando Cami viveva con loro, la spontaneità del passato era andata persa, a favore degli impegni e dei bisogni della nipote. Una serata come quella, pensò, avrebbe riportato qualche scintilla nel loro rapporto.

Rafe la accolse sulla porta con un calice a tulipano di champagne spumeggiante. «Entra, mia cara» disse con malizia esagerata.

Lettie ridacchiò e prese il vino. L'aroma delizioso di aglio e burro le raggiunse le narici.

«Sto preparando un piatto speciale di gamberi in tuo onore. Ma, prima, sediamoci nello studio a gustare il nostro drink. È parecchio che non abbiamo l'opportunità di trascorrere una cena tranquilla in tarda serata.»

Lettie lo seguì con piacere nella stanza che era diventata il loro posto speciale della casa.

Il fuoco ardeva nel camino di pietra alimentato a gas, che era affiancato da scaffali in legno ricolmi di libri e souvenir. Lettie sedette nella solita poltrona di pelle verde a un lato del focolare e Rafe si sistemò in quella di fronte, del medesimo stile.

Sollevò il bicchiere verso di lei. «Un brindisi a noi! Lo sai che oggi è l'anniversario del primo giorno in cui ti ho incontrato, trentaquattro anni fa?»

Lettie si mise una mano sul petto. «Non sapevo che fossi così romantico. Caspita, ne è passato di tempo, e sono successe così tante cose. Sono felice che siamo insieme.»

Lui appoggiò il bicchiere sul tavolo vicino e le si avvicinò. Curvatosi, la baciò sulle labbra.

Un familiare impeto di desiderio invase Lettie. Rafe le faceva sempre quell'effetto.

Quando si separarono, gli occhi di lui brillavano di affetto. Si inginocchiò davanti a lei.

Il cuore di Lettie perse un battito. Avevano parlato varie volte di matrimonio e avevano convenuto che, per ragioni di affari, non sarebbe mai successo.

«Devo darti una cosa che dimostra cosa provo per noi. Lettie, vuoi accettare da me questo segno d'amore?»

Aprì una scatola piatta, di velluto nero. All'interno, appoggiata su un tessuto di seta color crema, Lettie vide una collana. Appeso alla catena d'oro, luccicava un ciondolo a forma di foglia di vite. E al centro della foglia risplendevano dei diamanti disposti a forma di grappolo.

A Lettie vennero le lacrime agli occhi. «È meraviglioso, Rafe. Che modo perfetto per rappresentare la nostra reciproca devozione. Senza l'amore per la nostra terra e per la vite, non ci saremmo mai messi insieme.» Gli gettò le braccia al collo. «Ti amo, Rafe, e ti amerò sempre.»

La fece sdraiare sul tappeto con lui. In breve si erano tolti i vestiti e festeggiavano nel miglior modo che conoscevano, con i corpi che all'unisono donavano piacere l'uno all'altra.

Più tardi, sdraiati davanti al fuoco, Lettie accarezzò l'ampio torace di Rafe, facendo scorrere le dita tra i peli del petto che cominciavano a mostrare qualche striatura di grigio.

«Mmm, mica male. È incredibile quello che hai imparato in trentaquattro anni!»

Rafe rise. «Gli ultimi dieci anni con te sono stati i migliori della mia vita.»

«Anche per me» disse Lettie, piena d'amore per lui. Si sollevò sui gomiti e osservò il suo bel viso, un viso che amava come nessun altro. «Ti ringrazio di essere un uomo buono, un bravo nonno.»

Lui la guardò con amore. «Tu lo rendi facile.» Si mise a

sedere. «E allora, dov'è la tua collana? Voglio vedertela addosso. Ora.»

«Non vuoi aspettare che mi rivesta?»

La guardò con un sorriso malizioso e scosse la testa. «No. Voglio ammirare solo te e la collana.» Trovò la scatola, prese il gioiello e glielo mise al collo. «Ecco fatto!»

Lettie guardò il ciondolo, appoggiato tra i seni nudi. Era il regalo perfetto dall'uomo perfetto.

Quando Cami ritornò dal pigiama-party, il giorno successivo, Lettie sentiva un rinnovato legame con Rafe.

Quando Cami entrò nell'adolescenza, Lettie si ricordò quando difficile fosse diventata Autumn e si preoccupò all'idea che la stessa distanza si creasse tra loro. Ma, rispetto ad Autumn, Cami era una ragazza semplice, disposta ad ascoltare. E, anche se non esitava a essere in disaccordo con la nonna, lo faceva in modo meno combattivo di come avesse fatto sua madre in passato. Non c'erano accuse sgradevoli, né scatti d'ira, solo una tranquilla determinazione nel voler avere la meglio in ogni discussione.

Lettie non poteva fare a meno di chiedersi chi fosse il padre di Cami. In nessuna delle carte personali di Autumn c'era qualcosa che indicava chi potesse essere, e il nome del padre nel certificato di nascita di Cami era rimasto vuoto. A Lettie sembrava ironico che una famiglia così piccola avesse così tante domande senza risposta.

L'argomento non diventò un problema fino a quando Cami non fu coinvolta, in seconda superiore, in un progetto che riguardava i geni e come si trasmettessero da una generazione all'altra.

«Perché mia madre non mi ha mai detto niente su mio padre?» domandò Cami, buttandosi a sedere al tavolo della cucina e rivolgendo a Lettie uno sguardo angosciato.

Lettie scosse la testa. «Non saprei. Si è assicurata che nessuno sapesse mai chi è perché diceva che avrebbe causato dolore ad altre persone. Dopo la sua morte, ho esaminato i suoi documenti personali. Di lui non c'era traccia.»

«Si sono incontrati prima che lei si trasferisse dallo Zaire in Sudafrica, vero?»

«Esatto.» Lettie accarezzò con la punta delle dita le rughe di preoccupazione sulla fronte di Cami. «È dura non conoscere i propri genitori. Io non so nulla di nessuno dei miei. Ti immagini cosa vuol dire essere catapultati in una famiglia affidataria senza documenti, né niente? A volte ho odiato mia madre per quello che mi è successo, ma in realtà non sapevo nulla della sua vita. Forse mi ha fatto il più grande favore possibile.»

Gli occhi di Cami luccicavano di lacrime. «Ti voglio bene, Nana.»

Lettie la attirò a sé in un abbraccio. «E io voglio bene a te, Camilla Chandler, con tutto il mio cuore.»

Si strinsero per un po', finché il cellulare di Cami trillò, e quel momento andò perduto.

Lettie e Cami rimasero unite. E quando lei decise di andare all'università lontano da casa per studiare viticultura e poi di vivere in Europa per qualche anno a studiare enologia, Lettie fu contenta di lasciarla andare perché aveva promesso, prima o poi, di tornare a casa per sempre.

CAPITOLO TRENTUNO

Con Cami lontana e Cochi che non c'era più, la vita di Lettie e Rafe divenne più tranquilla. I loro vini erano molto richiesti. Rafe era orgoglioso di partecipare a fiere e concorsi enologici. Andò perfino in Francia per lavoro e passò due settimane straordinarie con Cami nella regione vinicola della Côtes du Rhône.

In quel periodo, Lettie prese da sé la decisione di seguire il suggerimento del suo direttore finanziario e investì in una start-up che operava nelle vendite internazionali. Gli affari prosperavano sia alla locanda che alle cantine. Lettie voleva lasciare a Cami denaro sufficiente a gestire le attività quando fosse riuscita a convincerla a tornare a casa e prendere la guida delle operazioni. Decise che sarebbe stata la sua sorpresa segreta, provare una volta per tutte che la sua vita a Chandler Hill non era stata solo un grande successo, ma il giusto tributo alla generosità di Kenton e Rex Chandler.

Per ridurre i propri impegni, Lettie assunse un nuovo direttore per soprintendere alla locanda. Laureato alla Scuola Alberghiera della Cornell, era un giovane intraprendente che disse di essere genuinamente interessato a imparare tutto sull'industria vinicola. Con lui sul posto, Lettie poté prendersi più tempo per se stessa, da dedicare alla lettura e ad altri progetti. Aggiunse altri appezzamenti di terreno coltivati a vite, nella speranza di ampliare la varietà dei loro vini.

Il fatto di non sentirsi in piena forma era un dettaglio che tendeva a ignorare. A sessantacinque anni era ancora agile, attiva e pienamente coinvolta nella vita e nel lavoro. Era determinata a non farsi condizionare dal diventare vecchia.

Quando non poté più ignorare i cambiamenti nel proprio corpo, prese appuntamento con un medico, scegliendo un giorno in cui Rafe era a una fiera vinicola in California.

L'empatia del Dottor Simonson, quando le disse che aveva solo pochi mesi da vivere, non servì a contenere il trauma che la attraversò in ondate di terrore. Non era sua intenzione morire così giovane.

Tornò a casa guidando in stato confusionale. Di sicuro quella diagnosi riguardava qualcun altro, qualcuno che aveva vissuto più a lungo, si disse. Non era pronta a lasciar perdere. C'era ancora così tanto da fare. Di recente, aveva aiutato a progettare una nuova etichetta per i vini prodotti dai vitigni recentemente aggiunti e che aveva chiamato *Tenuta Camilla*.

Ancora tremante per le brutte notizie, entrò nella casa vuota. Rafe era a San Francisco e non sarebbe tornato che dopo due giorni. Da sola in cucina si concesse il sollievo delle lacrime. Le tracce bollenti lungo le guance non servirono a diminuire il dolore nella sua nuova realtà.

Prese il telefono e chiamò la sua migliore amica.

In venti minuti Paloma la raggiunse. «*¡Ay, Dio mio!* Cosa ti succede, Lettie?» Afferrò la sua mano e la guardò nel profondo degli occhi, cercando di capire.

A Lettie venne da piangere.

«No» sussurrò Paloma. «So che non sei stata bene, ma questo no.»

«È così» confermò Lettie. «Ho parlato oggi con il dottore. Non va affatto bene. Ho ancora sei mesi al massimo.»

«No!» gridò Paloma. «È troppo presto.»

Sospirando, Lettie si domandò perché la sua vita sembrasse sempre scandita dalla frase "Troppo presto". Era nata troppo presto, aveva messo su famiglia troppo presto, e adesso moriva troppo presto.

Mentre piangeva sommessamente, Paloma la abbracciò. «Ci sarò per aiutarti. Ti voglio bene, Lettie.»

«Anch'io ti voglio bene.» Lettie appoggiò la testa sulla spalla di Paloma. «Ho bisogno che mi aiuti con Rafe e Cami. Ancora non lo sanno. Non è qualcosa che si dice al telefono.»

«È una bella giornata di sole. Vai a sederti in terrazza, ti porto del tè. Possiamo continuare a parlare lì.»

«Grazie.» Lettie si alzò stancamente e uscì in veranda. Seduta su una sedia a dondolo si mise a fissare con sguardo assente il paesaggio davanti a lei, troppo sconvolta per fare caso a quello che c'era.

Paloma la raggiunse nell'ampio terrazzo di legno e si fermò dietro di lei. Appoggiando una mano sulla spalla di Lettie per confortarla, l'amica fedele che era sempre stata il suo sostegno domandò: «Stai bene?»

Lettie appoggiò la mano su quella di Paloma. «Sto solo cercando di fare i conti con la realtà delle cose.»

«Sei una brava persona, Lettie» disse Paloma con convinzione. «Pensaci come a un ritorno a casa. Alla casa di Gesù.»

«E se non fossi pronta?» disse Lettie a bassa voce. Aveva così tante cose di cui occuparsi prima che venisse la sua ora. E lei e Gesù non erano esattamente in buoni rapporti.

Guardò la distesa delle colline che amava così tanto. Gli occhi si spostarono sul boschetto di alberi dove erano state sparse e sepolte le ceneri di Kenton, Rex e Autumn. Presto li avrebbe raggiunti.

Sotto di lei, tra il fogliame che rivestiva il limitare della terrazza, un colibrì si posò sul bordo di una larga foglia di rododendro. Lettie seguì i passi dell'uccellino che, notato un residuo di pioggia recente sulla superficie della foglia, vi immerse le ali scrollandole, godendosi quel bagnetto con tale euforia da farle venire le lacrime agli occhi. All'improvviso si ritrovò a piangere, per quello che le era stato dato e tutto quello che aveva perduto.

Quella sera, Lettie fu sorpresa nel vedere il camioncino di Rafe risalire il vialetto di casa. Si domandò se qualcosa fosse andato storto alla fiera vinicola di San Francisco e andò alla porta per accoglierlo.

Rafe scese dal veicolo e corse verso di lei. «Mi ha chiamato Paloma e mi ha detto di tornare subito a casa. Cosa succede?»

Lettie aprì la bocca per parlare e fu sorpresa lei stessa dal grido disperato che ne uscì. Crollò tra le braccia di Rafe, piangendo così forte da non riuscire a parlare.

Impallidito, lui la sollevò e la portò all'interno, facendola distendere sul divano del salotto. Sedette vicino a lei, la fece appoggiare al suo petto e la lasciò piangere. «Che c'è, Lettie? Parlami.»

Gli raccontò le tristi novità sulla sua salute.

«Faremo tutto il possibile per combatterlo» affermò Rafe con determinazione. «Tanta gente sconfigge il cancro, ormai. Tu sarai una di loro.»

Lettie scosse il capo. «Ne ho già parlato con il dottore. È stato molto onesto con me. La chemio prolungherebbe solo l'agonia. Il cancro si è ormai diffuso, la malattia è in uno stadio troppo avanzato. Inoltre, gli ho spiegato che non intendo trascorrere i miei ultimi giorni sentendomi peggio di come sto adesso.»

«Mio Dio! Sapevo che non ti sentivi bene, ma questo?» Rafe crollò in avanti. Si coprì il volto con le mani. Il suono dei suoi singhiozzi riempì la stanza e ogni angolo del cuore di Lettie.

Quando sollevò di nuovo il capo, le guance di Rafe erano umide di pianto. «Dobbiamo dirlo a Cami.»

«Non adesso» ribatté Lettie. «Ti ricordi quanto è stato terribile assistere alla morte di tua moglie per il cancro? Il deperimento, l'attesa, l'agonia, l'impotenza di vederla così? Voglio risparmiarglielo il più possibile. Capisci?»

«D'accordo, ma non possiamo tenerglielo nascosto troppo a lungo. Le servirà del tempo per abituarsi all'idea di perderti.»

Più tardi, dopo aver portato in casa la valigia ed essersi sistemato, Rafe si infilò nel letto con Lettie. La prese tra le braccia, stringendola teneramente. Le accarezzò la schiena e sussurrò: «Ti amo, Lettie. Non voglio lasciarti andare.»

«Anch'io non sono pronta» rispose. «Il pensiero di lasciare te e tutta la mia vita qui è troppo doloroso. Paloma dice che devo pensare che tornerò a casa da Gesù. Ma la mia casa è qui con te, a Chandler Hill.» Si asciugò gli occhi.

«Lascia che ti ami, ora» disse Rafe. «Niente sesso, solo amore.» Cominciò accarezzandole le orecchie, poi le avvolse i seni con i palmi, percorse il suo corpo con le mani, scendendo lungo i fianchi, le gambe, fino alle dita dei piedi.

«Cosa fai?» sussurrò Lettie.

«Ti imparo a memoria» rispose Rafe, e cominciò a piangere.

Le sue mani gentili su di lei erano così piacevoli, così vere. «Vivremo un giorno alla volta, facendo tesoro di quello che possiamo» mormorò.

Lettie annuì, ma sapeva che la sua ora sarebbe presto arrivata.

CAPITOLO TRENTADUE

Lettie era sdraiata a letto, in attesa dell'arrivo di Rafe con Cami. La malattia aveva vinto ogni battaglia da lei combattuta nel corpo e nella mente. Aveva voluto risparmiare a Cami la sofferenza di passare attraverso tutto quello con lei, ma adesso non c'era più tempo. I suoi ultimi giorni erano arrivati a velocità spaventosa.

Sentì il rumore del camioncino di Rafe nel vialetto e cercò di sollevarsi, ma ricadde sui cuscini, troppo stanca per mettersi in piedi. La sorprendeva il fatto che il suo corpo, così forte e in salute per la maggior parte della sua vita, fosse diventato il fragile guscio della sua precedente esistenza.

Lettie sentì aprirsi la porta d'ingresso e poi il rumore di piedi che correvano verso di lei.

Cami irruppe nella camera. «Nana! Nana! Perché non me l'hai detto? Sarei tornata per starti accanto.»

Lettie fece di tutto per sorridere. «Lo so, tesoro. E adesso sei qui.»

Piangendo silenziosamente, Cami le gettò le braccia al collo. «Ti voglio tanto bene!»

Lettie le fece segno di sedersi sul letto, vicino a lei. «Mettiti qui. Ho tante cose da raccontarti.»

Parlò a Cami della sua decisione di trasferire a lei la proprietà di Chandler Hill. «Ho lasciato dei fondi per aiutarti, ma sarà comunque una sfida. Però, con le esperienze che hai fatto, sono sicura che ne uscirai vincente. Dopo tutto, sei sia una Chandler che una Lopez». Si sforzò di sorriderle. «È una combinazione imbattibile!»

«Oh, Nana, è la miglior combinazione al mondo!» Le lacrime scorrevano sulle guance di Cami.

Lettie la strinse al petto e lasciò che piangesse per entrambe.

Il pensiero di tutti i risultati che aveva ottenuto le attraversò la mente. Se Kenton e Rex avessero visto come si era trasformata la locanda, non l'avrebbero riconosciuta. I vigneti erano qualcosa di spettacolare, un filare dopo l'altro di viti floride e rigogliose. E cosa dire dei vini? Una delizia per l'olfatto e per il gusto. Le avevano consegnato una responsabilità che aveva pensato spesso di non poter sostenere. Ma anche le volte in cui il morale era stato ai minimi, lo spirito degli uomini Chandler l'aveva sostenuta.

Un panico improvviso la invase, e afferrò la mano di Cami. «Devi promettermi che tornerai a casa.»

«Certo, Nana, che tornerò a casa. Non so se riuscirò ad avere successo, ma intendo provarci.»

Lettie le sorrise e ripeté le parole che Rex aveva rivolto a lei. «Brava ragazza.»

Un raggio di sole entrò nella stanza e baluginò sopra di loro, tracciando un'ombra dorata attraverso il soffitto e inondandole di luce, come una benedizione dal cielo.

Il tempo trascorse tra momenti di veglia e periodi di sonno. I ricordi del passato attraversavano come onde i pensieri di Lettie. Pensava alla prima volta che aveva visto Chandler Hill, alla sorpresa di Rex per la sua poetica descrizione delle colline, a quando Kenton l'aveva incontrata e salvata a San Francisco. Altri ricordi comparivano per poi sparire: Autumn quand'era bambina, Abby e le altre che lavoravano alla locanda, immagini di Rafe da giovane e, infine, Cami da piccola.

Lettie aprì gli occhi e vide Rafe seduto su una poltrona

accanto al letto, Cami dall'altro lato. Li amava così tanto.

«Grazie a voi due ho avuto una bella vita» disse con voce chiara, sincera fino al profondo del cuore.

In lacrime, Cami le strinse la mano.

Lettie chiuse gli occhi. Era ora di andare.

Sentì le labbra di Rafe sulle guance.

Pochi momenti più tardi, era in un prato fiorito e correva verso tre sagome in lontananza, gridando: «Kenton! Rex! Autumn! Eccomi!»

#####

Grazie per aver letto Una famiglia per Lettie. Se questo libro vi è piaciuto, aiutate altri lettori a scoprirlo lasciando una recensione su Amazon, Goodreads o sul vostro sito preferito. È un bellissimo modo per ringraziare l'autore.

L'AUTRICE

Judith Keim, autrice bestseller su *USA Today*, è un'autrice ibrida, ovvero ha un editore e si autopubblica. Scrive romanzi che scaldano il cuore, raccontando di donne che vivono sfide inaspettate, le affrontano con forza e trovano l'amore e la felicità lungo la strada. I suoi libri più venduti si basano spesso sui luoghi dove ha vissuto o che ha visitato e sulle persone interessanti che ha incontrato, creando così personaggi credibili e ambientazioni realistiche che i suoi numerosi e fedeli lettori amano.

Ha trascorso l'infanzia e la giovinezza a Elmira, New York, e ora vive a Boise, Idaho, con il marito e il loro adorabile bassotto, Wally, e altri membri della sua famiglia.

Fin da piccola è stata attratta dall'idea di scrivere storie. I libri erano sempre presenti: in lettura, pronti da restituire in biblioteca o ancora da scoprire. Condividere le storie dei libri letti era un'abitudine, in famiglia, contribuendo alla vivida immaginazione di tutti i membri.

Judith ama ricevere messaggi dai lettori e apprezza il loro entusiasmo per le sue storie.

Iscriviti alla sua newsletter:
https://BookHip.com/RRGJKGN

Visita il suo sito:
http://www.judithkeim.com/

Trovala su Goodreads:
https://www.goodreads.com/author/show/29990 38.Judith_Keim

LIBRI DI JUDITH KEIM

LA SERIE DELLE DONNE HARTWELL:
>   L'albero che parla – 1
>   Chiacchiere dolci – 2
>   Chiacchiere dirette – 3
>   Chiacchiere infantili – 4
>   Le donne Hartwell – Cofanetto

LA SERIE DEGLI HOTEL DELLA CASA SULLA SPIAGGIA:
>   Prima colazione all'Hotel The Beach House - 1
>   Pranzo al Beach House Hotel - 2
>   Cena al Beach House Hotel - 3
>   Natale al Beach House Hotel - 4
>   Margarita al Beach House Hotel - 5
>   Dolce al Beach House Hotel - 6

IL GRUPPO DEI VENERDÌ GRASSI:
>   Venerdì grasso - 1
>   I sabati di Sassy - 2
>   Domeniche segrete - 3

LA SERIE DI SALTY KEY INN:
>   Trovarmi - 1
>   Trovare la mia strada - 2
>   Trovare l'amore - 3
>   Trovare la famiglia - 4
>   La serie Salty Key Inn - Cofanetto

LIBRI DEL SEASHELL COTTAGE:
>   Una stella di Natale
>   Cambiamento di cuore
>   Un'estate di sorprese

Un viaggio in auto da ricordare
Le ragazze della spiaggia

LA SERIE DELLA LOCANDA DI CHANDLER HILL:
Andare a casa - 1
Tornare a casa - 2
Finalmente a casa - 3
La serie Chandler Hill Inn - Cofanetto

LA SERIE DELLA LOCANDA DELLA SALVIA DEL DESERTO:
I fiori del deserto - Rosa - 1
I fiori del deserto - Giglio - 2
I fiori del deserto - Salice - 3
I fiori del deserto - Vischio e agrifoglio - 4

LE ANIME SORELLE AL CEDAR MOUNTAIN LODGE:
Sorelle di Natale - Antologia
Baci di Natale
Castelli di Natale
Storie di Natale - Antologia Soul Sisters
Gioia di Natale

LA SERIE DELLA LOCANDA DI SANDERLING COVE:
Onde di speranza - 1
Auguri di sabbia - 2
Baci salati - 3

ALTRI LIBRI:
L'ABC della convivenza con un bassotto
C'era una volta un'amicizia - Antologia

Vincere alla grande - una piccola storia d'amore per tutte le età
Speranze per le vacanze
I biglietti vincenti - (2023)

Per maggiori informazioni: www.judithkeim.com